KB125526

우리가 이 도시의
주인공은 아닐지라도

우리가 이 도시의
주인공은 아닐지라도

박찬용 세속 에세이

웅진 지식하우스

일러두기

이 책은 내가 전에 어딘가에 냈던 원고들이 모여서 만들어졌다. 원고가 작성된 시기는 2016년부터 2019년이다. 출간 직전인 2020년 2월 모든 원고를 다시 한번 다듬었다.

책 속 원고는 세 종류로 나뉜다. 우선 내가 소속되었던 매체에 쓴 원고와 외부에 기고한 원고가 있다. 개인 SNS에 올린 글도 있다. 인스타그램에 올라간 글이 많다. 마지막으로 이 책을 통해 처음 소개되는 단행본 전용 원고가 있다. 일부 원고는 기존에 만든 원고 두 개를 새로 붙이거나 큰 폭으로 고치기도 했다. 어느 원고가 어느 매체에 실렸는지는 후기에 정리해두었다. 원고를 분류하고 순서를 정하는 일은 담당 편집자가 맡았다.

우리는 답을 다 알지 못하지만
적어도 무엇을 해야 할지는 알았다.
떠다녀야 했다.

- 수디르 벤카테시, 『플로팅 시티』 중에서

서문_우리가 이 도시의 주인공은 아닐지라도

마블 시네마틱 유니버스의 주인공 중에서 자신이 누구 같은지 이야기해본 적이 있으신지? 나는 그런 대화를 많이 봤다. 누구는 헐크, 누구는 닥터 스트레인지, 누구는 블랙 위도우, 누구는 그루트. 별로 친하지 않은 사람들끼리 점심 먹고 차 마시면서 나누기에도 손색없는 화제다.

나는 그 이야기에 쉽게 따라붙을 수 없었다. 원체 영화를 많이 안 봐서 마블 시리즈를 잘 몰랐다.* 게다가 그 영화의 영웅들이 온 도시와 우주를 다니며 세계를 구할 때 내 눈에는 불시에 털리는 사람들만 보였다. 〈어벤져스〉에서는 갑자기 괴물이 나타나서 도심의 빌딩을 깨부순다. 나는 그런 장면을 보면 그 건물 안에 있는 사무직 직원을 더 떠올리게 된다. 아니 저렇게 사무실이 무너지면 목숨은 둘째 치고 나중에 사무실 정리는 또 어떻게 하나. 시가전 장면 속 거리에는 박살나고 찌그러진 차들이 가득하다. 그때도 내 차가 저렇게 되면 어쩌지 싶은 생각이 든다. 저런 차들 보험 처리는 어떻게 되는 건가 싶고. 분명 보험사에 유리하게 돌아가겠지.

〈다크 나이트 라이즈〉를 볼 때도 그랬다. 주변 사람들은 역시 배트맨이 멋있다고 하거나 베인 말에도 일리가 있는 거 아니냐고 했다. 나는 그때도 다 됐고, 저 풋볼 경기장에 인질로 붙잡힌 사람들은 얼마나 속상할까 싶었다. 도시에서 대규모 운동경기장에 가는 건 쉬운 일이 아니다. 엄청난 교통체증과 인파와 세상에서 제일 맛없는 핫도그 가게와 몇십 분을 기다려서 가야 하는 오줌 냄새 가득한 화장실 같은 걸 다 견뎌야 한다. 그 특별한 날에 인질로 잡히다니 얼마나 속상할까 싶다.

* "그건 영화(Cinema)가 아니다"라는 마틴 스코세이지의 말 때문은 아니다. 나는 마블 유니버스야말로 넷플릭스와 무한 스크린으로 대표되는 시기의 영화관 콘텐츠라고 생각하고 있다. 이제 할리우드 영화는 전 세계로 수출되는 글로벌 상품이 되어버렸고, 글로벌 상품이 된 이상 리스크를 줄이고 검증된 감정선을 타는 안전한 놀이기구 같은 영화로 만들어질 수밖에 없다. 마틴 스코세이지의 말이야말로 옛날 방식으로도 살아갈 수 있는 사람들의 교묘한 기만 아닐까. 그러거나 말거나 마블 시리즈는 잘 안 보기도 하고 내 기호가 아니기도 하지만 오히려 나름의 아름다움과 시대정신이 있다고 생각한다.

우리가 이 도시의 주인공은 아닐지라도

도시가 파괴되는 영화를 볼 때마다 늘 그런 생각이 든다. 내가 도시의 주인공이 아니기 때문이다.

대도시에서 스포트라이트를 받는 사람들은 정해져 있다. 사람들이 갈망하는 건 수없이 많아 보여도 추려보면 간단하다. 돈, 명예, 직위, 권력 같은 것. 그걸 갖는 사람들이 도시의 주인공이 된다. 주인공이 된다는 상승 기류를 타는 데 성공한 소수는 오랫동안 도시의 주인공으로 머무를 수 있다. 그게 땅이든 옷이든 차든 시계든, 사람들이 원하는 건 결국 전리품과 주인공의 유니폼이다.

*

모두 주인공을 좋아할 수밖에 없다. 주인공은 남들이 못 하는 일을 하고, 남들이 못 보는 것을 보고, 그래서 빛이 난다. 그 능력으로 주인공이 된 것이다. 그러니 모두 주인공을 원한다. 주인공과의 친분은 사회적 자산이 되고, 주인공이 되는 비결이나 주인공의 말 한마디가 책이나 영상 등으로 상품화된다. 그게 '열심히 하면 다 된다'는 당연한 잠언이라도. 한때 내가 속했던 라이프스타일 잡지 업계에 있는 사람들이 그 주인공들에 대한 신화를 만들어주기도 한다.

우리가 이 도시의 주인공은 아닐지라도

대도시 게임에서 모두가 주인공이 될 수는 없다. 모두 주인공이 될 수 없으니 주인공이 빛나는 것이다. 거기 더해 주인공이 되려면 아주 열심히 해야 한다. 보통 사람 눈에 띄지 않는다고 해도 때로는 껄끄러운 일에 몸을 섞어야 하고, 무엇이 들었는지 모를 더러운 양동이 안에도 손을 담가야 한다. 도시의 주인공으로 오래 머무를수록 그들은 본의 아니게 보통 사람에게 약간의 패배감을 준다. 우리는 평생 저렇게 살 수 없을 테니까.

주인공 게임은 근본적으로 보는 사람을 체념시키는 부분이 있다. 도시의 주인공들을 보면서 '나는 안 되겠다' 싶었던 사람이 나뿐일까? 아무리 노력해도 소득보다 집값이 빨리 오르는데 누구는 스타트업 '엑시트'에 성공해 한 번에 반포동 주상복합에 들어간다면? 아무리 열심히 살아도 인스타그램 업로드만으로 페라리를 사는 저 인플루언서의 삶을 따라잡을 수 없을 것 같다면? 힘이 빠지는 것도 놀랄 일은 아니다.

어떤 사람은 주인공 되기라는 도시형 게임의 법칙을 거부하기도 한다. 힘드니까. 미래의 주인공이 된다는 목표 대신 순간이 즐거우면 된다는 목표를 채운다면 삶의 장르가 완전히 달라진다. 하는 만큼만 하면 된다. 놀기 위해 살면 된다. 욜로,

우리가 이 도시의 주인공은 아닐지라도

한 달 살기, 퇴사하고 싶다, 하마터면 열심히 살 뻔했다, 이런 식의 유행들은 주인공 게임에 질린 사람들의 지친 마음이 반영된 결과라고 생각한다.

꼭 삶의 태도가 둘 중 하나일 필요가 있을까? 누구나 아는 주인공이 되지 못했으니 대충 살아야 할까? 세상을 사는 방법이 열정 100 아니면 열정 0이어야 할까? 꼭 열정이라는 게 있어야 할까? 열정에 기름을 부어야만 하루하루 더 나은 삶을 살 수 있을까? 열정 없이는 열심히 할 수 없는 걸까?

*

대도시 생활의 가장 큰 장점은 다양한 목표와 삶의 자세가 함께 있다는 점이다. 이기고 싶다면 이기면 그만이다. 하마터면 열심히 살 뻔했다 싶으면 적당히 살면 그만이다. 나는 이 둘 중 하나를 고르지는 않기로 했다. 주인공이 될 수 없다는 건 안다. 그렇다고 이미 모두 알고 있는 주인공 게임을 비웃으면서 '다 망했어'라고 떠들고 다니고 싶은 생각도 없다. 말과 행동이 다른 건 더 싫다. 난 글렀다고 자조하면서 갭투자를 기웃거리기도 싫고, 편한 일자리에 파묻혀 이번 생은 망했고 한국엔 답이 없다고 투덜거리면서 매일 밤 술에 취하고 싶지도

우리가 이 도시의 주인공은 아닐지라도

않다. 경쟁을 좋아하는 건 아니지만 경쟁 없는 안락한 삶이 천국이라 생각하지도 않는다.

말하자면 나는 주인공이 아니라도 열심히 사는 삶을 살고 싶다. 내가 하는 일이 세상에서 가장 중요한 일이 아닌 건 안다. 내 삶이 뭘 하든 스포트라이트를 받는 포르쉐의 신형 911 발표회 같지 않을 거라는 것도 안다. 그러면 어때. 내 일을 잘 해냈을 때의 외적 보상과 내적 만족이 있다. 일이 궤도에 올랐을 때 잠깐씩 느껴지는 즐거움도 있다. 더 나아가 직업의 특성상 내 일을 잘하면 다른 사람에게 도움이 되거나 그들의 기분을 좋게 만들 수도 있다. 이거면 된 거 아닌가. 이 도시의 핫100에서 내가 몇 위인지는 내게 큰 상관이 없다.

"우리는 미쉐린의 별에 집중하지 않습니다." 인터뷰 때문에 찾았던 오스트리아 빈의 레스토랑 슈타이어렉에서 비슷한 이야기를 들었다. 슈타이어렉은 미쉐린의 별 두 개를 받은 빈의 몇 안 되는 레스토랑 중 하나다. 크레이지 셰프 같은 면모는 전혀 없는 학자풍의 오너 셰프 하인츠 라이트바우어가 내 앞에서 조용하게 해준 말이 아직 기억난다. "랭킹 같은 것에 연연하지 않아요. 계속 인내하며 우리의 일을 할 수 있는 한 가장 좋은 방법으로 해나갈 뿐입니다. 그러면 다른 것들이 따라옵니다. 남의 평가 같은 걸 계속 생각할 수는 없어요." 나는 더 물었다. 미쉐린의 별 두 개가 중요하지 않다는 건지. "그것에 대해 항상 생각하지는 않는 게 중요합니다. 별을 가진 건 좋은 일이죠. 하지만 내 부엌에서 어떤 일을 하는지, 내 팀과 내 파트너와 다음 단계로 할 일은 무엇인지, 이걸 생각하는 게 더 중요합니다." 이 말을 듣자 내 생각이 틀린 것만은 아니구나 싶었다.

*

"우리 일을 조용히 열심히 할 뿐입니다. 아내는 운영을 맡고 저는 부엌에 있어요. 물론 손님으로 레스토랑을 가득 채우려 노력하죠. 좋은 팀과 매일 일하고, 스스로의 동기를 그 안에서 찾는 게 중요합니다. 그게 진짜 도전 과제이죠. 우리는 손님이 좋은 시간을 보내는 일에 집중합니다. 요리만이 아니에요. 서비스, 레스토랑의 인테리어까지 모두 '좋은 시간'에 포함됩니다. 매번 같은 곳에 안주하고 변화를 꾀하지 않으면 곤란합니다. 하는 만큼 거둔다고 생각해요. 여기서 우리는 하루의 첫 커피를 마시고 하루의 마지막 와인을 마십니다. 또 다른 삶은 없어요. 이것이 우리의 삶입니다."

우리가 이 도시의 주인공은 아닐지라도

그 후로 나는 일에 지치거나 내 노력이 무의미하다 싶을 때 종종 라이트바우어의 말을 펼쳐 본다. 미쉐린의 별을 받은 레스토랑은 물론 훌륭하겠지만 그 도시에서 가장 중요한 장소는 아닐 것이다. 그게 무슨 상관이람. 나만의 과제가 가장 중요하다. 나 역시 점점 나아지는 레스토랑 같은 뭔가를 만들고 싶다. 그 마음으로 회사 일을 하고 종종 이런 원고를 만든다. 내게도 다른 삶은 없다. 이게 내 동기이고 내 게임이다. 내가 이 도시의 주인공은 아닐지라도.

우리가 이 도시의 주인공은 아닐지라도

목차

2부_산란한 마음이 유행병처럼 들어도

3부_도시 생활은 점입가경이지만

4부_어쩔 수 없이 여기 사람이니까

1부
해야 할 일을 합니다

내일 일은 더 잘하고 싶었다

일이 잘 안된 날이었다. 『안나 카레니나』의 첫 문장처럼 일이 잘되는 이유는 모두 같지만 일이 안되는 이유는 모두 제각각이다. 그날도 그날만의 이유로 부진했다. 겨우 하루치 일을 다 하니 새벽이었다. 오래 앉아 있었을 뿐 일을 많이 했다고 보기는 애매했다. 부끄러웠다.

그러거나 말거나 밥을 안 먹으면 배고프다. 잠시 고민하다 뭔가 먹기로 했다. 회사 근처에 있는 24시간 식당에 갔다. 무섭게 생긴 사장님은 혼자 온 걸 보더니 카운터 옆에 앉으라고 했다. 닭한마리를 시켰다.

술을 집어넣어 마음을 꺼내는 사람들이 있다. 어떤 사람들은 혈중알코올농도를 높여야 크게 웃고 애교를 부리고 자기 이야기를 한다. 24시간 식당은 그런 마음의 공항 흡연실 같은 곳이었다. 집에 가기 전에 조금이라도 화학물질을 더 넣고 싶은 것이다. 그 마음들이 식당 안에 30개쯤 모여 있었다. 나는 그 사이에서 『대량살상 수학무기』를 읽고 있었다.

"내가 글을 하나 써 왔어." 술기운 사이에서 문장 하나가 들렸다. 5미터쯤 떨어져 있는 손님들 사이의 어떤 남자였다. 유독 목소리가 컸다. "○○이가 어디 가는데 내가 거기 못 가잖아. 대신 내가 글을 하나 써 왔다." 나도 모르게 흥미를 느꼈는지 계속 듣고 있었다. 낭만적이잖아. 배웅을 하러 못 가서 글을 써 왔다니. 송시 같은 건가. "제목은 '가난'이야." 남자는 자신 있게 말을 잇고 낭송을 시작했다.

기억나는 건 거기까지였다. 시는 전혀 흥미롭지 않았다. 비유는 진부했다. 장식적인 수사들이 리듬을 방해했다. 한자어가 너무 많았는데 단어 이해도는 낮았다. 그렇게 어려운 말로 풀어 쓸 필요도 없었다. 청중은 정확하다. 그 자리 일행들의 떨어진 집중력이 닭한마리를 먹는 내 등으로까지 느껴졌다. 남자는 계속 재미없는 시를 읽었다.

해야 할 일을 합니다

그는 사실 별로 가난하지 않았을 것이다. 그 시간까지 그 동네에서 그렇게 취해 있다면, 그렇게 크게 말할 기력이 남아 있다면. 정말 가난한 사람은 그 시간에 그러고 있을 수 없고, 가난에 대해 쓴다 해도 그렇게는 쓰지 않을 것이었다. 하지만 남자는 계속 말했다. 자기 자신에 대해, 전 여자친구 때문에 생겼던 자신의 울분에 대해.

남자가 몇 안 되는 청중을 잡고 계속 말하는 동안 옆에 앉아 있던 다른 남자가 일어났다. 계속 말이 없던 남자였다. 그 남자가 계산했다. "어 □□이 가나 봐." 재미없는 술자리가 끝났다는 신호였다.

마침 나도 다 먹었다. 계산하고 나오는 길에 그 테이블의 남자 둘이 있었다. 시를 읽은 남자와 계산한 남자였다. 시를 읽은 남자는 계산한 남자가 자리를 깨서 싫은 모양이었다. "너 내가 아까 읽은 시 한 구절만 읊어 봐." 시 읽은 남자가 말했다. 기억되기를 원했다면 조금 더 잘 써야 했을 텐데. 재미없는 글로라도 기억되려면 다른 종류의 노력을 했어야 하는데. 그 노력을 한 것 같지도 않은데. 남자의 말을 흘려들으며 자리를 빠져나왔다.

우리가 이 도시의 주인공은 아닐지라도

집에 가는 강변북로에는 이미 차가 좀 늘어나 있었다. 일하는 사람들이 깨어났다는 뜻이었다. 빨리 집에 가고 싶었다. 조금이라도 빨리 가서 조금이라도 더 자고, 내일 일은 조금 더 잘하고 싶었다.

글쓰기를 좋아하세요?

직업이 잡지 에디터고 책을 몇 권 냈고 지금도 책 작업을 하는 중이라고 하면 나를 신기해하는 사람들이 있다. 작가가 꿈이라거나 글을 쓰는 직업을 갖고 싶다고 말씀해주시는 분들도 계신다. 다 덕담이고 관심이니까 감사하며 듣지만 속으로는 어색하다. 나는 스스로를 글 쓰는 사람이라고 생각하지도 않을뿐더러 이 일이 엄청나게 좋다거나 꿈꾸던 일이라서 시작하지도 않았기 때문이다.

잡지를 좋아했던 건 맞다. 세검정 할머니 집에 있던 《리더스 다이제스트》 한글판, SK텔레콤에서 만들던 무가지 《TTL》, 그때부터 선구자를 따라 했던 LG텔레콤의 《카이》, YG가 작았던 시절의 《바운스》, 거기 있던 기사들이 지금도 내가 만들고 싶어 하는 페이지였다. 그때부터 그 페이지들이 멋있어 보였다.

여기까지만 적어두고 내 직업 이야기를 낭만적으로 남겨두고 싶지만 그럴 수는 없다. 나는 전반적으로 현실감각이 떨어졌고 남과 경쟁해서 이기고 싶지 않았고 냉정한 현실 앞에 맨몸으로 서는 게 싫었다. 피터팬처럼 세속 세계를 비웃으며 날아다닐 만큼의 재능도 없었다. 재능이 있었다면 이 나이까지 이러고 있지도 않았겠지.

집에서 가까운 대학에 간 덕분에 생활비를 아낄 수 있었다. 거기까지였다. 부모님께서 고생해주신 덕에 학비를 지원받고 생활비만 내가 벌어서 쓰면 되었다. 대충 살 핑계를 열심히 만들어서 내 주변에 성처럼 둘러놓고 살았다. 성격이 이 모양이니 취업도 관심 밖이었다. 토익을 왜 몇 번씩 봐? 시험을 잘 보기 위한 기술 습득과 영어 실력에 무슨 상관이 있어? 왜 이력서에 한 줄 더 넣으려고 이력서의 한 줄 말고는 아무 의미도 없는 자격증들을 따야 해? 그 자격증이란 거 다 취업 준비생들의 막연한 불안을 먹고 사는 사업 아니야? 열심히 살아오신 분들, 죄송합니다. 아주 건방지고 오만한 생각이다.

해야 할 일을 합니다

사실은 남 신경을 쓰는 성격이 아니라서 그런 생각도 잠깐뿐, 하루하루 내가 좋아하는 책을 읽고 재미있어 보이는 곳을 돌아다녔다.

여름방학은 영원하지 않다. 내 삶의 여름방학 같았던 대학 생활도 슬슬 내게 호텔의 체크아웃 콜 같은 사인을 보내고 있었다. 졸업이 다가왔다. 집에 석사를 하겠다고까지 손을 벌릴 여유는 없었다. 일을 하긴 해야 하는데… 싶어 작은 일을 했다. 친한 지인이 합정역에 만든 식당의 인테리어를 하고 거기서 요리를 만들었다(그 식당은 몇 년 후 문을 닫았고 지인과는 여전히 친하게 지낸다). 그때 알게 된 친구와 가방 브랜드를 만들어 친구가 생산을 하고 나는 브랜딩 비슷한 걸 했다(그 브랜드는 얼마 안 가 망했고 친구는 내 돈을 빌린 후 연락이 끊겼다. 다행히 내 피해 액수는 적은 편에 속했다). 그리고 잡지사 어시스턴트라는 일을 했다.

대학교를 마칠 때까지도 라이프스타일 잡지의 피처 에디터라는 직업이 멋있어 보였다. 어릴 때의 환상에 더해 사진과 문자를 함께 '에디트'하는 게 적당히 좋을 것 같았다. 어쩌다 보니 잡지사 어시스턴트를 거쳐 잡지 에디터가 되었다. 첫 잡지는 아주 작은 여행 잡지였다. 그때만 해도 원고를 만들고 사진과 조합하는 일을 이렇게 오래 할 줄은 몰랐다.

*

작은 잡지사의 에디터 일은 그야말로 현실이었다. 한 달에 한 번씩 서점에 책이 깔려야 하니까. 취재도 배당도 많았으니 당장 써야 하는 원고가 늘 너무 많았다. 원고를 만드는 건 고통스러운 일이었다. 난 글쓰기에 대해 아무 교육도 받지 않았다. 팔팔 끓는 냄비 속에 가득 들어 있는 카레처럼 표현욕구가 끓어 넘치는 사람도 아니었다. "야, 네 원고는 무슨 조서 같다"라고 말한 사람도 있었다. 다행히 그때 함께 일하던 교정교열사 봉소형 선생님께서 문장의 기본을 많이 알려주셨다. 한 순간도 즐겁지 않았다면 거짓말이지만 힘들었던 적이 훨씬 많다.

내게 원고는 날짜에 맞춰 쳐내야 하는 업무상 과제이자 몇 안 되는 밥벌이 재주일 뿐이었다. 경험도 없고 욕구도 없고 교본도 없고 스승은 뵙기 힘드니 글쓰기가 즐거울 리 없었다(교정교열사는 한 달에 한 번 마감 때만 잡지사에 오신다). 눈부신 재능 또한 없으니 이리저리 치인 적이 훨씬 많다.

좋은 원고를 만드는 게 쉬운 일도 아니다. 소리와 녹음과 음악이 다르듯 생각의 뭉치와 표현된 문자와 좋은 글은 모두 차원이 다르다. 좋은 관점, 그 관점을 받쳐주는 양질의 취재 재료들, 요리의 양념이나 래퍼의 킬링버스(killing verse)처럼 원고 사이에 한번씩 들어가는 참신한 표현들, 무엇보다 이 모든 요소를 끝까지 흘러가게 하는 리듬. 그게 다 있는 원고를 만드는 건 굉장히 어렵다. 내가 안다. 독자로서 좋은 글을 많이 봤고 원고 생산자로서는 좋은 글을 만드는 데 실패해왔으니까. 방금 문장만 해도 얼마나 장황한가. 하지만 이 정도만 만들면서도 한여름 개처럼 혀를 빼고 헥헥거렸다.

그래서 글쓰기를 좋아한다는 분들을 보면 정말 신기하다. 궁금하기도 하다. 글쓰기를 좋아하는데 왜 그 마음이 직업으로까지는 가지 않았는지. 현명하기 때문이겠지. 미국 남자 소설가 중에는 '내가 금융계 종사자나 법관이나 미식축구팀 주장이 되지 못하고 글이나 쓰고 있다니' 같은 정서를 내비치는 사람들이 있다. 스콧 피츠제럴드가 대표적인 예다. 나도 '오, 내가 글을 쓴다'보다는 '으이그, 내가 글이나 쓰고 있다니'에 더 가깝다.

*

내게 좋은 잡지 원고를 만드는 일은 아주 더러운 부엌을 정리해 요리를 하는 것과 비슷하다. 사람들에게 물어서 뭔가를

우리가 이 도시의 주인공은 아닐지라도

듣고 다양한 종류의 자료를 찾는다. 손으로 적은 것도 있고 녹음해둔 파일도 있고 인터넷 어딘가에서 URL을 통해 찾아낸 것도 있다. 흙 묻은 쪽파와 핏물이 남은 돼지고기를 하나씩 다듬는 마음으로 원고 재료를 손질한다. 그 과정은 지루하고 까다롭고 며칠씩 해도 티가 잘 나지 않는다. 워드 화면 안에서만 일어나는 일이라서 아무것도 안 한 것 같은데 힘만 다 빠져 있다. 그날 저녁에 만난 사람이 "오늘 뭐 했어?"라고 묻는다면 "어 어 음… 했어"라고 얼버무릴 날들이다.

다만 원고를 만들다보면 분명 좋은 순간이 있다. 날것의 재료들을 어떻게든 다듬어 맞추고 그 사이에서 뭐라도 해보겠다고 흐름을 만들고 나름의 강약을 주다보면 어느새 머릿속 부엌이 정리되고 요리가 나오고 있다. 생각이 눈에 보이는 모양으로 정리되어 있을 때의 쾌감은 글이 길수록 크다. 무라카미 하루키가 어딘가에서 "장편을 끝낸 소설가는 제정신이 아니다"라고 한 적이 있는데 그 말도 알 것 같다. 단편소설 분량의 잡지 원고도 다 만들고 나면 약간 제정신이 아닌 듯한 기분이 든다. 모든 원고가 다 만들어지면 더러운 공기와 두꺼운 먹구름이 일순간 걷히고 햇빛만 비치는 것 같다. 미친 소리 같지만 잠깐은 그럴 때가 있다.

해야 할 일을 합니다

이 기분은 정말 아주 잠깐이다. 적금 만기의 기쁨이 만기했을 때에만 오듯, 원고를 마친 상쾌한 기분도 원고를 다 했을 때만 느낄 수 있다. 원고가 잘되면 쾌감이 있다는 걸 아니까 겨우겨우 한 줄 한 줄 채워 나가는 것 같기도 하다. 지금 이 글도 단행본 전용으로 들어가야 하는 게 아니었다면 쓰지 않았을 것이다. 지루하고 고통스러웠다. 그 대신 마지막으로 갈수록 기분이 좋아졌다. 그거면 됐다.

좋아하는 일을 하지 않아도 가끔 즐거울 수 있다. 그 즐거움이 삶의 꽤 큰 영양분이 된다. 나는 원고 생산직에 있으며 이 교훈을 배웠다. 원고에 대한 쾌감은 직업으로 원고를 만들지 않았다면 아예 못 느꼈을 것이다. 난 포기가 빠르고 하기 싫은 건 안 하는 성격이니까. 이제 정말 거의 다 했다. 손가락만 까딱거렸는데도 원고를 쓰고 나면 배가 고프다. 밥 먹으러 가야지.

벼룩시장의 제프리

맨해튼 어딘가에서 매주 토요일에 연다는 그 벼룩시장은 생
각보다 더 지저분했다. 지저분한 공터에서 지저분하게 입은
사람들이 지저분한 입구를 만들어두고 1달러씩 입장료를 받
고 있었다. 판매자도 판매 부스도 비슷했다. 아무 정리 없이
잡동사니가 들어 있는 상자의 뚜껑만 열어둔 사람도 있었다.

대도시 벼룩시장일수록 물건이 비싸고 뻔하다. 거기도 마찬
가지였다. 어느 한국인 판매자는 좋은 거라면서 델프트* 꽃병

---

* 네덜란드의 도시이자 도자기 브랜드. 특유의 푸른색이 있어서 한번 보면 계속 기억
할 수 있다. 네덜란드 스키폴 공항에 매장이 있을 정도로 네덜란드를 대표하는 물건 중
하나. 냉장고 자석을 좋아하시는 분들이라면 스키폴 공항 로열 델프트 매장에서 로열
델프트로 만든 미피 냉장고 자석을 사시길 바란다.

해야 할 일을 합니다

을 40달러에 팔려 했다. 그럴 때도 있지. 원래 대도시란 비싸고 지저분하고 뜨내기에게 가혹하다. 깨끗한 곳에서 그럴싸한 기분을 느끼려면 높은 가격을 감수해야 한다. 그 꽃병도 그냥 샀다. 유럽에선 반값이었겠지만 뉴욕은 유럽이 아니니까.

딱 하나 다른 부스가 있었다. 벼룩시장의 물건들이 책꽂이에 꽂힌 책이라면 거기의 물건은 테이블 위에 의도적으로 놓아둔 책이었다. 구도나 조합을 보면 그곳만 그 지저분한 벼룩시장에서 일종의 VMD(Visual Merchandising)를 해두고 있었다. 가져온 물건들도 훌륭했다. 이 판매자는 미국과 유럽의 미드 센트리를 좋아하는 것 같았다. 미드 센트리 좋잖아. 나도 한참 봤다.

조명이 특히 마음에 들었다. 생김새도 귀여운데 높이를 조절할 수 있어서 집에 가져가기 편했다. 이제 서양에서 사고 싶은 건 조명뿐이다. 이 정도면 훌륭하다. 다만 가격이 조금 비쌌다. 말이 느린 백인 남성 판매자는 나도 알아들을 수 있을 정도로 천천히 값을 말해주었다. 그래봤자 몇십 달러였지만 나는 궁색한 남자였다. 가격을 듣고 나와 벼룩시장을 몇 바퀴 돌며 생각했다. 살까 말까. 나중에도 생각날 것 같았다. 사기로 했다.

"노, 노, 노." 그는 완고했다. 벼룩시장에도 상도가 있고 나는 깎을 때도 상도를 지키는 편이다. 하지만 그가 계속 상냥하게 거절했다. 이러면 갖고 싶은 쪽이 급해진다. 생각보다 조금 비쌌지만 샀다.

그는 안 깎아주는 것 빼고는 계속 상냥했다. 돈을 받고 물건을 포장해주며 여기 사느냐고 물었다. 아니라고, 일하러 왔다고 말했다. 무슨 일을 하느냐고 물었다. 잡지사 에디터라고 했다. 그의 표정이 달라졌다.

"오, 나도 에디터였어." 오 마이 갓. 그때부터 우리의 말이 조금 빨라졌다. 그는 정말 반가워했다. 같은 직업은 국적을 넘어 사람을 편안하게 만드는 모양이다.

"허스트*의 에디터였어. 리빙 잡지에서 일했지. 마지막에 만든 잡지는 기업에서 발행하는 잡지였지만 가장 오래 일했던 건 리빙 잡지야. 십몇 년쯤 일했어." 그는 나이가 좀 있어 보였다. 디렉터나 편집장도 했겠네요. 물어보았다. "오, 그건 아

* 미국의 미디어 그룹. 한국에도 '허스트중앙'이라는 이름으로 진출해 있다. 한국어판 《에스콰이어》, 《엘르》, 《코스모폴리탄》 등이 여기서 나온다. 나는 한국어판 《에스콰이어》에서 일했던 적이 있다. 그래서 제프리가 더 반가워했던 것 같기도 하다.

니야. 나는 디렉터 같은 걸 하고 싶지 않았어. 눈에 안 띄는 네 다섯 번째, 난 늘 그 포지션을 좋아했어. 마감은 힘들었지만 일은 재미있었어."

그는 신나게 이야기하다 지갑을 펼쳤다. 질 좋은 가죽이 잘 낡아서 자꾸 보면 기분이 좋아지는 지갑이었다. 그가 이제 새 지갑을 갖고 다니지 않아도 된다는 뜻이기도 했다. 그는 지갑에서 명함을 하나 꺼내 보여주었다. '제프리'라고 쓰여 있었다. "허스트 다닐 때 내 명함이야." 제프리가 말했다.

제프리의 옛날 명함은 지갑보다 더 낡았다. 한때 광택이 돌았을 두툼한 종이는 빛이 다 사라졌다. 네 귀퉁이도 조금씩 닳아서 별로 뾰족하지 않았다. 제프리가 언제 그만뒀는지 정확히 짐작할 수는 없었지만 적어도 지난달은 아니었다. 15년 전에 그만뒀다고 해도 딱히 놀랍지 않을 것 같았다.

제프리는 그 사이에서 지금 쓰는 명함을 꺼내 주었다. 빈티지 앤티크 바이&셀 같은 말이 쓰여 있었다. 지금 생각하면 명함 디자인이 지나칠 정도로 좋았다. 나는 달가워하지 않지만 업계에서 종종 하는 말이 떠올랐다. 누가 에디터 아니랄까 봐.

우리가 이 도시의 주인공은 아닐지라도

헤어지고 나가는 길에 제프리가 나를 불렀다. 사려다 내려놓았던 물건을 가지라며 내밀었다. 얇고 가벼운 티크 쟁반이었다. 그렇게 안 깎아주던 사람이 그냥 주기엔 좀 비싼 물건이었다.

옆에서 지켜보던 사진가 신규식은 내내 나를 놀렸다. 뭐 그렇게 흥정을 하냐고. 제프리랑 너무 닮았다고. 나중엔 제프리 박이라고까지 불렀다. 제프리라면 격투 게임 〈버추얼 파이터 2〉의 거구 캐릭터 제프리가 가장 먼저 떠오르는데. 나와는 별로 어울리지 않는 이름이라 생각하며 떠들고 웃었다.

*

막상 그날 밤엔 잠이 안 와서 뒤척였다. 신규식이 놀려서는 아니었다. 지금의 제프리가 미래의 나와 겹치는 것 같았다. 내 머릿속에는 이런 환상이 떠오르고 있었다.

지금껏 그랬듯, 별 특기나 성취 없이 눈에 띄지 않는 에디터 생활을 전전한다. 나이가 조금 더 들고 업계 사정이 바뀌고 시장에 젊은 사람들이 들어오며 자연스럽게 아무도 박찬용 에디터를 찾지 않게 된다. 나는 어딘가의 좌판에서 헌 물건들을 펼쳐두고 손님들을 기다린다. 가끔 호기심 많은 손님이 말

해야 할 일을 합니다

을 걸면 천천히 대답한다. 아니요, 이 일을 계속한 건 아니에요. 잡지사에서 에디터 일을 했어요.

한 번밖에 안 봤지만 제프리는 왠지 나와 비슷한 느낌이 있었다. 말이 느렸다. 행동도 빠르지 않았다. 나도 누구 위에서 일하거나 눈에 띄는 걸 꺼렸다. 애초부터 잡지사에 간 이유 중하나가 큰 조직이 부대꼈기 때문이었다. 예쁜 것도 좋아했다. 나 자신이 미감이 있거나 세련되지는 않았지만 잘 만들어진걸 보는 건 즐거운 일이었다. 좋은 물건을 구경하는 게 이 직업의 작은 흥취이기도 했다. 다만 내 잔고에 한계가 있으니해외에 가면 벼룩시장을 즐겨 찾았다.

그러면 제프리처럼 되는 것이었다. 손가락이 곱을 듯 추운 토요일 아침에 더러운 벼룩시장 한구석에서 남이 쓰던 물건들을 가져다 팔아야 하는 것이었다. 나는 그 추운 날 아침에 내미래의 어떤 모습을 본 듯한 기분이 들었다.

물론 이건 제프리에게 큰 실례다. 제프리가 어떤 삶을 살았고 지금 무슨 생각을 하는지 나는 모른다. 하다못해 지금 훨씬 더 많이 벌고 하기 싫은 거 안 하면서 즐겁게 살고 있을지도 모른다. 다만 그때 내 마음이 그랬다. 나는 온갖 것에 짓눌

우리가 이 도시의 주인공은 아닐지라도

려 있었다. 회사 일정과 공과금 납부와 자동차 배터리 방전 걱정과 지난겨울의 동파가 또 오는 건 아닐까 하는 근심과 앞이 안 보이는 내 미래에 대한 공포와 『요즘 브랜드』의 부진한 실적에 대한 슬픔 같은 것들. 나는 지쳐 있었고 어디에도 지친 마음을 털어두지 못했다. 지금 생각하면 뭐 그 정도로 그렇게… 싶기도 하지만.

그다음 주에 제프리와 한 번 더 마주쳤다. 일이 끝나서 신규식이 돌아가고 나만 혼자 남은 날이었다. 크리스마스가 얼마 남지 않은 주말이었지만 혼자 남은 아침에 갈 곳이 별로 없었다. 제프리는 그 벼룩시장의 똑같은 자리에 있었다. 우리는 서로를 알아보고 인사를 나눴다.

"뉴욕 근교에서 물건을 구해. 주중에는 코네티컷 같은 시골로 가. 사람들이 이사를 하거나 누군가 세상을 떠났을 때 내게 연락하기도 해. 그럼 내가 가서 물건을 사 오고. 여기 말고 다른 벼룩시장에 나가기도 하고. 집은 여기서 좀 멀어. 뉴욕 북쪽의 할렘에서 아내와 살고 있어. 지금 괜찮아. 나쁘지 않아."

우리는 거기서 인사를 나누고 헤어졌다. 제프리는 연락하라며 예의 그 아주 멋진 명함을 주었다. 나도 물건을 하나 샀다.

해야 할 일을 합니다

별로 대단한 것도 아니고 싸지도 않았지만 뭐라도 사고 싶었다. 돌아가는 길에 제프리가 나를 한 번 더 불렀다. 이번엔 샐러드를 섞을 때 쓸 듯한 큰 티크 숟가락과 포크를 주었다. 이번에도 그냥 주기엔 좀 비싼 물건이었다.

*

여전히 해외에서 주말 아침에 시간이 남으면 벼룩시장을 찾는다. 제네바 외곽의 건물 지하에서, 긴자 근처의 박람회장 앞에서, 다른 이런저런 외국의 벼룩시장에서 나는 늘 같다. 옷에 먼지를 묻혀가며 쭈그려 앉아 별것도 아닌 물건들을 구경한다. 들었다 놨다 하다 푼돈을 깎아달라며 조르고 곧 찢어질 듯 얇은 비닐봉지에 물건을 담아 온다. 그럴 때마다 제프리를 생각한다. 언젠간 나도 제프리처럼 될지도 몰라. 그것도 나쁘지 않을 거야. 지금 물건 봐두는 게 도움이 되겠지.

독일 함부르크에 갔던 출장에서도 벼룩시장을 찾았다. 다행히 토요일 아침에 숙소와 멀지 않은 곳에서 열리고 있었다. 똑같이 물건을 구경하고 별것도 아닌 걸 낑낑대며 들고 와서 우체국 문 닫기 직전에 겨우 부쳤다. 하나만 오고 나머지는 안 왔지만 뭐 언젠가 오겠지. 안 와도 경험이 되겠지.

아직 집에 제프리의 명함이 있다. 몇 달 동안 가끔 만지작거리기만 했다. 이번에 생각난 김에 메일을 보내봐야겠다. 제프리가 잘 지내는지가 이제 내게도 좀 중요해졌다.

해야 할 일을 합니다

더 나빠지기 전에 헬로라이프

이 책을 함께 작업하는 편집자 김남혁과 처음 밥을 먹는 날이었다. 김남혁은 머리숱이 많고 호리호리하며 날렵하고 지능적인 인상이다. 축구선수 다비드 실바 같은 분위기가 있다. 그런데 나와 처음 만났을 때의 그는 슬럼프에 빠진 다비드 실바 같은 느낌이었다. 정확한 단어는 기억나지 않지만 그는 나에게 '어차피 내리막길 아닌가. 나는 잃을 것도 없고, 솔직히 아무것도 안 하고 싶다' 같은 이야기를 해주었다.

이해가 됐다. 30대 초반의 편집자가 일하기에 한국 출판계는 그렇게 즐거울 곳이 아니었다. 있었는지조차 모를 좋은 시절은 끝난 게 확실했다. 출판계 이야기를 들어보면 나라도 힘이 빠질 것 같았다. 후배들에게 모욕을 일삼는다거나, 의미 있는 책으로 만들기보다 팔릴지에만 주력한다거나, 세상 바뀌는 걸 모르고 여전히 관행과 미신에 집착한다거나. 그런 곳에서 일하다보면 뭔가 해보자는 의욕이 사라지는 게 더 자연스러울 것 같았다.

하지만 그가 간과하고 있는 것도 있었다. 지금보다 더 나빠질 수도 있다는 점이었다. 마침 그때 나는 무라카미 류의 『55세부터 헬로라이프』를 읽은 참이었다. 그 책은 일본의 보통 사람들이 나이가 들면서 어떤 일을 겪을 수 있는지에 대한 몇 개의 단편소설 모음이다. 내게 특히 충격적이었던 건 두 번째 소설 「하늘을 나는 꿈을 다시 한 번」이었다.

소설의 주인공 인도 시게오는 중소 출판사의 편집자다. 편집자로 경력을 쌓았지만 일본의 출판시장은 점점 작아지기만 한다. 20년 정도 일한 뒤 돌아온 건 약간의 퇴직금뿐이라 다른 일을 하지 않을 수가 없다. 그런데 출판 편집자가 할 수 있는 일이 딱히 뭐가 있겠어. 인도 시게오는 공사 현장에서 수신호로 교통을 조절하는 일을 하게 된다. 체력도 돈도 없어서 보온병에 물을 넣어 다니면서 출퇴근하고 며칠 일하다 극심한 요통에 시달린다.

이 부분을 읽으면서 나는 잠깐 책을 덮고 천장을 올려다보았다. 내 미래의 어두운 버전을 본 것 같았다. 나 역시 퇴직을 하면 비슷한 운명에 놓일 가능성이 컸다. 나 역시 가진 재주라고는 책에 들어갈 페이지를 기획하고 원고를 작성하는 것 정도다. 지금이야 감사하게도 찾아주는 곳이 있으니 일을 할 수 있지만 오랫동안 이 일을 할 수 있을 거라는 보장은 어디에도 없다. 내가 가진 재주를 아무도 사주지 않을 때 내가 할 수 있는 일은 명백하다. 저숙련 노동의 길로 들어서는 것이다.

이 소설에는 인도 시게오의 친구가 나온다. 가난과 질병 속에서 죽어가고 있는 게 명백한 친구다. 소설에 묘사된 친구의 여러 모습 중 하나로 치아 상태가 안 좋다는 말이 있었다. 그 대목을 보면서 내 이가 썩어들어간 듯한 기분이 들었다. 우리 모두 알다시피 치아 치료에는 돈이 많이 든다. 안정적인 수입이나 저축해둔 돈이 없으면 치아가 새까맣게 썩는 일도 일어날 수 있다. 나는 인도 시게오의 죽어가는 친구가 남 일 같지 않았다. 내 재주가 계속 팔릴 거라는 보장이 없다는 사실을 내가 가장 잘 알고 있었으니까.

"아닙니다. 앞으로 더 큰 고통이 올 수 있습니다. X되는 건 끝도 없고, 에디터님이 잃을 건 훨씬 많아요. 이를테면 건강한 치

우리가 이 도시의 주인공은 아닐지라도

아 같은 것." 그의 고충을 들은 내가 이렇게 대답했다고 한다. 나는 기억이 없는데 당사자에게는 이 말이 마음에 남았던 모양이다. 나와 함께 책까지 만들자고 한 걸 보면. 그만큼이나 나에게는 『55세부터 헬로라이프』의 기억이 강렬했던 듯하다.

*

그 책의 예를 들 것까지도 없다. 내가 한국 라이프스타일 잡지계에서 일하는 동안만 해도 적지 않은 사람이 각자의 고통을 호소했다. 남아서 좋은 걸 만들기는 점점 어려워졌고 떠나고 사라지기는 점점 쉬워졌다. 알고 보니 많은 사람이 척추나 마음이나 신용 등급에 각자의 질환과 걱정과 불건전성을 숨겨두고 있었다. 일할 의지와 재능이 있는데 도저히 더는 일할 수 없는 상황에 놓인 사람들도 보았다. 업계에, 혹은 이 세상에 더는 계시지 않은 분들도.

그런 분들의 이야기를 보고 들으면서 내 안에도 어떤 결심이 종유석처럼 천천히 쌓인 것 같다. 그 결심이 쌓이고 쌓여 이제 나도 읽을 수 있는 문장의 모양이 되었다. 그 문장의 내용이 김남혁에게 했던 말과 비슷했다. 지금은 최악이 아니다. 언제든 더 나쁜 게 올 수 있다. 이 문장을 머릿속에 현수막처

해야 할 일을 합니다

럼 띄워두고 몇 년을 살았다. 아니, 언제든 더 나쁜 게 올 수 있다는 가능성을 머리에서 지울 수가 없었다.

잡지 업계가 누구도 무사하지 못할 죽음의 땅은 아니다. 변하는 시장을 읽고 적절한 순간에 훌륭한 선택을 해서 멋지게 살고 세속적으로 더 성공한 분들도 많이 계신다. 좋은 환경 덕분에 본인의 순수한 심성과 감성을 유지하면서 사시는 분들도 계신 듯하다. 다만 나의 삶이 성공한 자와 거리가 멀 뿐이었다. 나는 변하는 세상을 읽을 만큼 영리하지 못하다. 내 비현실적인 천진함을 유지해줄 후원자 역시 없다. 나는 어떻게든 내 힘으로 내 앞가림을 해나가야 한다. 그러지 않으면 어떻게 될지 자세히 묘사할 순 없어도 한마디로 요약할 수는 있었다. 점점 나빠질 것이었다.

그 결과가 지금의 나다. 들어오는 제안을 거절하지 않고 무슨 일이든 할 수 있는 한 열심히 한다. 늘 네 개쯤 공을 하늘에 던지며 저글링을 하는 기분이다. 공이 하나씩은 꼭 떨어져서 먼지를 닦았다가 관객들에게 사과했다가 다시 또 공을 돌렸다가 혼자 한번씩 성내기도 하다가 그러다 또 뭔가 끝나면 잠깐 기분 좋았다가 하는 삶을 살고 있다. 많이들 그렇게 살고 계실 거라 생각한다.

이러이러해서 열심히 살고 있다고 하면 '열정 있으시네요' 같은 말로 칭찬을 해주시는 분들도 계신다. 지금 이러고 있는 것 역시 내 열정이 아니다. 나는 애초부터 열정 같은 건 가져본 적이 없다. 가장 빠른 자의 쾌감도, 전인미답의 뭔가를 하고 있다는 성취감도 느낀 적이 없다. 그렇다 해도, 열정이 없이도 열심히 할 수 있다고 생각한다. 적어도 지금의 내가 그 증거다.

나는 고통이 두렵고 실패가 두렵다. 누구도 나를 찾지 않을 먼 미래의 어느 날이 막연하게 두렵다. 언젠가 분명 찾아올 치통과 근육통 같은 건 구체적으로 상상할 수 있어서 더 두렵다. 밤하늘처럼 내 사방에 깔린 어두움을 잠깐이라도 잊기 위해서 허공 같은 워드프로세서 창에 온갖 글자들을 채워 넣는다. 열정이 아니라 공포와 불안이 이끄는 삶이다. 긍정적인 기운으로 인생이라는 코트에 파워 서브를 넣듯 살아가는 사람들이 부럽기도 하다. 나는 반대로 어딘지 모를 곳에서 날아오는 공포의 서브를 계속 리시브로 받아치는 삶을 사는 중이다. 이렇게 만들어진 글을 누군가가 좋게 봐주는 건 물론 아주 감사한 일이다. 하지만 이걸 열정이라고 부르는 건 머쓱할 뿐 아니라 사실도 아니다.

해야 할 일을 합니다

뭔가를 열심히 하기 위해서 꼭 열정이 필요한 건 아니다. 그냥 내 일은 눈앞에 떨어져 있고 그 일에는 마감 날짜라는 태그가 달려 있다. 나는 원고 마감이라는 약속을 지켜야 한다. 그러지 않으면 작게는 나와 함께 일하는 사람들이 고생하고 크게는 그 원고가 실릴 잡지나 책이 늦게 나간다. 안 될 일이지. 책 만들기는 누군가의 사업이다. 남의 사업을 방해할 순 없다.

마감에 늦어도 어떻게든 책이 만들어지긴 한다. 대신 마감이 늦을수록 함께 일하는 사람들의 피로도가 오르고 실수할 확률이 높아진다. 축구에서 안 좋은 패스를 주면 패스를 받는 선수가 더 뛰어야 하는 것과 같다. 나는 할 수 있는 한 좋은 패스를 주는 사람이고 싶다. 해야 하는 일을 최대한 잘하고 싶은 것뿐이다.

요즘 나는 열정 없이 열심히 하는 편이다. 엄청나게 열심히 하지도 못한다는 걸 내가 가장 잘 안다. 원고를 만들고 기획을 하다보면 조금 신기한 방식으로 기운이 빠지곤 한다. 그냥 모니터를 보며 앉아 있는 거니까 남이 봐서는 '쟤가 온종일 뭘 했다는 거야' 싶을지도 모른다. 고작 문장 몇 개를 만드는 게 전부인데 은근히 집중이 안되어서 종일 딴짓을 하다가 힘이 다 빠진 채 집에 가지도 못하고 일을 하지도 못한 채로 쓸데없는 것들을 들여다보기도 한다.

내 오랜 친구들과 종종 나누는 농담이 큰 힘이 된다. 내 친구 유상이는 대학을 졸업하고 대기업에 다니다가 본인의 부친께서 하시던 정육점 일을 이어받아 하고 있다. 유상이는 나와 전화할 때마다 굽실거리며 나를 놀린다. "아이고 기자 선생님. 야 그래도 더울 때 냉방 되고 추울 때 난방 되는 데서 일하는 거 아니냐. 정육점은 명절이 대목인데 우리 아버지는 명절마다 손가락 끝이 곪았어. 일을 많이 해서 손끝이 갈라지는데 그 사이로 동물 피가 들어가서. 그에 비하면 너는 손가락만 까딱거리면서 일하는 거 아니냐." 이렇게 말하는 유상이에게 나도 "너 나보다 서너 배는 더 벌면서 그런 말 하면 안 된다"고 이죽거리긴 하지만, 종종 유상이 아버지의 손가락을 생각하면 정신이 든다. 적어도 내 손가락 끝은 아직 멀쩡하다.

해야 할 일을 합니다

왜 나는 잡지계로 돌아왔는가

내가 회사에 돌아올 수 있었던 이유는 회사를 잠깐 떠났기 때문이었다. 회사를 잠깐 떠났던 이유는 회사가 재미없었기 때문이었고 회사가 재미없었던 이유는 여러 가지였다.

나는 2009년 12월에 라이프스타일 잡지 에디터라는 일을 시작해 2015년 9월에 완전히 그만두었다. 5년 10개월 동안 4개의 잡지사에서 일했다. 여행 잡지, 시계 전문지, 남성 라이프스타일 잡지 2곳이었다. 잡지사를 그만둘 때쯤에는 그중 두 개의 잡지가 휴간 상태였다. 2019년에는 3개로 늘었다. 휴간은 폐간의 완곡한 표현이다.

우리가 이 도시의 주인공은 아닐지라도

사회생활을 하는 내내 재정적으로 정신적으로 불안정했다. 월급은 늘 적게 느껴졌고 실제로 타 업계의 친구들보다 많이 적었다. 높은 수입을 기대하고 시작한 일은 아니었으니 그야 그렇다 쳐도 일에 재미가 없는 게 더 문제였다. 시켜서 하는 일들, 질 낮은 단체들이 주관하는 질 낮은 홍보 기사 페이지들. 당시의 나는 하고 싶던 것들을 거의 못하고 있다고 생각했다.

잡지 업계의 상황 역시 불안정했다. 한국의 잡지 업계는 나 같은 평사원은 각종 수치를 거의 들여다볼 수 없는 구조라 업계의 불안정을 수치로 표현할 수는 없었다. 하지만 제2차 세계대전 당시 덩케르크의 병사들이 전쟁 현황을 몰라도 목숨의 위기는 알았던 것처럼 나도 업계 전체의 불안을 느낄 수 있었다. 아무것도 나아지지 않을 거라는 무력감, 시간이 지날수록 점점 안 좋은 곳으로 빨려드는 공포가 사무실 내 자리 곳곳에 스며들어 있는 것 같았다.

이 점을 확실히 짚고 넘어가고 싶다. 내가 속했던 곳의 누군가를 탓하려는 게 아니다. 나는 동료와 선후배 운이 좋아서 대부분 훌륭한 분들과 즐겁게 일했다. 하지만 즐거운 인간관계만으로는 어쩔 수 없는 일도 있는 법이다. 모든 불안이 복리처럼 쌓여서 2015년의 어느 날 나는 잡지 업계를 떠났다.

마침 새로운 제안도 있었다. 새로 알게 된 지인의 지인이 정치 컨설턴트인데 '라이프스타일' '콘텐츠'를 만들었던 경험이 있는 사람을 찾는다고 했다. 지금 생각해보면 어떻게 그랬나 싶은데 아무튼 나는 그 회사로 가기로 했다. 새로운 회사는 종로구에 있었다. 한국의 거의 모든 라이프스타일 잡지가 있는 강남구를 떠나는 것부터가 시원했다.

그곳은 4개월 만에 그만두었다. 여러 가지 이유로 불안정함과 지루함, 무력감과 공포가 전혀 개선되지 않았다. 잡지 업계에서 일하면서 늘 내가 이 업계와는 어울리지 않는다고 생각했다. 잡지 업계가 아닌 곳에서 일해보니 나는 잡지 업계가 아닌 곳에서는 더 적응하기 어려운 사람이었다. 한 달이 지나도 내가 참여한 책이 서점에 깔리지 않으니 투명인간이 된 것 같았다. 거기서 생각했다. 좋고 나쁨을 떠나서 나는 남이 보는 걸 만드는 게 몸에 익어버렸다. 그런데 당장은 갈 곳이 없으니 프리랜서를 하자. 그 생각에 회사를 나왔다. 2016년 2월이었다.

프리랜서는 더욱 고통스러웠다. 수입이 완전히 불안정해졌다. 직전에 다니던 직장에서 월급의 80퍼센트를 저축했기 때문에 잠깐의 여유는 있었지만 고정된 수입이 없으니 심리적으로 무척 불안해졌다. 나약했기 때문이었겠지. 나는 나약했던

데 더해 현명하지도 못했다. 스스로를 증명하지 못한 채 독립하는 건 합리적인 선택이 아니었다. 시장에서의 나는 별 다른 증명을 하지 못한 채 독립한 4~5년 차 에디터였다. 무명 프리랜서에게는 들어오는 일도 뻔했다. 회사에서 하던 것보다 더 별로인 일들을 해야 했다. 나를 보호해주는 회사가 없으니 부당한 일이 생겨도 할 수 있는 게 아무것도 없었다. 정신적으로도 불안정해지는 게 당연했다. 정신적 불안정을 피하자는 의미로 수입의 일정 부분은 어떻게든 적금을 들었다.

돈, 불안정, 그런 것쯤이야 사실은 큰 상관이 없었다. 하고 싶은 일을 할 수 있다면. 가장 중요한 건 회사에 다니지 않는다고 해서 하고 싶은 일을 할 수 있는 것도 아니라는 사실이었다. 이론적으로 프리랜서는 소속 단체가 없는 대신 시간을 자유롭게 쓰는 권한이 생긴다. 하지만 어차피 그 시간에 할 수 있는 게 일뿐이다. 생계를 위해 재화를 생산해야 하는 건 똑같으니까.

생계를 위해 일을 할수록 하고 싶은 일과는 멀어질 뿐이었다. 물론 세상에는 자신이 하고 싶은 일을 골라서 할 수 있는 프리랜서도 있다. 재능이 있고 그 재능을 인정받았으며 인정받은 재능으로 현실 세계의 매출을 만드는 사람들이 있다. 말하자면 김영하나 봉준호 같은 사람들. 박찬용 씨는 그런 사람이 아니었다.

*

고통이 깨달음을 주었다. 이렇게 생각하기로 했다. 내 모든 고통과 불안정의 근원은 나의 상황이 아니라 나 자신이라고. 내가 일을 재미없게 진행하고, 내가 이런저런 핑계를 대면서 무기력해했다. 내가 내 정신을 간수하지 못하고 불안정하게 만들고 있었다. 종이에 인쇄된 정보가 물리적인 유통망을 따라 퍼지는 세상의 흐름 자체가 변하는데 그 사실을 무시한 채 변하지 않으려 했다. 그런 세상에 손가락질만 하다가 밤이 늦으면 택시를 타느라 저축도 못하던 내가 제일 큰 문제였다.

그래서 내가 변했다. 마침 《에스콰이어》에서 사람을 찾고 있었고 우연히 나에게까지 좋은 기회가 왔다. 일은 전에 했던 일과 비슷한 면이 있었다. 하지만 나는 무슨 일을 하든 재미를 느끼려 애썼다. 불안정해지고 싶지 않아서 저축과 건강 관리를 더 열심히 했다. 무력한 건 어쩔 수 없으니 당장 눈앞에 보이는 이번 달의 배당에 최선을 다하려 했다.

우리가 이 도시의 주인공은 아닐지라도

《에스콰이어》팀에서 좋은 분들과 즐거운 일들을 진행한 경험은 여러모로 아주 큰 도움이 되었다. 무엇보다 예전처럼 회사를 싫어하지 않게 됐다. 회사가 무조건 좋은 곳은 아니다. 다만 회사 밖은 회사보다 험하고 지금 회사를 떠난다 해도 더 괜찮은 일을 할 수 있지 않음을 이제는 알 뿐이다.

지금은 《에스콰이어》를 떠나 다른 직장에서 일한 지 좀 됐다. 요즘도 능력이 모자라서 야근할 때가 많다. 감사하게도 고생이 많다고 이야기해주는 사람도 있다. 나는 그때마다 늘 내 일이 즐겁다고 말한다. 못 믿는 사람이 더 많지만 100퍼센트 사실이다. 일이 고된 순간이 조금씩 있다고 해도 그게 일 전체를 대표하지 않는다. 그리고 아직 회사에서만 할 수 있는 일들이 많다. 나는 함께 일하는 회사 내외의 전문가들을 무척 신뢰한다. 프로 편집장, 프로 사진가, 프로 디자이너, 프로 교정사, 이분들께 늘 감사한 마음으로 배우고 있다. 앞으로도 할 수 있는 한 훌륭한 스태프와 일하고 싶은데 나는 아직 그 사람들을 고용하거나 회사 이름을 떼고 그 사람들과 협업할 만큼 성공하지 못했다.

내가 언제까지나 회사에 다닐 거라고 생각하지는 않는다. 나는 기본적으로 단체생활에 서투른 사람이고 회사란 곳에는 언제나 사람이 모여서 일할 때 생기는 이런저런 비합리가 있다. 그래도 나는 여태껏 이야기한 이유로 지금의 회사를 무척 좋아하고 늘 고맙게 생각한다. 늘 그랬듯 최선을 다해 즐겁게 일할 것이다. 언젠가 회사를 떠났을 때 돌아보지 않기 위해서라도.

그렇게 박창진이 된다

2014년 12월부터 박창진을 만나보고 싶었다. '땅콩 회항' 사건 후에 나온 모습 때문이었다. 그는 어느 브랜드인지는 몰라도 패션하우스의 것임이 분명한 정장(라펠의 긴장감이 다르다)을 입고 각얼음만큼 작은 딤플로 타이를 매고 심야 뉴스에 나와서 휘트니 휴스턴의 〈더 그레이티스트 러브 오브 올(The greatest love of all)〉을 가장 좋아한다고 말했다. 저 사람에게 무슨 일이 일어났는지를 떠나 보통 사람은 아니라고 생각했다.

4년이 지났을 때 조현아는 평창 동계올림픽 성화를 봉송했다. 반면 박창진은 주니어급 승무원으로 고생을 하면서 진보 성향 매체와 가끔 인터뷰를 할 뿐이었다. 그는 SNS 계정 하나에만 기대고 있는 것 같았다. 계정 속 그에게는 계속 부당한 일이 일어나고 있었다. 사진 속 박창진은 여전히 미남이었지만 4년 전과는 분위기가 달랐다. 실례를 무릅쓰고 말하면 꽤 지치고 나이 들어 보였다. 거대한 조직을 상대하는 개인의 체념과 피로가 그의 표정의 일부가 되어 있었다.

박창진에게 관심이 있다고 아무 때나 인터뷰를 할 수는 없었다. 마침 이슈가 터졌다. 조현민의 녹취록이 공개되고 대한항공 직원들의 가면 시위가 이어졌다. 박창진은 유일하게 가면을 쓰지 않고 시위에 참가했다. 4년 사이 나 역시 노화하고 여러 가지를 잃었지만 깨달은 것도 있었다. 지금이 아니면 박창진을 만나지 못한다. 지금의 그에게 듣고 남겨야 할 이야기가 있다.

박창진을 만나러 2018년 5월 26일 종각역에서 열린 대한항공 4차 촛불 집회 현장에 갔다. 얼굴을 보고 인사하면서 취지를 알리고 싶었다. 마침 그날 그는 비행 스케줄이 겹쳐서 목소리만 들을 수 있었다. 스피커를 통해 박창진의 목소리가 흘러나오자 몸이 살짝 굳는 것 같았다. 처음 국제선 비행기를 탔을 때 들은 듯한, 숙련된 승무원의 목소리와 발성이었다. 박창진은 회한도 분노도 없는 정확한 발음으로 대한항공직

우리가 이 도시의 주인공은 아닐지라도

원연대의 창립 선언문을 읽었다.

그를 인터뷰하고 싶었던 이유에는 내 개인적인 동경도 포함되어 있었다. 어릴 때 처음으로 '뭔가가 되고 싶다'는 생각을 갖게 한 직업이 파일럿이었다. 1992년 MBC에서 방영한 드라마 〈파일럿〉 때문이었다. 밀레니얼 세대 여러분들은 한국 최초의 항공 드라마 파일럿을 모를 수도 있겠다. 윤상이 작곡하고 정연준이 부른 주제가는 요즘도 공항 갈 때 가끔 듣는다.

나는 포기가 굉장히 빠르다. 파일럿이 되려면 공군사관학교나 항공대를 가야 한다고 들었다. 공군사관학교는 체력 시험이 있고 항공대는 이과였다. 바로 포기. 체력과 수학은 나의 전통적 취약 분야다. 포기가 빠르고 체력이 약하고 수학을 못해서 이 모양으로 살고 있는 것 같기도 하다.

대학교를 졸업할 때쯤에는 승무원이 되어볼까 싶기도 했다. 서울이 아닌 곳에서 살고 싶었다. 늘 움직이는 직업이라는 것도 멋져 보였다. 거듭 말하지만 나는 포기가 굉장히 빠르다. 준비해야 하는 것도 많고 학원도 다녀야 하는 것 같았다. 그래서 어쩌다 보니 이렇게 살고 있다.

해야 할 일을 합니다

해외 출장을 몇 번 다녀보면서 승무원들을 정말 존경하게 됐다. 나는 비행기에 탔다 내리기만 해도 발이 붓고 무릎에 물이 차고 근육이 냉동육처럼 굳는 것 같은데 어떻게 구두를 신고 12시간 동안 있지? 허리는 왜 그렇게 꼿꼿하고? 코르셋 같은 걸 하나? 그중에서도 한국 항공사 승무원은 믿을 수 없을 정도였다. 타국 항공사 서비스가 일본 아이돌의 군무라면 한국의 서비스는 한창때의 샤이니였다. 나 같은 일개 이코노미 클래스의 평범한 승객에게 저렇게 친절할 수도 있나 싶은 한국 항공사의 승무원을 여러 분 보았다.

나는 박창진에게 일어난 일이 분류상 특이한 일이라고는 생각하지 않는다. 조직은 불가피한 불합리가 필연적으로 생겨나는 곳이다. 한국에는 그런 조직이 많다. 많은 사람들이 여러 불가피한 이유로 그 불합리 앞에서 별 대응을 하지 못한다. 입술을 깨물며, 알코올로 신경을 누그리며, 취미를 즐기며, 그렇게 조금씩, 소액주주처럼, 불합리의 일부가 된다.

박창진이 남달랐던 건 그 불합리 앞에서 보여준 자세다. 그는 끝까지 존엄을 잃지 않고 상식의 한도 안에서 자기 할 말을 하고 있다. 안 좋은 상황에 놓인 분께 해도 되는 말인지 모르겠지만 나는 그게 참 멋있어 보였다. 그래서 멋있는 남자를

58
우리가 이 도시의 주인공은 아닐지라도

소개하는 《에스콰이어》에서 일할 때 박창진과 인터뷰를 진행했다. 그의 억울이 아닌 그의 멋을 보여주고 싶어서였다.

*

내 삶의 관심사 중 하나는 조직과 개인의 필연적 불화다. 개인이 꿈을 이루려면 조직의 힘을 빌려야 할 때가 있다. 소방수가 되고 싶은데 자기 차를 개조해서 불을 끄고 다닐 순 없다. 어떤 개인의 자존은 자신의 직장을 통해서만 완성된다. 이 관계는 대부분 실패한다. 조직은 개인의 꿈을 이루기 위해 만들어지지 않았기 때문이다. 조직은 그 자체로 별개의 자아다. 조직은 한번 굴러가기 시작하면 그 우두머리마저도 어쩔 수 없을 정도의 거대한 힘이 생긴다. 개인이 자아를 완성시키려 스스로의 신념을 조직에 걸었을 때의 이야기는 거의 모두 비극이다. 이념으로 뭔가를 해보려 했던 20세기의 천재 몽상가들이 걸었던 길도 둘 중 하나였다. 구체제에 편입된 괴물이 되거나, 아니면 거대한 조직의 톱니바퀴에 휘말려 핏자국도 못 남기고 갈려나가거나.

박창진도 자기 삶의 완성도라는 과녁을 업무 완성도에 일치시킨 사람이었다. 그는 무서울 정도로 자기 일에 충실했고,

해야 할 일을 합니다

그렇게 22년을 최고의 승무원으로 보냈다. 이런 사람이 싸워야 한다면 이기거나 남 위에 서거나 뭔가를 획득하거나 파괴하기 위해서가 아니다. 그저 한 발자국도 움직일 수 없었기 때문이다. 그것만은 맞으니까, 내가 틀린 게 없으니까, 거기서 물러나면 자기 자신을 인정하지 않는 거니까.

가끔 무모하게도 자신의 존재를 스스로가 해온 일로 증명하려는 사람들이 있다. 자신의 성과, 자신의 직업윤리, 자신의 직업적 결과물, 그것의 완성도와 완전무결함을 위해 인생을 건다. 누군가가 보면 아무것도 아닐 일에 자신의 모든 것을 쏟으면서 낭떠러지에서 홀로 버틴다. 그게 나 자신이기 때문에, 그게 당신이기 때문에. 그렇게 어떤 사람들은 각자의 자리에서 박창진이 된다.

박창진은 2018년 회고록『플라이 백』을 냈다. 책 성격상 그의 억울이 더 담겨 있다. 불가피한 일이다. 하지만 그가 억울한 일을 당한(지금도 당하고 있는) 이유는 역으로 그가 멋있는 사람이기 때문이다. 잘못하지 않은 사람, 그리고 그 사실을 철회할 생각이 없는 사람이기 때문이다. 누가 뭐라든 간에 말이지. 그거야말로 멋있는 거 아닐까.

우리가 이 도시의 주인공은 아닐지라도

*

남은 이야기들.

"찬용아, 박창진이 정말 피해자일까?" 박창진 사무장의 인터
뷰 전날 당시 편집장 신기주가 나를 불렀다. 박창진의 근황을
꾸준히 찾아보지 않은 사람이라면 할 법한 생각이었다. 박창
진의 이슈는 몇 년 전부터 창밖에 걸어둔 깃발처럼 빛이 바래
있었다. 밖에서 봐서는 누구의 잘못인지, 과연 박창진이 순결
하기만 한 것인지 알 수가 없었다. 내가 그때 무슨 대답을 했는
지는 기억이 나지 않는다. 하지만 무척 열심히 말했던 것 같다.

그런데 그가 2020년 총선에 정의당 후보로 출마한다는 사실
이 확정됐다. 이 책 원고를 작업하는 동안 박창진의 출마 소식
을 듣자 여러 가지 생각이 들었다. 걱정이 더 컸다. 지금까지
그가 보여준 멋과 존엄이 정치 경력 때문에 더 부정당할지도
모른다. 내가 멋있다고 생각했던 모습을 본인 스스로가 뒤집
어버릴지도 모른다. 그래도 나는 내가 만났던 박창진 사무장
의 멋을 기억하려 한다. 지금과 미래의 박창진이 어떠할지라
도 그가 한때 보여준 존엄과 멋은 기억되고 존중될 가치가 있
다. 정치계가 그에게 너무 큰 상처를 주지 않기를 바랄 뿐이다.

박창진과 인터뷰를 하는 과정에서 인상적이었던 사람이 두 명 더 있다. 한 명은 잡지 에디터로 일한 적이 있는 작가 허지웅이다. 그는 전국적으로 유명한 방송인이 되었음에도 대한항공 4차 촛불 집회의 사회자로 섰다. 유명인이 그런 자리에 나서는 게 보통 일이 아님을 안다. 다른 한 명은《에스콰이어》전 편집장 신기주다. 한국의 패션 잡지에서 반기업적 이미지를 가진 인물에게 페이지를 할애하는 건 보통 결정이 아니다. 이들도 각자의 자리에서 여전히 허지웅과 신기주로 살고 있다고 생각한다.

우리가 이 도시의 주인공은 아닐지라도

바버샵의 빛과장님

바버샵이라는 옷가게가 있다. 영미권의 생산자들이 만든 남자
옷과 장신구를 판다. 2009년에 시작했으니 올해로 11주년이
됐다. 최근 네 번째로 가게를 옮겼다. 방산시장, 훈련원공원
맞은편, 누하동, 그리고 지금의 창성동.

바버샵은 첫 직장 다닐 때 처음 알았다. 좋아 보이는 물건을
알리는 '에디터스 픽' 어쩌구 그런 페이지가 있었다. 그때는
세상에 홍보대행사라는 게 있는 줄도 모른 채 뭔가 남다른 걸
알리고 싶어서 인터넷을 찾다가 바버샵을 알게 됐다. 페커리*
장갑의 사진을 받아서 소개했다. 뭔가 재미있어 보이는 가게
같아서 마감이 끝나고 가봤다. 하나도 패셔너블하지 않게 생

긴 남자가 방산시장의 3평짜리 사무실에서 걸어 나오면서 연설가 같은 목소리로 말했다. "우리를 어떻게 알고 접촉했습니까?" 그날 목도리와 털모자를 샀다.

그 이후로 바버샵의 빛과장님과 종종 보는 사이가 됐다. 물건은 안 사고 이야기만 한 날이 더 많았다. 파는 사람 입장에선 귀찮았을 텐데 빛과장님은 늘 친절했다. 빛과장님은 나에게 한 번도 뭔가 하라고 한 적이 없었지만 지금 생각하니 나는 그에게 꽤 많이 배웠다. 그게 뭐냐고 묻는다면 음… 사회생활의 자세인 것 같다. 우물거리지 않고, 인사 잘하고, 친절하고, 뭔가 요청이 들어오면 빨리 대응하고.

바버샵의 옷은 유행을 잘 안 탄다. 실제로 이 가게에는 몇 년 된 재고가 있지만 별로 시대에 뒤떨어져 보이지 않는다. 한국에서 유행을 안 타는 건 치명적이다. 업종을 불문하고 유행이 되거나 유행을 타는 일에 골몰한다. '무릎에서 사서 어깨에서 파는' 일에 모두 목숨을 건다. 무엇을 왜 팔아야 하는지에 대해 고민하는 사람은 많지 않다. 내가 본 바버샵은 그런 고민

---

* 아메리카 대륙에 사는 돼지의 일종이다. 생긴 건 돼지인데 내장 구조는 소와 같은 반추동물이라고 한다. 가죽이 강하고 질기고 부드러우나 수출제한품목이라 물건을 구하기 쉽지 않은 모양이다. 바버샵은 페루에서 페커리 장갑을 수입했던 적이 있다. 배송이 늦어져 다음 해 봄에 왔다고 한다.

우리가 이 도시의 주인공은 아닐지라도

을 하는 곳이다. 그러다 보니 눈에 잘 안 띈다. 내심 걱정도 했다. 잘 안되면 어쩜담.

2019년 바버샵 이전 행사를 보자 마음이 놓였다. 가게가 커졌다. 방산시장의 3평짜리 가게가 별도 주차장이 딸린 가게가 됐다. 인기도 많았다. 그 큰 가게에 축하하러 온 사람들이 가득 차 있었다. 무엇보다 다들 이 가게를 이해하고 좋아하는 것 같았다. 괜히 내가 찡하더라구.

바버샵에서 담양의 인간문화재가 만든 부채를 소개한 적이 있다. 내 첫 직장에서 취재했던 곳이었다. 내가 지나가는 말로 알려드렸더니 빛과장님은 그 주 주말엔가 담양에 갔다 와서 부채를 팔기 시작했다. 그 부채는 실로 좋은 물건이었고 빛과장님은 그걸 알아보는 눈이 있었다. 부채는 아주 잘 팔렸고, 다른 곳들에서도 그 부채를 취급하기 시작했다. 내가 만났을 때 생계가 걱정이라던 인간문화재 선생님은 집을 옮겼다. "인사동에 다 중국산 부채밖에 없더만"이라는 말을 내가 들었는데 몇 년 후에는 인사동에 그 선생님 부채가 들어왔다. 바버샵에서는 이제 그 부채를 안 판다. "다른 데서도 많이 팔더라고요." 빛과장님이 말했다. 바버샵은 그런 곳이다.

해야 할 일을 합니다

서울을 떠나 살고 싶었던 적이 있었다. 여기만 아니면 어디든 상관없었다. 그렇게 어… 하다 보니 벌써 서울을 떠나기가 여러모로 어려운 나이가 됐다. 그 대신 좋아하는 가게가 점점 커지고 예전 이야기를 할 수 있는 사회인 지인도 생겼다.

*

나는 바버샵 이전 행사를 할 때 엄청나게 낡은 외투를 입고 갔다. 산 지 10년이 넘은 미군의 동계 외투였다. 그 옷을 산 곳은 런던의 빈티지 숍이었다. 노팅 힐 근처 어디 지하에서 낑낑거리며 옷을 샀는데 한국에 돌아올 때 추가 화물료로 낼 돈이 없어서 6월에 겨울 외투를 두 겹 입고 돌아왔다. 그때 그 옷을 입었다. 구질구질한 건 예나 지금이나 여전하다.

그런데 그 옷을 계속 입게 된다. 낡은 걸 넘어 자주 움직인 부분은 해져서 실밥이 보이는데도, 단추가 깨져서 소매 한끝이 덜렁거리는데도 이 옷에 손이 가장 자주 간다. 튼튼한 옷을 하도 오래 입었더니 그 옷이 내 몸에 맞춰 늙어 가는 기분이 든다. 바버샵에도 그렇게 튼튼한 옷이 많다. 좀 낡고 해져도 평생 입게 되는 옷들 말이다.

우리가 이 도시의 주인공은 아닐지라도

바버샵이 앞으로도 잘됐으면 좋겠다. 그런 가게가 서울에 계속 하나쯤 있으면 싶으니까. 욕심을 부려본다면 적당히 잘됐으면 좋겠다. 너무 잘되는 것도 별로야. 빛과장님은 이 말이 무슨 말인지 아실 거라 생각한다.

해야 할 일을 합니다

코코와 한국야쿠르트

"한국야쿠르트 코코: 한국야쿠르트 방문판매 사원 전용 카트. 발판 위에 탑승해 이동할 수 있고 운용 시간도 길어졌으며 냉장 시스템도 내장됐는데 디자인도 '기동경찰 패트레이버'풍으로 멋있다. 일반용은 아니지만, 이분들이 행복해야 우리 장도 행복하다."

2014년 연말 김정철 편집장님이 《얼리어답터》에 계실 때 '올해의 제품 3'을 꼽는 질문을 받았다. 나는 한국야쿠르트 코코와 소니 엑스페리아 Z3, LG전자 105인치 TV를 꼽았다. 위의 말은 그때 보낸 코멘트다. 셋 다 채택되지는 않았고 그러려니 했다.

우리가 이 도시의 주인공은 아닐지라도

2019년 10월 28일 나온 《한국경제신문》 기사를 봤다. 제목은 「야쿠르트 아줌마, 한우·김치·마스크팩도 배송」. "냉장 기능을 갖춘 전동카트가 신선식품 배송의 인프라가 되고 있는 셈"이라며 "야쿠르트가 전국에 1만 대 가까이 돌아다니는 전동카트를 활용해 신선식품 배송시장의 복병으로 등장했다"라고 적혀 있었다.

도입 4년 만에 한국야쿠르트는 코코를 바탕으로 새로운 비즈니스 모델을 정착시킬 수 있게 됐다. 코코는 인간을 어설프게 대체해서 모두를 짜증 나게 만드는 키오스크 같은 기계가 아니다. 인간의 육체 피로를 줄이고 인간의 모빌리티를 극대화하는 기계다.

육체노동에서 해방된 인간은 기계가 할 수 없는 일을 하기 시작한다. "프레시 매니저*는 집 근처 구역을 오래 영업하면서 동네 정보를 모두 꿰고 있는 지역 전문가들." 기사에 인용된 한국야쿠르트 관계자의 코멘트다. 어느 정도 홍보성 너스레가 섞였어도 엄연한 사실일 것이다.

* 코코에 탑승하는 분들의 직함이다. '야쿠르트 아줌마'라고 부르던 그분들이다. 코코의 보급에 맞춰 운전 교육도 모두 받으셨다고 한다. 탑승 동체가 바뀌면서 한층 세련된 이름이 생긴 셈이다.

해야 할 일을 합니다

양적으로 봐도 코코는 무시할 수 없는 지역배송의 모세혈관이다. 기사에 따르면 코코는 전국에 9,500대가 배치되어 있다. 특유의 상징적인 유니폼을 입고 동네를 다니시는 프레시 매니저의 수는 1만1,000여 명이라고 한다. 5,000명 정도인 쿠팡맨의 2배 이상이다. 코코가 도입된 지 4년이 넘었으니 발생 가능한 기술적인 문제들도 그동안 많이 개선되었을 것이다.

나는 코코의 한국 정착이 정말 기쁘다. 서양에서 잘되는 걸 가져다가 간판만 바꿔 씌우는 판촉 행위를 혁신이라 우기는 경우가 태반이다. 코코는 그와는 좀 달라 보인다. 철저히 현장 실무자의 입장에서 만들어진 로컬 모빌리티다. 싸구려 동정도 없고 말로만 생색내는 혁신도 없다. 프로의 고충을 줄여주는 기술적 성취가 있을 뿐이다.

코코 덕분에 야쿠르트 판매 사원님들의 관절에 가해지는 부담도 한층 줄어들었을 것이다. 그것만으로도 코코는 한국의 테크 역사에서 더 높은 평가를 받을 가치가 있다. 현장 실무자의 근로 여건을 개선하는 혁신을 언제나 응원한다. 야쿠르트 먹고 싶다.

우리가 이 도시의 주인공은 아닐지라도

양복 아저씨들

영화 〈포드 V 페라리〉에서는 세 종류의 남자들이 각자의 옷을 입고 나온다. 첫 번째 부류는 양복 아저씨들이다. 돈을 움직이고 결정을 내리고 심각한 협상을 하고 필요하면 공장을 꺼버리는 사람들. 영화 속 어느 대사에서 그런 사람들을 '수츠(suits)'라고 부른다. 양복 아저씨들에 대한 현장 사람의 반감은 어디에나 있는 모양이다.

양복 입는 사람들의 세계에도 질서가 있다. 위아래다. 양복의 세상에는 위와 아래가 있다. 일단 위아래가 결정되면 그 안에서는 위가 말하는 게 규칙이 된다. 그 규칙이 얼마나 합리적인지는 크게 중요하지 않다. 위가 되기만 하면.

해야 할 일을 합니다

두 번째 부류는 유니폼 아저씨들이다. 그 아저씨들이 차 안에서 목숨을 걸고 현장에서 최고 기록을 만든다. 그런 사람들은 기름때 낀 옷을 입고 더러운 신발을 신는다. 현장 사람답게 얼굴도 붉게 그을었다. 이쪽에도 나름의 질서는 있다. 잘하는 사람이 규칙이 된다. 양복 입는 사람들의 세계와 유니폼 입는 사람들의 세계는 언젠가 꼭 부딪힌다. 현장 사람들은 대부분 양복 입은 사람에게 진다. 위아래가 그렇게 짜여 있으니까.

세 번째 부류가 양복 입고 카우보이 모자를 쓴 사람이다. 현장에서의 실력이 있고 양복 입은 사람들의 생리도 안다. 당연히 수적으로 가장 희귀하다. 현장의 섭리와 양복 아저씨들의 생리는 잘 통하지 않는 외국어와 비슷하다. 그 사이에서 캐럴 셸비 같은 사람들이 양쪽에서 귀찮은 꼴을 보면서 어떻게든 결과를 만들면 종종 아주 좋은 게 나온다. 나는 〈포드 V 페라리〉를 그런 영화로 봤다.

양복 입는 사람들도 나름대로 종류가 있다. 이 영화에서는 미국 양복 아저씨와 이탈리아 양복 아저씨가 나온다. 리 아이아코카와 헨리 포드 2세 등의 미국 아저씨들은 늘 미국풍 비즈니스 정장을 입고 있다. 회색 울 정장, 단순하게 생긴 셔츠 깃, 대량생산의 산물.

이탈리아 양복 아저씨들의 양복은 다르다. 갈색과 보라색 사이 어딘가에 있는 것 같은 영화 속 엔초 페라리의 양복만 봐도 그렇다. 저런 양복을 입고 출퇴근을 하는 사람이라면 대량 생산 차 같은 건 만들 수 없을 것이다. 양복에도 유럽과 미국의 세계관 차이가 드러나버리는 게 인간 세상의 재미다.

*

나도 양복 아저씨류의 사람은 아니다. 그래서 영화를 보며 여러 생각이 들었다. 나이가 들면서 양복 아저씨들의 역할이 있다는 사실도 알게 됐다. 여전히 양복 아저씨들은 내 생리에 맞는 사람들이 아니다. 그럼에도 세상에 양복 아저씨 같은 사람들을 위한 자리가 있고, 그 사람들이 본인의 일을 하면서 세계의 어느 부분을 굴린다는 사실을 인정하지 않을 수 없다.

양복 아저씨들에게도 미덕이 있고 양복에도 상징이 있다. 양복이 상징하는 게 뭔지는 양복을 입어보면 알게 된다. 양복은 나름의 멋을 위해 불편해지는 옷이다. 목이 끼고 허리가 낀다. 좋은 셔츠는 다리기도 힘들고 별도의 단추까지 필요하다. 좋은 구두는 어떻고. 고급 구두는 바닥까지 가죽이다. 애초부터 젖은 바닥을 밟도록 설계된 신발이 아니다.

해야 할 일을 합니다

샐러리맨이라는 위아래의 세계에서 맨 위에 있는 사람들은 그렇게 불편한 옷을 입고 위아래의 세계를 지휘해왔다. 그게 프로 샐러리맨의 옷이기 때문이다. 위아래의 세계에도 나름의 윤리와 책임감이 있다. 오히려 그 세계로 올라갈수록 윤리와 책임감이 더 필요하다.

윤리와 책임은 양복 아저씨들 같은 화이트칼라 직종만의 미덕도 아니다. 누구나 자신의 존엄을 지킬 수 있다. 최고급 호텔의 바텐더는 새하얀 재킷을 입는다. 예를 들어 런던 사보이가 그렇다. 사보이의 아메리칸 바에서 배우고 한국의 포시즌스 호텔 바를 총괄하던 바텐더와 인터뷰를 한 적이 있다. 그때 왜 새하얀 재킷을 입는지 물었다. "이게 내 유니폼이고, 내 일을 대하는 자세다"라는 말이 돌아왔다.

그런데 21세기의 양복 아저씨들은 더이상 양복을 입지 않는다. 여전히 양복적인 위아래 세계관을 유지하면서도 말이지. 양복적 세계관의 위아래는 즐기고 싶지만 양복의 불편함은 싫은 모양이다. 양복이 상징하는 구시대적 프로페셔널리즘이 싫을 수도 있고. 21세기의 여러 문제는 양복 아저씨들이 양복을 입지 않아서 생기는 것일지도 모른다.

우리가 이 도시의 주인공은 아닐지라도

실제로 양복의 매출이 줄어들고 있다. 매년 이탈리아 피렌체에서는 남성복 박람회 '피티 워모'가 열린다. 거기 참가하는 사람들의 고민 역시 "재킷이 팔리지 않는" 것이라고 한다. 21세기의 양복 아저씨들은 더이상 양복을 입지 않는다. 여전히 양복적 세계관을 유지하면서도 말이지. 이탈리아도 그런데 다른 나라는 어떻겠어.

옷은 옷 이상이지만 동시에 그저 옷일 뿐이기도 하다. 불편한 양복은 백인 남성 문화권의 잔재일지도 모른다. 하지만 구시대적 백인 남성 문화권의 정신 상태를 가진 사람들이 양복만 안 입는 건 그것대로 곤란한 일이다.

나는 차라리 양복 아저씨들이 양복을 계속 입어줬으면 한다. 옷이 주는 불편함 때문에라도 본인의 막중한 책임을 조금이라도 더 느꼈으면 한다. 본인들이 점심 초밥 코스를 머리 한구석에 걸쳐둔 채 숫자와 서류로 내리는 결정에 말 그대로 누군가의 목이 걸려 있다는 걸 상상해줬으면 한다. 그 답답한 옷 속에서.

다만 엔초 페라리가 레이스에서 늘 선두 자리를 지켰다는 건
사실이 아니라고 한다. 사실 그런 시기는 온 적도 없었다고.
"흰 재킷은 내 유니폼"이라고 말한 포시즌스 호텔의 바텐더
도 이탈리아인이었다. 이탈리아인들이란 대체 무엇일까.

우리가 이 도시의 주인공은 아닐지라도

니키 라우다와 문명의 무균실화

《바이스》에서 칼 라거펠트의 인터뷰를 읽은 적이 있다. 그때 그는 자기 친구들은 이미 다 세상에 없다고 했다. 에이즈가 유행할 때 다 죽었다고. 자기는 그때 그런 걸 안 해서 살아남았다고. 남들이 오감 자극의 해피 아워 같은 한때를 즐기는 동안 깃 높은 셔츠를 입고 일만 하는 라거펠트의 모습이 잠깐 떠올랐다.

이 인터뷰를 읽은 때가 2010년이었으니 라거펠트는 그 이후 9년을 더 살았다. 그 9년을 포함해 그는 나 같은 패션 수드라의 눈으로 봐도 참 부지런했다. 세계에서 가장 고고한 고가 의류 및 장신구 대기업의 마스코트로 지냈다. 에디 슬리먼이

해야 할 일을 합니다

디올 옴므로 수수깡 같은 남자 옷 실루엣을 선보이자 그에 맞춰 살도 열심히 뺐다. 니체 전집까지 냈다.

니키 라우다의 삶 역시 어느 정도는 칼 라거펠트와 비슷했다. 오스트리아의 라우다는 F1 역사에 손꼽히는 명드라이버다. F1 드라이버 역시 광기의 세계에 있을 것 같은 록스타형 직업이다. 반면 그는 자기관리뿐 아니라 차량과 재무 등 자기 주변의 모든 면을 관리했다. 물론 당시의 분위기와는 조금 맞지 않았다. 영국의 망나니 제임스 헌트 같은 사람들이 당시의 스타였다.

둘의 관계는 영화 〈러시: 더 라이벌〉에 재미나게 표현되어 있다. 불꽃 같은 헌트와 인덕션 레인지 같은 라우다는 경쟁을 거듭하다 큰 사고가 났다. 1976년 독일 뉘르부르크링 노르트슐라이페에서 라우다의 차가 충돌사고를 일으켰다. 라우다는 전신 3도 화상과 골절, 폐 손상을 입었다. 하지만 살아남았다. 귀와 눈썹이 불타 사라진 채로. 그리고 이듬해인 1977년 F1의 월드 챔피언이 되었다. 1984년에 한 번 더.

제임스 헌트의 삶은 폭발적이었다. 1976년 라우다를 제치고 F1 월드 챔피언이 되었다. 단 한 번이었다. TV 해설을 하다

1993년 세상을 떠났다.

라우다는 아직 살아 있다. F1 팀 회장도 했고 파일럿도 했고 항공사 경영도 했다. 항공사는 망했다가 다시 운영한다. 이름은 라우다모션. 출장 때문에 밀라노에서 비엔나로 넘어갈 때 드디어 라우다모션을 타봤다. F1 세계 챔피언이 운영하는 곳답게 F1급 초고속 서비스와 항속을 자랑하는 최첨단 항공사는 아니다. 화장실 문에 니키 라우다의 얼굴이 그려져 있다거나 하는 자의식의 현장도 아니다. 그냥 유럽 대도시의 근교를 도는 저가 항공사다.

어쩌다 공항에서 이 항공기를 보니 여러 생각이 들었다. 뭔가가 되는 것에 대해, 살아남는 것에 대해, 불꽃 같은 삶과 인덕션 레인지 같은 삶에 대해, 20세기 후반에 후딱 사라져간 젊은이들과 지금까지 살아남은 노인들에 대해.

*

문명은 필연적으로 세상을 무균실화하는 건가 싶을 때가 있다. 제임스 헌트 같은 사람은 요즘 분위기로 보면 살아 있어도 여러 이슈로 매장당했을 것이다. 이제 남은 건 자는 걸 깨워서 갑자기 물어봐도 맞는 대답만 할 것 같은 미남 미녀 우등생들뿐이다. 존 레전드, 버락 오바마, 조지 클루니, 내털리 포트먼 같은 사람들이 추앙을 받는 세상이 온 것 같다.

…라는 생각을 비행기에 무사히 탄 후에야 했다. 이탈리아의 도로 사정 때문에 생각보다 공항에 늦게 도착해서 비행기를 못 탈 뻔했다. 다행히 저가 항공의 묘미와도 같은 연착 덕분에 무리 없이 잘 타고 잘 갔다. 라우다모션을 또 탈 일이 있으려나.

우리가 이 도시의 주인공은 아닐지라도

계획에 실패한 사람들에게

4년에 한 번 여름이 돌아오면 전 세계는 마치 올림픽만 기다렸던 것처럼 들뜬다. 다국적 대기업과 세계의 대형 방송사들이 내보내는 올림픽 캠페인 안에서는 세상 모든 일이 잘될 것처럼 보인다. 인류애는 여전하고 인간은 한계를 극복하며 올림픽 동안만은 모든 갈등을 잊는다. 한 국가를 대표하는 선수들이 단정하게 차려입고 모여 개막식을 열고 최선을 다해 대회에 참가한 후 또다시 단정하게 차려입고 폐막식을 치른 뒤다음 대회를 기약한다. ISIS가 맹위를 떨치고 브렉시트를 필두로 선진국 세계의 분열이 시작되며 지카 바이러스가 창궐하는 등의 실제 세계와는 약간의 거리가 있다.

해야 할 일을 합니다

그리고 우린 올림픽을 잘 모른다. 리우데자네이루가 어디를 제치고 올림픽 개최지가 되었을까? 근대 5종 종목엔 뭐가 있을까? 마장마술의 관전 포인트는 무엇일까? 레슬링과 야구와 골프 중 무엇이 이번 올림픽의 정식 종목으로 채택됐을까? 줄타기는 올림픽 종목이었던 적이 있었을까? 요는 이거다. 올림픽은 엄청나게 큰 규모에 비해 애호가층이 얇은 스포츠 이벤트다. 어떤 문화를 이끄는 주체인 골수팬이 없다.

대표적인 팬 베이스 비즈니스인 스포츠 세계에서 올림픽은 아주 예외적인 행사다. 스포츠 팬은 크게 두 종류로 나뉜다. 하나는 각국의 프로축구나 메이저리그의 각 팀에 해당하는 지역 기반 팬이다. 다른 하나는 르망 24의 레이싱 팬이나 윔블던의 테니스 팬 같은 종목 기반 팬이다. 올림픽은 둘 다 해당하지 않는다. 국가라는 '팀'은 다 같이 응원하기엔 너무 넓고 막연하다. 한국처럼 한 국가의 국민 대부분이 별 의심 없이 뭉치는 경우도 있지만 모든 국가가 한국 같을 수는 없다. 종목도 너무 다양하다. 그러니 질문은 계속된다. 그러면 누가 올림픽을 이끌어가는 걸까? 올림픽의 주인이 있다면 그건 누구일까?

여기서부터가 올림픽이 정말 재미있어지는 부분이다. 올림

우리가 이 도시의 주인공은 아닐지라도

픽은 현재 세계 최고의 브랜드이며 스포츠 이벤트는 올림픽 브랜드의 핵심 콘텐츠다. 성공한 브랜드에는 예외 없이 이상적인 메시지가 있다. 애플의 '다르게 생각하라(Think different)'나 스타벅스의 '제3의 공간(The third place)'이나 버락 오바마 선거 캠프의 '우리는 할 수 있다(Yes, we can)'처럼. 올림픽에도 강력하고 확실하고 이상적인 메시지가 있다. '우정, 연대감, 페어플레이'. 현대 올림픽의 아버지 쿠베르탱으로부터 내려오는 낙관적인 신조다.

20세기의 프랑스인 쿠베르탱이 기원전의 스포츠 이벤트를 복원했다는 것부터 올림픽에는 묘한 구석이 있다. 사학자 니시카와 아키라는 그리스의 올림픽 유적을 답사하고 쓴 『고대 올림픽을 찾아서』의 말미에 이런 질문을 던진다. '도대체 무엇이 쿠베르탱으로 하여금 사람들한테 미친 사람 취급을 받으면서 고대 올림픽의 재건을 위해 뛰게 만들었을까?'

놀랍게도 쿠베르탱은 스포츠를 통해 더 나은 세상을 만들 수 있다고 믿었다. 당시 프랑스의 국내 정세는 이런저런 일로 불안정했다. 쿠베르탱은 문제의 원인을 교육에서 찾았다. '집단으로의 평온과 지성과 자기 반성력이 교육에 의해 생겨난다'는 이유에서였다. 그리고 올림픽에서도 볼 수 있듯 스포츠는 교육의 기둥이었다. 스포츠는 문명사회의 근간인 규칙을 가르치기 때문이다. 아울러 쿠베르탱은 스포츠를 통해 사람들이 언어나 종족, 종교 차이를 초월할 수 있다고 여겼다. 존 레넌의 〈이매진〉 같은 이야기다. 20세기 프랑스인이 밑도 끝도 없이 고대 그리스의 스포츠 이벤트를 복원하려 한 데엔 이런 속사정이 있다.

*

현대의 올림픽은 쿠베르탱의 올림픽과도 많이 다르다. 지금의 올림픽은 IOC라는 엘리트 집단이 국가와 대기업의 엘리트들과 함께 만든 거대한 브랜드다. 올림픽은 강력한 브랜드 파워를 이용해 글로벌 대기업을 마케팅 파트너로 참가시키고 이들에게 독점 홍보와 마케팅 권한을 부여한다. 강력한 파워는 전 세계의 국가와 지방자치단체에도 유리하게 작용한다. 올림픽을 유치하면 돈이 된다는 확실한 약속 때문에 큰 도시들은 늘 올림픽 유치권을 따내려 한다. 마케팅 파트너의 예산과 지방자치단체의 지원으로 올림픽은 성대한 스포츠 축제를 열며 브랜드 이미지를 강화한다. 사마란치 체제의 IOC는 이 비즈니스 모델 구축에 성공하며 올림픽을 세계에서 가장 강력한 브랜드로 만들었다.

우리가 이 도시의 주인공은 아닐지라도

올림픽이 브랜드라는 건 불경한 이야기로 들릴지도 모르지만 냉정한 사실이다. 지금 사람들에게 익숙해진 올림픽의 순결한 이미지는 실은 '강력한 추진력, 지도력, 독특한 마케팅 플랫폼의 개발로 얻게 된 것'이다. 이건 올림픽 음모론이 아니라 1983년부터 올림픽 글로벌 마케팅 프로그램 'TOP'를 총괄한 마케터 마이클 패인의 말이다. 그가 직접 쓴『올림픽 인사이드』는 올림픽을 일러 '세상에서 가장 영향력 있는 최대 규모의 프랜차이즈 비즈니스'라고 정의한다. 이것도 우리가 아는 올림픽과는 조금 다르다.

프랜차이즈 비즈니스. 올림픽은 그야말로 전 지구적 프랜차이즈 비즈니스이며 4년에 한 번씩 열리는 팝업 스포츠 이벤트다. 세상에서 가장 뛰어난 사람들이 모여 깨끗한 규칙 아래에서 자웅을 겨루는 일이 재미없을 리가 없다. 만고불변의 법칙, 재미가 있으면 사람이 모이고 사람이 모이면 무슨 장사든 할 수 있다.

그러므로 올림픽은 스포츠의 현장을 깨끗하게 남겨두는 데에 결벽증에 가까운 반응을 보인다. 광고판으로 꽉 찬 전 세계의 스타디움과는 달리 올림픽 스타디움엔 광고판이 없다. 대신 잔여 시간을 보여줄 때 타임키퍼인 오메가의 로고가 보인다.

해야 할 일을 합니다

TV에 스치듯 나오는 음료는 모두 코카콜라다. 올림픽 기간에 올림픽이라는 단어를 이름에 넣어 광고할 수 있는 신용카드는 비자카드뿐이다. 올림픽은 스포츠의 현장만 깨끗하게 남겨둔 채 다른 것들을 모두 상업화한다. 이렇게 말하면 좀 그렇지만 삽입 빼고 다 하는 섹스를 실컷 즐기고 안 잤다고 주장하는 것과 비슷하다.

올림픽의 개최지가 매번 바뀌는 것이야말로 이 프랜차이즈 비즈니스의 백미다. 경기 자체라면 그리스든 스위스든 서울 용산구의 효창운동장이든 매번 똑같은 장소에서 해도 상관없다. 무라카미 하루키도 시드니 올림픽을 보러 호주에 다녀온 뒤 쓴 『시드니!』에서 상업화된 올림픽을 개탄하며 매번 그리스에서만 하는 것이 어떻겠냐고 했다. 똑같은 논란이 근대 올림픽 초기에도 일어났다. 그리스 사람들은 자신의 자랑스러운 전통인 올림픽을 당연히 늘 그리스에서 열고 싶어 했다. 하지만 IOC가 필사적으로 이 노력을 막았다. 결국 올림픽이 매번 다른 도시에서 열리도록 했다. 올림픽 프랜차이즈 사업주 입장에서는 충분히 그럴 만하다.

올림픽이라는 프랜차이즈 산업이 늘 인기가 있었던 건 아니다. 1984년 올림픽 개최지인 LA는 IOC 총회에 출마할 당시에 경쟁 도시가 없었다. 1988년 서울은 일본의 나고야와 경쟁해 올림픽을 유치했지만 당시 서구 사회의 반응은 경악에 가까웠다. ABC의 하워드 코셀은 당시 "전쟁 중인 나라에서 올림픽을 개최할 수는 없다"고 했다. 결과적으로 서울 올림픽은 여러모로 성공해서 IOC와 한국 모두 만족했지만 IOC의 입장에서 서울 올림픽은 어느 정도 도박적인 성격이 있었다. 올림픽이 지금처럼 흑자로 돌아선 건 1984년 LA 올림픽을 기점으로 중계권료가 폭등한 이후다. 현재 올림픽 중계 범위는 220개국, 추산된 시청자는 40억 명에 달한다. 이 정도 모객이 된다면 뭐든 할 수 있다. 실제로 현대의 올림픽은 각종 마케팅과 방송 중계 기술 및 통신 기술의 안테나 마켓으로도 활용된다.

올림픽은 대기업 비즈니스이기 이전에 국제 정세의 레이더이기도 했다. 20세기 후반의 올림픽은 냉전의 기 싸움으로도 쓰였다. 이때의 국가들은 미팅에 나갈지 말지 고민하는 젊은이들처럼 자신의 이념적 진영에 따라 올림픽 참가 앞에서 오락가락했다. 오쿠다 히데오가 쓴 『올림픽의 몸값』에 나온 것처럼 1964년 도쿄 올림픽에서 북한은 선수단을 만들고 배까지 다 띄웠다가 철수했다. 1972년 뮌헨 올림픽에서는 '검은 9월단'이 이스라엘 올림픽 팀을 납치하고 인질극을 벌이다 선수단 전원을 살해했다. 8년 후 열린 모스크바 올림픽에서 미국

팀은 소련의 아프가니스탄 침공을 빌미로 불참했다. 다음의 LA 올림픽에는 당연히 소련 측이 대거 불참했다. 1988년 서울 올림픽이 눈길을 끈 이유는 이렇게 티격태격하던 각 진영 국가가 모두 참가했기 때문이었다. 이런 식의 드라마가 쌓이며 올림픽이라는 브랜드의 가치가 올라갔다.

앞서 언급한 올림픽 마케터 마이클 패인은 올림픽의 상업화를 두고 올림픽 브랜드를 지키기 위한 불가피한 정책이었다고 표현한다. 하지만 대기업이든 국가든 대형 단체가 끼면 필연적으로 부패가 발생한다. 그걸 파헤친 사람들도 있다. 영국의 바이브 심슨과 앤드루 제닝스는 『올림픽의 귀족들』*이라는 책을 썼다. 이들이 보는 올림픽은 쿠베르탱이나 마이클 패인이 말하는 올림픽과는 거리가 굉장히 멀다. 이들은 '누가 스포츠를 조종하고 돈이 어디로 흘러드는지, 10년 전에는 미와 순수함의 근원으로 상징되던 올림픽이 왜 지금은 천박하고, 반민주적이고, 마약으로 시달림을 당하며 세계 다국적 기업의 마케팅 도구로 경매되는지' 알리기 위해 이 책을 썼다고 했다. 입장 따라 생각도 다르겠지만 우리가 아는 올림픽이 방금 세탁한 이불처럼 새하얗지만은 않은 것 같다.

* 직역한 영어 원제는 『반지의 제왕들: 근대 올림픽의 권력, 자본과 약물』이다.

이 모든 요소에도 불구하고 올림픽은 재미없을 수가 없는 이
벤트다. 올림픽에는 세계 최고의 선수들이 모여 최고 수준의
체육 경기를 펼친다는 드라마가 있다. 여기엔 경쟁이 있고 제
한이 있고 페어플레이가 있다. 그 모든 경기는 참가자의 친인
척이 아닌 이상 보통 사람인 우리의 일상과는 거의 상관이 없
다. 하지만 최고의 볼거리는 보는 것만으로도 재미와 감동을
준다. 당신이 올림픽을 봐도 안 봐도 상관없다. 하지만 올림
픽에는 확실히 볼거리가 있다.

기왕 올림픽을 볼 거라면 고대 올림픽의 정신을 한 번쯤 떠
올려보는 것도 좋겠다. "시합에서는 성공할 때도 실패할 때도
있으며, 최대의 영예가 있을 때도, 거의 없을 때도 있습니다.
그리고 확실히 시합의 절정에 있을 때도 불행의 밑바닥에 있
을 때도 있는 것입니다. 그러나 시합에는 행운이나 요행이 따
르는 것입니다. 그렇다면 도대체 어떻게 되는 것입니까? 우
리가 실패한다 해도 아무도 다시 도전하는 걸 만류하지 않습
니다. 그리고 다음 올림피아 경기 대회가 돌아올 때까지 4년
이나 기다릴 것이 아니라, 즉시 자기 자신에게 활력을 불어넣
어 재기하고, 똑같은 의욕을 불태워서 시합하는 것이 적합합

니다. 그리고 다시 깨지면 다시 시합하면 되는 것이며, 만일 한 번이라도 우승하면 한 번도 패하지 않은 사람과 같은 대우를 받게 됩니다." 1세기의 철학자 에픽테토스의 담화록 중 「계획에 실패한 사람들에게」의 한 구절이다.

현대 올림픽이 2000년 후 지구 곳곳에서 벌어지는 비즈니스 프랜차이즈가 되었다고 해도 중요한 건 변하지 않는다. 가장 치열한 경쟁의 찰나에 변치 않는 삶의 정수가 들어 있다.

우리가 이 도시의 주인공은 아닐지라도

숫자와 가치

"『요즘 브랜드』를 내고 에디터님 인스타그램 팔로워가 두 배 이상 늘었어요." 머리가 길어서 루카 모드리치와 비슷해진 알파카 실장님*이 말했다. 나 말고도 내 인스타그램 팔로워를 신경 쓰는 사람이 있구나. 하긴 팔로워 숫자는 누구에게나 보이니까.

---

* 출판 편집자. 본명은 조용범. 출판사 홍시에서 디자인과 건축 관련 책을 오래 만들다 가 HB PRESS라는 출판사를 차렸다. HB PRESS의 첫 책으로 단행본 경험이 한 번도 없는 박찬용 씨를 데려다 『요즘 브랜드』라는 책을 냈다. 얼굴이 작은 미남이지만 묘하게 알파카를 닮은 구석이 있어서 내가 알파카 실장님이라는 별명을 붙였다. 그런 캐릭터 화라도 해서 나와 알파카 실장님의 첫 책을 알려야 했다. 알파카 실장님의 대활약 덕분에 『요즘 브랜드』는 1인 출판사의 첫 책치고는 훌륭한 성적을 거둘 수 있었다. 가장 최근에는 앨런 튜링의 에세이집을 냈다.

해야 할 일을 합니다

팔로워가 늘어나고 있는 건 사실이다. 신경이 안 쓰인다…면 좋겠지만 나는 그렇게 인격적으로 완성된 사람이 아니다. 한 명 늘어날 때마다 환호성을 지르지는 않아도 '내 얼굴 사진을 올리면 팔로워가 줄어든다'는 사실 정도는 알게 됐다. 그래도 『요즘 브랜드』의 판촉 게시물을 올린 이후 알파카 실장님의 말처럼 '두 배 이상' 늘었다는 추이까지는 몰랐다. 선량한 사람이 운영하는 1인 출판사와 함께하는 저자의 도리를 다하려 노력하긴 했다. 그게 효과가 있었다면 감사한 일이고.

내 경우에는 나이가 들수록 숫자라는 게 눈에 들어오긴 한다. 팔로워 수, 판매 부수, 몇 쇄, 누구의 무슨 책은 만 부를 찍었고, 누구는 얼마를 벌고, 누가 산 뭐는 얼마짜리고. 적다보니 『어린 왕자』와 다를 바가 없군. 어린 왕자 말고 집값 이야기하는 아저씨.

"뭐라고 해야 하지… 일과 일의 금전적 가치를 완전히 별개로 해야 한다는 생각이 들었어요." 며칠 전에 친구와 이야기를 하다 겨울에 창문을 연 것처럼 정신이 들었다. 친구는 한국에서 하던 일로 나름의 성공을 거뒀다. 원래 자기가 하려던 일과는 조금 차이가 있는 일이었다. 친구는 일을 접고 번 돈을 털어서 연고가 전혀 없는 외국으로 유학을 갔다. 최근 졸업을

92
우리가 이 도시의 주인공은 아닐지라도

하고 그 전공으로 일을 다시 시작했다. 하던 일이 아니라서 자리를 잡는 데 시간이 걸리는 것 같았다.

"오랜만에 돈을 받는 일을 하면서 견적서를 쓰고, 동시에 누군가의 일을 해주다보니 '이 돈 받고 이 일 하기'라는 것에 대해 생각하게 됐어요. 돈을 오랫동안 안 벌다가 내 일에 가치를 매기니까 그 일이 그 돈만큼으로 보이고, 그러니까 그게 엄청 위험하더라고요."

무슨 말인지 이해할 수 있었다. 말하자면 세상은 세상이고 숫자는 사진 같은 것이다. 아무리 아름다운 사진도 현실의 모든 것을 담지는 못한다. 사진화된 정보에는 반드시 누락되는 부분이 생긴다. 세상과 숫자의 관계도 같다. 숫자는 현실의 여러 요소를 보기 쉽게 만들어준다. 괴테도 "세상에서 가장 아름다운 것이 대차대조표"라고 했다고 한다. 그래도 그게 현실의 전부는 아니겠지.

인스타그램 주변의 숫자도 그렇다. '좋아요' 몇 개가 얼마만큼의 '좋음'을 반영할까. 별로 안 좋은데 나랑 아는 사이니까 '좋아요'를 눌렀을 수 있다. 잠결에 잘못 눌렀을 수도 있고, 사실은 정말 좋은데 가수 딘의 노래처럼 '조금 웃긴 것 같아서' '좋아요'를 안 눌렀을 수도 있겠지. 그래서 알파카 실장님이 "인스타그램에 수필을 올리기 시작하신 이후로 독자가 늘어난 겁니다"처럼 감사한 말씀을 해주셔도 그냥 그러려니 한다. 수필은 무슨. 그냥 긴 게시물이지. 알파카 실장님은 미남이고 목소리도 좋고 발음도 또렷하신데 말의 내용이 조금 신기할 때가 있다. 그게 실장님 매력이다.

*

마침 가수 이적도 〈숫자〉라는 이름의 노래를 냈다. 함께한 시간이 숫자로 남는다라. 이거야말로 어른의 사랑 노래 같다. 현실을 숫자로 환산하고, 숫자에서 현실을 상상하고.

마침 며칠 전 코인 노래방에서 이적의 〈그땐 미처 알지 못했지〉를 불렀는데 100점이 나왔다. 기계가 정해둔 기준에 따라서 박자에 맞춰 소리를 질렀을 뿐인데 100점이라고 뜨니까 참 기분이 좋은 거 있죠. 문제는 숫자가 아니라 모자란 나 같다. 이번에 간 코인 노래방에서는 100점 나오면 서비스로 한 곡 더 준다. 서비스로 〈1월부터 6월까지〉를 불렀다.

중요한 건 잉어

사실인지 아닌지도 모르고 어디서 들었는지도 까먹은 이야기.

어느 주한미군 부대에 연못이 있었다. 그 연못 안에는 잉어들이 살았다. 어느 카투사 병사가 그 잉어들에게 먹이를 주는 임무를 받았다. 하루에 서너 번 잉어에게 먹이를 주는 게 일의 전부였다.

행운의 남자 '잉어 먹이 공급병'은 곧 잉어 먹이를 주는 것마저 귀찮아졌다. 몇 번 먹이 주는 걸 까먹은 바람에 급기야 잉어들이 죽었다. 미군이 병사를 불렀다. 병사는 벌 받는 걸 각오했다. 임무를 완수하지 못했으니까. 미군은 말했다. "먹이

해야 할 일을 합니다

를 주는 게 힘들었구나. 한 명 더 붙여주마. 한 명은 오전에만, 한 명은 오후에만 줘라."

이 이야기를 듣고 그 자리에 있던 우린 와하하 웃었다. 역시 인생은 운이구나. 카투사 좋네. 그런 생각을 했던 것 같다. 나이 들어 생각해보니 이 에피소드는 그렇게 얄팍한 게 아니었다. 잉어 이야기에는 깊은 교훈이 있었다.

카투사 입장에서의 이 이야기는 멍하니 있다 더 큰 행운을 맞은 경우다. 미군에게는 누구나 할 수 있는 일을 시켰는데도 일을 더 망친 경우다. 편한 일도 못하는 사람을 혼낸다고 결과가 나아질 리 없다. 말로 해야 아는 사람이라면 말을 해줘도 모른다. 잉어가 살아 돌아오지도 않는다.

미군은 판단했을 뿐이다. '왜 저걸 한 명이 못하지'라고 화를 낸 게 아니라 '저건 한 명으로 안 되는 일이구나'라고. 판단을 마친 미군은 사람이라는 자원을 하나 더 써서 잉어와 연못을 살리는 방법을 택했다. 게으르고 무능한 아무개 씨가 왜 게으르고 무능한지는 생각할 필요도 없었다. 그 상황 안에서 중요한 건 잉어니까.

우리가 이 도시의 주인공은 아닐지라도

마음속에 자신만의 잉어가 있는 사람들이 있다. 그 잉어는 지금 맡은 일일 수도, 평생을 걸쳐 이루고 싶은 목표일 수도, 높은 수준으로 유지하고픈 능력치일 수도, 어떻게든 지키고 싶은 사랑일 수도 있다. 모든 사람이 그 잉어를 소중히 대하는 건 아니다. 잉어가 죽든 말든 신경 쓰지 않는 사람도, 하루에 서너 번 먹이를 주면 전부인 그걸 못하는 사람들도 있다. 그런 게 무슨 상관이람. 중요한 건 자기 연못 속의 자기 잉어고 그 잉어를 소중히 대하는 자기 자신의 정신이다. 그런 걸 조금씩 깨닫게 됐다.

마음속 잉어 말고 현실에서의 잉어는 굉장히 비싸다고 한다. 무늬에 따라 한 마리에 1억 원이 나가는 잉어도 있다고. 세상은 넓고 고가 취미는 많구나. 진짜 잉어는 기르지 못할 것 같다.

해야 할 일을 합니다

2부
산란한 마음이
유행병처럼 들어도

거대 거리고 나

지하철 옆자리에 앉으신 어르신께서 찾던 걸 보고 말았다. 검색창에는 '거대거리고나'라고 적혀 있었다. 〈그대 그리고 나〉인 듯했다. 검색 결과로는 '거대 물고기의 비밀' 같은 게 나왔다. 어르신은 원하는 게 나오지 않자 네이버 앱을 *끄고* 유튜브 앱을 켰다. 2019년 12월 부산이었다.

부산에 가면 보수동 헌책방 골목에 꼭 가려 한다. 책을 만드는 입장에서 좀 묘한 느낌이 들 때가 있다. 와인 셀러 같기도 하고 무덤 같기도 하고. 이런 곳에서 내 원고를 보면 더 그렇다. 어느 서점엔 지난 《에스콰이어》가 있었다. 내 원고가 커버라인에 나온 호였다. 섹스리스 시티. 아이 경망스러워.

우리가 이 도시의 주인공은 아닐지라도

오늘의 보수동도 손님리스 골목이었다. 비 오는 일요일 저녁이니 손님이 많을 리가 없었다. 나는 부지런히 늘 가는 대우서점으로 향했다. 대우서점에 가기 위해 지하철을 타고 자갈치역에서 내려 신발을 적셔가며 걸어왔다. 그런데 대우서점 자리에 새 건물이 올라가 있었다.

대우서점은 보수동에 있는 헌책방 중 내가 보기엔 가장 신경써서 책을 들이는 집이었다. 나름의 분류도 되어 있고 남녀 사장님께서 갖고 계신 책 정보도 풍성하다. 둘 다 헌책방에서 하기 쉬운 일은 아니다. "그때 나온 계몽사 전집이 책도 잘만들었고 번역도 잘됐어요"라는 말을 듣고 서머싯 몸의 『면도날』을 사서 읽은 적이 있다. 역시 좋은 책이었다. 그 이후로 부산에 가면 늘 대우서점에 가려 한다.

"찾기 좀 불편하시지예." 여성 사장님이 본토 부산말로 말씀하셨다. "있던 데 건물을 새로 지어가, 급하게 바로 옆으로 옮겼십니다. 책이 많이 있어서 좀 좁아예. 가방 옆에 두고 찾아보이소." 사실 이날 나는 찾던 책이 따로 있었지만 이렇게 말씀하시는데 뭐라도 사지 않을 수가 없었다. "박완서 읽으셨습니꺼." "네네." "박남규는예." "그럼요." "정유정은요." "괜찮습니다." "왜예 정유정 좋은데." 나는 박완서의 수필과 소설과

야나기 무네요시의 공예 평론을 골랐다. 세 권에 1만2,000원 나왔다.

종이책에 낭만이 있다지만 낭만만 있으면 버려질 뿐이다. 헌책방 골목에 갈 때마다 그런 생각이 든다. 가게마다 종이책은 차오르는데 이제 사람들이 글을 읽을 수 있는 방식은 너무 많다. 종이책의 라이벌은 전자책만이 아니고 서점의 경쟁자는 온라인 서점만이 아니다. 요즘은 헌책방에 가보면 외서와 전문 서적을 정말 많이 볼 수 많다. 예전 시대라면 특수한 용도 때문에라도 돈을 아끼지 않고 샀을 책들이다. 헌책방의 라이벌은 알라딘과 교보문고 같은 걸 훨씬 넘어선다. 이제는 아이패드, 아마존, 다음과 네이버 사전, 구글 이미지검색과 구글 스칼라까지도 대우서점과 경쟁한다. 심정적으로는 좀 슬프지만 어디가 이길지는 너무 뻔하다.

"사진 하나만 찍어도 될까요?" 책을 사고 떠나기 전 사장님께 여쭸다. "예 예 찍으이소." 사장님께서는 의외로 허락하셨다. "촬영 금지라고 적어두셨잖아요?" "아 그거예. 책은 안 사고 (좁은 서점 통로 사이에서) 폼만 잡고 사진 찍고 가는 사람들이 많아가 그리 써서 붙여놨십니더." 그러게요. 그런 세상이 왔네요. "손님이 많지는 않아예. 그래도 한번씩 책을 찾으러 오시는 분들이 계십니더. 나이요? 아무래도 나이 든 분들이 더 많지예." 이 말을 마지막으로 인사를 나눴다. "비가 점점 마이 오네. 가게 내룹시데이." 역 쪽으로 돌아가는 등 뒤에 사장님들 목소리가 들렸다. 종이책이라는 데이터 저장고가 모인 골목의 문이 서서히 닫히는 것 같았다. 페이퍼북리스 월드가 한반도 남부의 항구 도시에까지 찾아오고 있었다.

그래도 나는 좋은 책을 사서 기분이 좋았다. 비 오는데 낑낑거리면서 책 들고 다니는 스스로가 한심하기도 했지만 뭐 세상 사람들이 다 영리하게 사는데 한두 명은 이러고 살 수도 있지. 지하철의 어르신은 〈그대 그리고 나〉를 들으셨으려나. 유튜브에 '거대거리고나'를 검색해도 〈그대 그리고 나〉는 안 나온다. 누군가는 '거대거리고나'라고 적어둔 〈그대 그리고 나〉를 올려줬으면. 생각난 김에 흥얼거려보았다. 서로가 거리운 거대 거리고 나.

산란한 마음이 유행병처럼 들어도

우리 안의 고려반점

고려반점은 부산역 근처 어딘가에 숨겨진 중국 음식점계의 보석이다. 테이블은 세 개뿐. 평생 중국 음식을 연구해온 할아버지 한 명이 혼자 웍을 잡는다. 바닷바람에 삭은 간판만 봐도 고려반점이 그간 겪은 시간을 짐작할 수 있다. 2020년의 서울에서는 절대 찾을 수 없는 옛날 분위기의 전통 중국집. 이런 식당 찾는 재미에 지방 도시에 가서 인터넷으로 검색해도 안 나오는 집을 굳이 물어 찾는다. 남에게는 안 알려주고 나만 알고 싶다.

…라는 이야기를 지어내도 될 법한 간판 앞에서 나는 잠깐 망설였다. 원래는 부산에서 기차 타고 서울로 돌아가기 전에 으

우리가 이 도시의 주인공은 아닐지라도

레 가는 식당이 있었다. 부산역 길 건너 초량동 오르막길을 올라 거의 도착했는데 그날따라 근처에 있던 고려반점이 눈에 띄었다.

간판에 이끌려 가까이 가보니 보통 낡은 게 아니었다. 오래된 걸 잘 관리한 게 아니라 손이 모자라 방치한 듯 닳아 있었다. 어쩌지. 갈까 말까. 몸과 마음을 움찔거리다 결정했다. 뭐 어때. 실패해봐야 밥 한끼인데. 미닫이문을 열었다.

홀 안에는 아무도 없었다. 오른쪽에는 테이블 세 개가 있고 맨 앞 테이블에 종이 신문이 놓여 있었다. 왼쪽에는 뒤가 불룩한 브라운관 방식의 텔레비전이 소리를 내고 있었다. 안쪽 부엌 통로에서 할아버지가 한 명 나왔다. 종이 신문과 텔레비전과 할아버지를 보고 신용카드가 되는지부터 여쭸다.

"작은 가게라서예. 현금 없십니꺼." 할아버지는 고개를 저었다. 나는 고려반점에서 저녁을 먹기로 마음먹었다. 맛있을 것 같지는 않은데 묘하게 나를 잡아끄는 뭔가가 있었다. 현금을 뽑아 오겠다고 말씀드린 후 밖으로 나왔다. 마침 약 50미터 앞에 새마을금고가 있었다.

산란한 마음이 유행병처럼 들어도

'1천 원권 10장 이상 입금 시 고장의 원인이 됩니다.' ATM의 돈 나오는 뚜껑 위에 붙은 말을 보았다. 옆에도 '젖은 돈, 찢어진 돈, 꾸겨진 돈을 입금하여 잦은 고장이 발생하고 있습니다'라고 인쇄된 종이가 테이프로 붙어 있었다. 그 동네 ATM에 젖고 찢어지고 꾸겨진 천 원짜리를 열 장씩 입금하시는 분들이 있다는 뜻이었다. 고려반점이 낡은 데에도 이유가 있었다. 그 이유를 조금은 알 것 같았다.

'모바일로 간편해야' '편리한 스마트금융 MG 스마트알림.' 기계 전면 터치스크린 속 은행 광고의 화면이 계속 변했다. 앱뱅킹을 개발하고 서비스하는 사람들은 천 원짜리 열 개를 ATM에 넣다가 기계가 고장 나기도 하는 부산 어딘가의 세상을 알까. 알아야 한다는 생각이나 할까.

만 원을 뽑아 다시 고려반점으로 들어갔다. 고민하다 볶음밥을 시켰다. 할아버지가 얼마나 요리를 잘하실지는 몰라도 평생 웍을 흔들어오셨을 건 확실했다. 할아버지의 팔목 스냅에 고여 있을 옛날 볶음밥의 설정값을 느끼고 싶었다.

홀에 틀어둔 브라운관 TV에서는 KBS1이 나오고 있었다. 지금 와서 보니 브라운관 TV가 요즘 TV와 다른 건 화질만이 아

우리가 이 도시의 주인공은 아닐지라도

니었다. 브라운관을 담을 만큼 뒤가 불룩한 케이스가 TV 스피커를 위한 울림통이 되기도 했다. 옛날 TV는 옛날 오디오처럼 소리의 세부가 덜 선명한 대신 울림이 더 깊었다. 신형 플랫 TV로 종편 뉴스쇼를 틀어두면 불이라도 난 것처럼 긴박한 목소리가 얄팍한 스피커 사이에서 흘러나온다. 그 소리를 듣다 보면 이런 게 과연 세상의 발전이라는 건가 싶을 때가 있다. 반면 브라운관 TV로 틀어둔 KBS1에는 긍정적인 의미의 운치가 있었다. 내가 무심코 잊고 사는 게 얼마나 많을지 잠깐 생각했다. 무엇을 잊었는지도 모르겠지.

마침 TV에 나오던 건 노인의 디지털 소외를 주제로 한 지역 방송 다큐멘터리였다. 그 다큐멘터리에 따르면 부산은 전국의 특별·광역시 중 노년 인구 비중이 가장 높은 도시다. 60만 명에 가까운 노년 인구는 17퍼센트 이상을 차지한다. 노인 디지털 교육 예산은 연 5,000만 원이다. 노인 한 명의 디지털 교육 비용은 2만 원이다. 2,500명만 교육을 받을 수 있다.

이를 취재하신 분은 부산시 담당 공무원을 만나 코멘트를 받았다. "이것(노인 디지털 교육)도 사설 학원 일을 뺏는 거거든요." 과연 세련된 책임 회피야말로 도시 생활의 기술이었다. 도시 생활의 기술들을 떠올려보는 동안 볶음밥이 나왔다.

산란한 마음이 유행병처럼 들어도

볶음밥의 맛은 가게의 모습이나 고려반점 간판과 비슷했다. 오래되었지만 중요한 걸 남기며 업데이트하지는 않았다. 그냥 낡았다. 튀긴 듯한 달걀 프라이, 고루 윤기 나게 볶았지만 한국 쌀로 만든 밥 특유의 점도, 새 기름을 쓰지 않은 티가 나는 전반적으로 조금 어두운 색감. 고려반점을 엄청난 집이라고 할 수는 없었다.

하지만 나는 고려반점 볶음밥이 싫지 않았다. 절대적인 맛의 우수성을 떠나 고려반점 볶음밥은 옛날 한국의 중국집에 있던 볶음밥의 고증 같았다. 밥을 볶은 감도, 달걀 프라이를 구운 정도, 다진 채소의 크기 같은 게 내가 요즘 서울에서 먹는 볶음밥과 모두 조금씩 달랐다. '아 맞아. 옛날 중국집에서 팔던 볶음밥은 이랬지' 같은 생각이 나는 맛이었다. 돈을 내고 인사를 할 때 평소보다 허리를 조금 더 굽히게 되는 맛이었다.

거기 더해 고려반점에는 내 마음을 조금 더 끄는 뭔가가 있었다. 볶음밥 접시의 바닥이 드러날 때쯤 그 뭔가가 뚜렷해졌다. 나도 언젠가 어느 면에선 고려반점처럼 될 거라는 사실이었다.

우리가 이 도시의 주인공은 아닐지라도

*

세상은 수시로 가득한 대입 전형 같은 게 되었다. 모든 게 너무 빨리 변해서 보통 이상의 정보력이 없으면 그 흐름을 따라잡지 못한다. 흐름을 못 따라잡으면 놀랄 만큼 뒤처진다. SNS라는 자아 쇼케이스는 각자의 스마트폰 화면에 계속 떠서 눈앞을 맴돈다. 끊임없이 새로고침되는 SNS 피드 어디에도 남보다 앞서는 방법은 나와 있지 않다. 나의 도태와 패배를 암시하며 광고를 해보라고 부추길 뿐이다.

나는 내가 뭐가 될지는 몰라도 하나는 확실히 안다. 분명 언젠가는 시대에 뒤처질 것이다. 내가 잘 못 쓰는 신규 서비스가 분명 나올 것이다.

이미 그렇게 되고 있다. 나는 모바일 뱅킹 앱을 안 쓰니까 모바일 이코노미에 뒤처지고 있다. 어도비의 툴들을 못 쓰니까 이미지의 시대에 뒤처지고 있으며 프리미어를 할 줄 모르니까 비디오 시대에도 적응하지 못하고 있다. 링크드인에 가입하지 않았으니 글로벌 인재망에도 들어 있지 않으며 유튜브를 하지 않으니까 콘텐츠의 은하계에는 닿지도 못하고 있다. 인스타그램 포맷에 제한 글자 수를 꽉 채우는 글들을 올리는

109

거야말로 내가 뒤처져 있다는 좋은 증거다. 다만 나 같은 사람이 나만은 아닐 것이다. 로켓 같은 실시간 경제와 세계의 변화에 올라탄 극소수를 빼면 우리 모두 어느 정도는 고려반점 같을 것이다.

로켓 속의 극소수는 혁신과 더 나은 세상이란 말로 손님을 홀리며 혁신적으로 돈을 벌고 자기 자신들에게 더 나은 세상을 만든다. 양복에서 요가복으로 갈아입은 자본가들은 더 유연하게 전 세계를 상대로 수수료를 떼고 도시를 상대로 단타를 친다. 평생 길들여 신을 구두 대신 예쁜 양말처럼 금방 닳는 운동화를 팔면서 그냥 사라고 사람들을 꼬드긴다. 정도의 차이만 있을 뿐 나 역시 고려반점과 다르지 않다.

요즘 내 말버릇은 "별수 있나"다. 이번에도 별수 있나. 나는 늘 이기고 이윤을 남겨먹는 그 소수에 속하지 못하고 그럴 생각도 없다. 로켓 속의 극소수를 미워하지 않는다. 글로벌 이코노미라는 종교의 사제 노릇을 하다보면 이런저런 스톡옵션이 들어오겠지. 멋있게 살고 싶은 마음은 누구나 같다. 그들에겐 그런 게 멋이겠지.

고려반점을 동정하거나 무시하지도 않는다. 살다보면 최선을 다해도 내가 모르는 소용돌이에 휘말릴 때가 있다. 천재지변으로 인한 결항을 항공사가 보호하지 않듯 나 역시 고려반점 같은 곳에 필요 이상의 감정을 넣을 순 없다. 극소수에게도 고려반점에게도 각자의 게임이 있다.

나는 나니까 나에게는 내가 어떻게 할지가 가장 중요하다. 별수 있나. 내 주제만큼 열심히 살아야지. 그러다 고려반점 같은 곳을 마주치면 한번씩 들어가서 맛있게 먹고 인사드리고 나올 뿐이다. 이번에 그렇게 했다.

고려반점 사장님은 내가 오늘 마지막 손님이라고 했다. 내가 볶음밥을 먹는 동안 사장님이 밖에 걸려 있던 간판을 떼어 왔다. 먹고 있는데 전화가 울렸다. 배달 주문이 들어온 것 같았다. 사장님은 다시 부엌에서 뭔가를 볶기 시작했다. 만 원을 내고 3,500원을 받고 문 밖으로 나왔다.

*

서울로 돌아가기 전 시간이 남았던 건 서대동부 덕이었다. 서대동부는 서울-대전-동대구-부산의 약자다. 말 그대로 서울에서 부산까지 가는데 대전과 동대구역만 거치는 노선이다. 서

산란한 마음이 유행병처럼 들어도

울역 출발 기준 하루에 세 번씩 있다. 보통 KTX보다 조금 비싼 대신 서울역에서 부산역까지 2시간 15분밖에 안 걸린다.

서울역으로 돌아가는 서대동부 KTX는 가끔 고막이 막혀 귀가 먹먹해질 정도로 빨랐다. 운송기술과 정보통신기술은 속도를 올리고 요금을 낮추며 일상의 절차를 점점 줄이고 있다. 그래서 우리는 조금씩 착각을 하게 된다. 부산이 서울에서 3시간 안에 갈 정도로 가깝다는 착각. 검색창 안에 모든 정보가 다 있다는 착각. 세상이 좁아지고 점점 가까워지고 있다는 착각.

아직 세상은 그렇게 단순하지 않다. 세상은 너무 넓다. 요가복을 입은 자본가들의 최상급 두뇌로도 계산하지 못하는 변수들이 있다. 터치스크린 뒤편 인터넷에 세상의 정보들이 모두 동기화되고 있지도 않다. 고려반점은 아직 인터넷 어느 곳에도 없다. 요가복 자본가들의 시야 바깥에는 여전히 오래된 세상이 넓게 펼쳐져 있다.

고려반점이 언젠가 네이버 블로그에 올라오려나. 여론을 잘 몰아주는 누군가 인터넷에 올릴 때까지 살아남아줄 수 있으려나. 모를 일이지. 쓸데없는 생각을 하는 동안 음악이 울렸다. 띵 띵 띵 띵띠링띵 띵 띵 띵 띵띠링띵 띵 띠리링 띵 띵 띵 띵 띵

띵 띠리리링. KTX 종착역의 시그니처 사운드인 가야금 소리
와 함께 열차가 멈추고 문이 열렸다. 서울은 부산보다 추웠다.

산란한 마음이 유행병처럼 들어도

삼각지의 옛집국수

내가 들어갔을 때는 식당에 아무도 없었다. 식당은 낡고 조용하고 깨끗했다. 헤밍웨이의 「깨끗하고 밝은 곳」이 서울에서 쓰인다면 배경으로 나올 듯한 곳이었다. 문을 닫았나 싶었는데 식사가 된다고 했다. 온국수와 김밥 하나를 시켰다.

음식을 기다리는 동안 책을 읽었다. 『앤디 워홀은 저장강박증이었다』의 베티 포드 챕터를 지나 찰스 다윈으로 넘어갈 때쯤 여학생 한 명이 들어왔다. "온국수 돼요?" 학생은 내 등 뒤에 앉았다.

조금 있다 손님이 한 명 더 왔다. 운동화부터 바지와 재킷에

우리가 이 도시의 주인공은 아닐지라도

코트까지 검은 걸 입은 덩치 큰 남자였다. 한여름 수박만큼 큰 얼굴도 무섭게 생겼는데 입을 열자 테너 같은 발성에 예의 바른 대사가 울려 퍼졌다. "이번엔 수제비를 먹어볼까요?" 남자는 내 오른쪽 앞에 자리를 잡았다.

일행이 더 왔다. 영어로 이야기하는 남자와 여자였다. 여자가 한국어로 주문을 했다. "온국수 두 개 주세요." 예술계에 종사하는 듯한 분위기의 남자가 여자에게 말을 붙였다. "위 캔 셰어." 그들은 김밥을 하나 더 시켰다.

그러는 동안 내 온국수가 나왔다. 육수는 디포리를 넣고 끓인 듯 진한 멸치 국물이었다. 그 안에 적당히 익힌 국수, 유부 네 조각, 얇고 길게 썬 다시마, 파 한 주먹이 들어 있었다. 요즘 용산구 식당에선 찾기 힘든 소박함이 있었다.

조용한 화요일 저녁이었다. TV에는 YTN 뉴스가 나오고 있었다. 진행자 변상욱 앵커는 정말 잘생겼다. 경박하지는 않으나 우아하다고 하기도 어려운, 화려한 보라색 타이와 포켓 스퀘어를 하고 있어서 더 잘생겨 보였다. 뉴스 주제는 고위층의 부패 스캔들. 별로 우아한 뉴스는 아니었지만 변 앵커의 보라색 타이로 화면이 전환될 때마다 뉴스가 다 뭔가 싶었다. 대

산란한 마음이 유행병처럼 들어도

단한 타이였다. 보라색 타이에 감탄하며 국수를 먹었다.

"칼국수 돼요?" 롱패딩을 입은 여학생이 한 명 더 들어왔다. 사장님이 말했다. 친근하고 상냥한 반말. "육수가 다 떨어졌어." 그때 내 뒤에 있던 여학생이 뛰어나갔다. "언니!" 둘은 국숫집 입구에서 손을 잡았다. "나 빵집 알바 끝나고 밥 먹으러 왔어요." 둘은 온국수를 나누어 먹었다.

그동안 아저씨가 시킨 음식도 나왔다. 수제비에 김밥도 시킨 모양이었다. 그런데 아저씨가 없었다. 비밀 통화를 하러 간 것 아닐까. 방금 전화로 뭔가 중요한 게 결정된 건 아닐까. 누군가의 목숨이나 회담의 향방 같은 게.

무서운 아저씨는 곧 돌아왔다. 여전히 매너가 아주 좋았다. "저 여기서 수제비는 처음 먹어봐요." 방금 무슨 전화를 했는지 몰라도 식당에서의 남자는 아주 공손하게 밥을 먹었다.

내게는 이게 용산구 특유의 분위기였다. 영어가 더 편한 사람들. 나 같은 서민들. 멀쩡해 보이는 동시에 뭔가 수상해 보이는 사람들. 그들이 다 모여 있는 식당. 무심하게 국수를 삶는 로컬 비즈니스 스폿.

우리가 이 도시의 주인공은 아닐지라도

옛집국수에서 국수를 먹은 그날 한남 3구역 재개발이 취소됐다. 용산구 특유의 기묘한 인구 조합이 조금 더 갈 거라는 의미다. 이 조합 덕에 용산구만의 느낌도 생겼다. 다양한 인간들이 모여 자연스레 만들어진 독특한 샌드위치 같은 맛. 하지만 이런 분위기가 모두 사라질 거라는 사실도 명확했다. 시기가 조금 늦추어졌을 뿐이다.

주한미군 부대 이전과 한남 재개발로 인해 내가 알던 용산구의 맛은 다 사라질 것이다. 대장주와 한강뷰에 홀린 신흥 중산층이 언젠가 이 동네를 채울 것이다. 전에 살던 사람들의 자취는 입주 청소가 끝난 전셋집처럼 쓸려나갈 것이다. 남산 타운아파트가 그랬듯, 사라진 동호공고가 그랬듯. 내가 살던 동네 근처의 어느 자이가 그랬듯.

도시는 좋은 땅을 가만히 두지 못한다. 모두가 좋아하는 재화가 비싸지고, 비싸지는 재화에 장사꾼이 끼는 건 어쩔 수 없다. 지금 용산구 재개발 지역에 있는 부동산만 해도 100개는 넘을걸. 내가 혼자 국수를 먹었던 삼각지의 어느 화요일 저녁도 어느 시간이 지나면 다시는 돌아오지 않을 것이다.

117

내가 하는 일은 사라질 곳들이 사라지기 전에 가는 것뿐이다. 내가 간 곳의 이름은 옛집국수다. 새벽 6시부터 밤 9시까지. 한강대로62길 18. 삼각지역 1번 출구와 가깝다.

"수능 끝나면 뭐 하지?" 여학생들은 온국수를 나눠 먹으며 말했다. 빵집 아르바이트를 하는 학생은 다음 주에 빵집이 공사하느라 일주일을 쉬어서 제주도에 간다고 했다. 즐거운 여행이 되길 바란다고, 나는 등 뒤에서 생각했다.

우리가 이 도시의 주인공은 아닐지라도

90년대의 시흥사거리와 스니커즈 비즈니스

시흥동과 시흥역과 시흥사거리와 시흥시는 모두 다른 곳에 있다. 그 사이의 시흥 4동에서 여권이 뭔지도 모르고 유년기를 보냈다. 어린이 걸음으로 5분만 걸어도 등산로 진입로가 나오는 동네였다. 집 근처에는 모 가문의 큰 무덤이 있었다. 그 무덤을 미끄럼틀 삼아 놀았다. 서울시민의 추억이라기엔 좀 그렇지.

길은 골목에서 큰길로 갈수록 조금씩 넓어졌다. 중앙선이 있는 차도를 지나 길을 건너면 골목 전체가 시장 블록이었고, 거길 통과해 걸어가면 시흥사거리였다. 그때 내 세계의 가장 넓고 크고 번화한 곳이었다.

산란한 마음이 유행병처럼 들어도

시흥사거리의 큰 도로 양편에 브랜드 매장이 몇 개 있었다. 왼쪽에 나이키와 프로스펙스, 오른쪽에 리복과 아디다스, 반대쪽에는 휠라. 휠라는 싸움 잘하는 친구들만 신는 신발이었다. 싸움을 못하는 애들이 휠라를 신으면 맞는다고도 했는데 진실은 모르겠다. 나는 싸움을 못해서 휠라 근처에도 가지 않았으니까. 휠라를 안 신어도 운 없으면 맞는 동네였다.

그때 리복을 좋아했다. 그때도 리복은 일인자가 아니었다. 샤크*는 늘 조던에게 밀렸고 퓨리는 그때 우리 동네에선 인기 있지 않았다(지금도 거품 아닐까?). '메이커'에 적당히 관심 있는 친구들은 프로스펙스를 신었다.

무엇보다 그때 금천구에는 메이커 운동화를 신지 못한 애들도 많았다. 금천구는 그런 동네였다. 나도 메이커 운동화를 갖고 싶어 엄마를 조를 때마다 대답은 똑같았다. "니가 돈 벌면 사라." 엄마의 그 말이 쌓일 때마다 무력감이라는 말의 뜻이 무엇인지도 더 잘 이해할 수 있었다.

***

* 나이키의 에어 조던에 맞서 나왔던 리복의 농구화 시리즈. 당시 올랜도 매직에 있던 샤킬 오닐을 모델로 썼다. 무덤에서라도 옛날 모델을 꺼내 오는 요즘 추세에 맞춰 재발매되기도 했다. 굳이 안 해도 됐을 텐데.

우리가 이 도시의 주인공은 아닐지라도

1996년이었다. 애틀랜타 올림픽이 열리고 있었다. 여권도 없는데 애틀랜타가 어딘지 알 리 없었다. 지금은 올림픽이라면 뭐든 즐겁게 보지만 그때는 시들했다. 정보가 모자랐으니 올림픽의 무엇이 재미있는지도 몰랐다. 황영조도 은퇴했고 미국 농구 드림 팀을 알기엔 정보화의 물결이 시흥 4동까지 미치지 않았다. 그때 우리 집까지 찾아온 최신 문화는 삼촌이 사 오던 《씨네 21》 최신호였다. 종이 잡지가 문화라는 파도의 끝자락에 있던 때였다.

애틀랜타 올림픽에 맞춰 리복에서 또 이상한 신발이 나왔다. 멀쩡해 보이지만 어딘가 아주 이상한 게 리복의 모국인 영국의 특징임을 나중에 알았지만, 그걸 모를 때도 그 신발에 괴팍한 농담이 있다는 건 알 수 있었다. 로고가 저렇게 클 수가. 아직도 그 신발 이름이 기억난다. 인터벌이었다.

*

시흥사거리가 세상에서 가장 큰 사거리였던 아이가 용케 살아남았다. 여권도 갱신할 줄 알고 건방지게 보안검색대에서 지루한 표정을 짓기도 하고 돈을 잘 벌지도 못하는 주제에 오만하고 고만고만한 서울의 고가 레스토랑을 비웃기도 했다. 갓

산란한 마음이 유행병처럼 들어도

고 싶은 걸 다 살 정도는 아니라도 어릴 때 동경한 운동화 복각판을 긁을 만큼의 카드 한도도 생겼다. 그러던 중 2019년 리복 인터벌이 복각됐다.

21세기의 운동화는 '스니커즈 이코노미'라는 말이 나올 정도의 자산이 되고 있다. 중국에서는 특정 스니커즈에 대한 지분 투자가 가능한 상품까지 나왔다. 이런 신경제의 한 뿌리에는 나 같은 사람의 무력감도 있지 않을까? 어릴 때 원한 것을 못 가졌을 때의 무력감은 뒤틀린 지층 자국처럼 마음에 새겨진다. 그 위로 기억이 쌓여 평평해질 수는 있어도 그 마음 자체가 펴지지는 않는다. 어릴 적 꿈과 첫사랑과 멋진 어른의 일상을 가질 수는 없어도 그때 그 운동화는 살 수 있다. 운동화야말로 21세기의 접근 가능한 판타지일지도 모른다.

…같은 생각을 하면서 인터벌 복각판의 세일 정보를 찾았다. 인터벌의 로고는 여전히 너무 컸지만 세일한다면 살 만하겠다 싶었다. 내가 사려는 건 그냥 신발 한 켤레가 아닐 수도 있었다. 시흥사거리 리복 매장 쇼윈도 앞에 서 있던, 키 140센티미터 남짓의 왜소한 아이에게 어느 어른이 주는 선물이었다. 적고 나니 징그럽군. 21세기의 무력한 유행인 20세기 복각품 소비일 뿐인데.

우리가 이 도시의 주인공은 아닐지라도

20세기 물건이 21세기적으로 팔린다. 나는 시흥사거리 리복 매장에 가는 내신 스마트폰으로 무신사에 가입해 네이버페이로 대금을 지불했다. 번호 몇 개를 입력하니 메시지가 울리고 며칠 뒤에 상자 하나가 왔다. 무신사 상자 속 리복 상자 안에 인터벌이 들어 있었다. 흰색과 빨간색과 파란색. 건담의 색, 미국의 색, 리복의 색, 내게는 20세기의 색. 낡은 월세방에 혼자 앉아 그 신발을 잠시 들여다보았다.

JY Lee 연대기

나는 'JY Lee'라는 음악인의 노래에 작사가로 참여한 적이 있다. 스스로에게 JY Lee라는 이름을 붙이기 전의 JY Lee에게는 이정엽이라는 이름이 있었다. 이정엽은 나의 고등학교 동창이다. 이 글은 그에 대한 이야기다.

이정엽 군은 내가 다니던 안양의 어떤 고등학교의 옆 반 동기였다. 이정엽 군은 그 고등학교의 평범한 학생들* 중 몇 가지면에서 조금 달랐다. 입학 직후에 본 모의고사 성적이 최상위권이었다. 그때 이미 청소년에게 금지된 어른의 놀이를 두

---

* 여기에는 박찬용 군도 포함된다.

우리가 이 도시의 주인공은 아닐지라도

루 즐겼다. 소주도 잘 마시고 담배도 잘 피웠다. 그리고 그때부터 음악을 할 거라고 했다. 록스타가 될 거라고. 그는 기타 보디에 온갖 걸 그려놓고 "나의 '쌔믹' 기타"라고 말했다. 삼익 (Samick) 기타였다.

그 고등학교의 교사 몇은 내가 지금까지 본 어른 중 가장 무능하고 치졸한 축에 속한다. 그들이 이정엽 군을 괴롭혔다. 소주를 마시고 담배를 피운 대가치고는 너무 심했다. 록스타를 지망하는 기타 키드 고등학생 이정엽 군은 록스타답게 학교를 그만두고 진짜 기타 키드의 길로 들어섰다.

이정엽 군은 그때부터 고집이 무척 셌다. 그의 부모님은 아들이 록스타가 되는 걸 반대했다. 하긴 '부모님이 도와준 록스타' 같은 건 그때의 분위기와는 잘 안 맞는다(지금은 잘 맞을 수도). 그래서 이정엽 군은 부모님의 지원을 받지 않는 록스타가 되기로 했다. 30만 원짜리 쌔믹 기타로 미친 듯이 연습했다.

그때 이정엽 군은 친형과 함께 연남동에 살고 있었다. 형의 셋방에 얹혀살며 내복만 입고 전기장판 위에 앉아서 쌔믹 기타를 하루 종일 연습했다. "이게(내복이) 내 피부야"라고 말하면서. 홍대가 신촌보다 작은 유흥가이던 때니까 연남동 역시

산란한 마음이 유행병처럼 들어도

그냥 주택가였던 시절이다. 이정엽 군은 검정고시를 치르고 기타를 연습해서 실용음악과 중에는 전국에서 제일 좋은(이정엽 군의 표현이다) 경희대학교 포스트모던음악학과에 진학해 가수 비와 동문이 되었다.

이정엽 군은 록스타가 되고 싶다면서도 현실감각이 훌륭했다. 살던 안양의 집에 녹음실급 방음 설비를 만들어두고 거기서 계속 음악을 만들었다. 그 방이 이정엽 군에게 또 다른 수입원이 되었다. 음악인으로 돈을 버는 건 작가가 되어 돈을 버는 것만큼이나 어렵다. 음악인들은 실용음악학원에서 교습 아르바이트를 많이 한다. 마침 이정엽 군이 기타 과외로 가르친 학생 중 한 명이 좋은 대학교에 갔다. 학생이 계속 찾아왔다. 또 붙었다. 몇 년 동안 그가 가르친 학생들이 계속 붙었다. 기타맨 이정엽 군은 기타 티처가 되었다.

*

그런 소식을 들으면서 나도 꾸준히 나이를 먹고 있었다. 예전부터 목표가 확고했던 이정엽 군과는 달리 나는 예전부터 별 생각이 없었다. 고등학교는 집에서 멀었기 때문에 집에서 가장 가까운 대학에 갔다. 이정엽 군의 작업실 겸 교습실 겸

우리가 이 도시의 주인공은 아닐지라도

집에도 가본 적이 있다. 그 집에서 이정엽 군이 생산적인 활동을 하는 것과 달리 나는 만취해서 그의 오디오 시스템으로 비틀스의 〈루시 인 더 스카이 위드 다이아몬스(Lucy in the sky with diamonds)〉를 들었다. 그다음에도 딱히 또렷하게 살지 않았다. 고등학교 때부터 봤던 잡지 때문에 잡지 에디터가 됐다. 이렇게 살아도 되나…라고 생각하다보니 벌써 예비군훈련까지 다 끝난 나이가 됐다.

몇 년 전 잡지사를 그만뒀다. 잡지사를 그만둔 게 처음은 아니었지만 그때는 잡지계를 떠날 생각이었다. 다른 일을 했다가 몇 달 있지 못했다. 뭐든 여러모로 만만치 않았다. 프리랜서라는 이름의 외투를 걸친 무직자로 지내던 그때 이정엽 군에게 연락이 왔다.

JY Lee가 된 이정엽 군은 이미 앨범을 하나 낸 기성 음악인이었다. JY Lee 1집은 재즈 기타 연주 앨범이었다. 일본의 퓨전 재즈 밴드 카시오페아의 멤버였던 베이시스트 사쿠라이 테츠오와 미국의 전설적인 재즈피아니스트 빌 에반스와도 공연한 적이 있는 피아니스트 찰스 블렌직 등 비현실적으로 호화로운 세션과 함께했지만 시장의 반응은 무에 가까웠다. 물론 시장 반응과 가치는 비례하지 않는다. 하지만 록스타에게 시장

산란한 마음이 유행병처럼 들어도

의 환호는 꼭 필요하다. JY Lee는 생각했다. 무엇이 필요할까. 모의고사 1등답게 JY Lee는 금방 깨달았다. 노랫말이었다.

JY Lee는 책을 한 권도 읽어본 적이 없었다. 기타와 손가락이 만드는 전자음만이 JY Lee의 언어였다. 그에게는 조금 더 범용성이 높은 인간 언어가 필요했다. 그 결과 JY Lee는 내게 연락했다. 가사가 있는 노래를 만들어야 한다는 걸 깨달았으니 가사를 만들어달라고. 나는 '그 사실을 이제 깨달았다고…?'라고 생각했다.

우리가 한국 나이로 서른여섯이 되던 2018년 JY Lee는 솔로 2집을 냈다. 1집과는 달리 이번에는 거의 모든 곡에 가사가 있었다. 타이틀곡 이름은 〈피셔맨〉이었다. 이정엽 군과 더불어 내가 무척 사랑하는 친구 김정환 군이 가사를 썼다. 김정환 군은 천재적이고 인품도 훌륭하지만 마감일을 못 지킨다는 치명적인 매력이 있다. 이 노래의 가사는 1절까지만 김정환 군이 썼고 2절은 JY Lee가 썼다고 한다. 그래서 1절과 2절이 완전히 따로다. 지드래곤의 〈크레용〉도 아니고…. 하지만 노래는 좋았다. 중년에 접어드는 남자의 눈에 비친 봄날의 아지랑이 같은 노래였다. 심지어 보컬은 예전에 〈떴다 그녀〉를 부른 위치스의 보컬 출신 하양수 형님이었다.

JY Lee는 세상이 어떻게 되든 자기 방식으로 자기 음악을 만든다. 저래도 되나 싶을 정도로 본인의 고집을 놓지 않는다. 자기 음악의 각 부분에 놀라울 정도로 공을 들인다. 그 공들임은 연주의 면면이기도 하고 사운드의 질이기도 하다. 이를테면 레코딩의 요소, 각 악기의 어울림, 더 나아가 특정한 악기가 어떤 소리를 내는지에 대한 아주 긴 고민. 많은 사람들이 대충 하고 말 법한 일들에 대해 JY Lee는 계속 고민해서 뭔가를 해낸다.

데이터에 입각한 사고방식으로는 절대 JY Lee처럼 음악을 만들 수 없다. 이를테면 〈서른다섯〉이라는 노래만 봐도 그렇다. 이 노래에서 JY Lee는 요즘 좀체 안 쓰는 창법을 쓰면서 좀체 안 그럴 법한 부분에서 음정을 흔든다. 남들은 악기를 덜어내는 부분에서 악기를 하나 더 붙이고 남들은 한 숟가락 덜어낼 부분에서 두 숟가락을 더한다. 방향은 기묘하나 품질은 높다. 제작비 회수나 마감 기한 같은 걸 생각한다면 나올 수 없는 노래다. 좀 과장해서 말하면 영화 〈아수라〉 같은 정신이 있다.

즉 JY Lee의 음악은 2000년 언저리의 타임캡슐 같은 거라고 봐도 된다. 나는 가끔 JY Lee를 모르는 사람들에게 그를 설명해야 할 때 '안양 토이'라고 말한다. 실제로 그는 작곡을 하고 대부분의 연주를 하고 사운드의 톤까지 자신이 만진다. 원조 토이 유희열은 이제 더이상 그런 작업에 적극적이지 않다(엄밀히 말하면 요즘 JY Lee는 유희열보다는 레니 크래비츠*와 조금 더 가깝다). JY Lee는 아직 그걸 하고 있다. 안양 자택의 녹음실에서. 지금도 대부분의 악기를 본인이 직접 연주한다.

JY Lee 음악 속 또 하나의 특징은 90년대 후반의 일본 팝이다. 이정엽 군은 히데를 좋아했다. 히데는 일본의 그룹 엑스 재팬의 요절한 기타리스트다. 쌔믹 기타에 그린 그림도 히데의 기타에서 영향을 받은 것이었다. 그 후 이정엽 군이 듣거나 연주하는 노래는 꽤 많이 변했지만 10대 후반의 아이들이 오감으로 흡수한 건 놀라울 정도로 떨어져나가지 않는다. 그 결과가 지금 JY Lee의 특징 중 하나다. 음률의 흐름이나 곡의 구성까지, JY Lee의 노래들 중에는 내가 어릴 때 수입 음반으로 듣던 제이팝(J-pop)과 비슷한 것들이 있다. 한국 가요도 미

---

* 뉴욕 맨해튼 출신의 록스타. 한국에서는 〈잇 에인트 오버 틸 이츠 오버(It ain't over till it's over)〉로 유명하다. JY Lee에게는 미안하면서도 당연한 말이지만 레니 쪽의 인기가 훨씬 높다. 그래도 몇 가지 공통점이 있다. 여러 가지 악기를 다루고 노래까지 한다는 점. 옛날이나 지금이나 묘하게 스타일이 똑같다는 점.

우리가 이 도시의 주인공은 아닐지라도

국 팝도 아닌 딱 일본 팝이다. 그게 무슨 말인지는 그때 음악을 CD로 들은 사람이라면 귀로 느낄 수 있을 것이다.

이제 내가 10대였던 90년대 후반도 레트로의 영역으로 들어가는 중이다. 때맞춰 90년대풍 음악이 조금씩 트렌드가 되기도 한다. JY Lee의 음악 역시 90년대풍이라고 볼 수도 있다. 다만 그건 반은 맞고 반은 틀렸다. 그는 90년대풍이 아니라 90년대 그 자체다. 90년대에서 한 번도 빠져나온 적이 없다. 최신 기술로 구형 구동장치를 계속 향상시키는 기계식 시계처럼, JY Lee 역시 최신 디지털 기술을 이용해 90년대 음악을 계속 만들고 있다.

*

"자드(Zard) 같은 거 있잖아, 그런 거 생각했어"라는 이정엽 군의 이야기를 듣고 〈아주 오래전의 겨울〉이라는 노래 가사를 만들었다. 그 노래의 가이드는 실로 자드나 완즈(Wands), 아니면 그때 내가 들었던 일본 팝 같았다. 빠르지도 느리지도 않은 미디엄 템포, 나서지도 않고 모자람도 없는 각 악기의 적당한 활약, 그리고 뭔가 쓸쓸하면서도 미소를 잃지 않는 듯한 분위기. 그런 분위기를 생각하며 가사를 붙였다.

산란한 마음이 유행병처럼 들어도

JY Lee는 바뀐 게 없다. 여전히 안양에 살고 여전히 음악을 한다. 본인 입장에서 여러 가지가 변했을지도 모르지만 지리적 환경과 직업이라는 인생의 큰 축이 여전하다. 오히려 내게 여러 변화가 있었다. 고등학교를 졸업한 이후로는 안양에 거의 가지 않았다. 서울에서 대학을 다니고 잡지 같은 걸 하겠다고 잡지 에디터가 되었다. 여러 일이 있었고 여러 가지를 보았다. 여러 가지를 느꼈고 여러 장의 페이지를 만들었다. JY Lee가 바꾼 게 이름뿐이라면 나는 이름 빼고 다 바꾼 기분이다.

그래서 나는 JY Lee의 정서가 〈서른다섯〉의 가사와는 어울리지 않는다고 생각한다. 내가 아는 록스타 JY Lee는 이런 사람이 아니다. 할 건 하고 안 할 건 안 했다. 뛰어들어가야 할 때는 뛰어들어갔고 뛰어나가야 할 때는 뛰어나갔다. 쌔믹 기타와 함께 닦은 재능 하나로 여기까지 왔다.

이 노래의 화자와 우리 같은 보통 사람들의 삶은 JY Lee의 삶과 다르다. JY Lee처럼 강한 방향성을 가진 사람들은 이 노래에 나오는 평범한 사람의 혼란을 이해하지 못할지도 모른다. 범인이 천재를 이해할 수 없듯 JY Lee 같은 천재가 보통 사람을 이해하기도 쉽지 않을 것이다.

우리가 이 도시의 주인공은 아닐지라도

〈서른다섯〉은 나처럼 그저 그런 사람들을 위한 노래다. 노래 속의 사람은 처음부터 끝까지 이도 저도 아닌 기분을 느낀다. 어딘가 갔는데 간 것 같지 않고 뭔가가 되었는데 이룬 것 같지는 않다. 뭐라도 해야 할 것 같은데 막상 할 수 있는 건 없는 것 같다. 한때의 나와 당신처럼.

이 노래 같은 경우는 가사를 먼저 붙이고 제목을 나중에 달았다. 나는 아이유의 〈팔레트〉 가사가 보통내기가 아니라서 성공한 사람의 에고를 표현했다고 생각하는데, 이 노래에는 〈팔레트〉의 화자보다 열 살 많은 보통 사람의 에고가 담긴 걸까 싶었다. 그래서 〈서른다섯〉이라는 제목이 나왔다.

JY Lee는 이 노래를 '서른다섯 남자의 감성 발라드'라고 했다. 내 의견은 조금 다르다. 이건 성별과 나이가 아니라 어떤 상태에 대한 이야기다. 지금의 내 나이도, 이 노래를 들을 사람이 몇 살인지도, 들을 사람이 남자인지 여자인지도 상관없다.

〈서른다섯〉의 가사는 MR을 받았던 2018년 가을에 만들었다. 음원이 봄에 나온다고 해서 노래 분위기와 맞을까 걱정했는데 마침 미세먼지가 꼈다. 봄인데도 봄 같지 않은 날씨와 이 노래 분위기가 은근히 잘 어울리는 것 같았다.

산란한 마음이 유행병처럼 들어도

JY Lee가 일련의 활동을 통해 세속 기준의 록스타가 됐을까? 뭐 어때. 어차피 그는 늘 똑같았다. 이정엽 시절부터 다른 친구들과는 달랐고 그 사실만은 전혀 변하지 않았다. 내가 아는 이정엽 군은 록스타처럼 살지 않았던 때가 한 번도 없었다.

JY Lee의 가사만 작업하는 이유는 손님이 JY Lee 한 명뿐이기 때문이다. 저작권협회 가입비는 아무래도 회수할 수 없을 것 같다.

우리가 이 도시의 주인공은 아닐지라도

오래된 집에 산다

오래된 집에 산다. 지지난 겨울에 큰 동파가 났고, 여름이면 구석마다 거미줄이 끼고, 여름이 지나면 화장실 천장에 죽은 하루살이가 30마리쯤 붙어 있고, 요즘은 야생 고양이*가 밥때가 되면 귀찮게 다가와서 울어대는 집이다. 와이파이가 없고 마당에는 감나무 두 그루와 모과나무 한 그루가 있다.

* 집 밖 접시에 먹이를 두는 것뿐이니 야생 고양이다. 실제로 내가 주는 먹이만 먹고 근처에만 가도 전속력으로 도망간다. 배은망덕한지고. 그래서 흰 고양이에는 배은망덕의 뒷부분을 따서 망덕이라는 이름을 붙였다(배은이도 있었는데 처음에만 몇 번 보이더니 보이지 않는다). 그다음에 온 노란 고양이는 하도 뻔뻔하게 생겨서 왠지 모르게 송강호라는 이름을 붙였다. 지금은 이름을 바꿨다. 흰 게 일요, 노란 게 사연. 냉정히 보면 이름이라기보다는 식별 기호에 더 가깝다. 저 고양이들은 내가 저 이름으로 부른다는 사실도 모른다. 당연히 불러도 돌아보지 않는다.

135

산란한 마음이 유행병처럼 들어도

냉장고는 없다가 최근에 생겼다. 주인 할머니께서 놓아주셨다. 어느 날 집에 돌아와보니 문장 사이에 잘못 쓰인 한자어처럼 생각도 못한 곳에 냉장고가 놓여 있었다. 냉장고 소리가 익숙지 않아서 바깥방에 옮겼다. 다음 날 주인 할머니께 카카오톡이 왔다. '기껏 냉장고를 사줬더니 밖에 내놨냐. 그럴 거면 계약 연장하지 말고 나가라'는 주제의 메시지였다. 이제 나는 이런 내용에 놀라지 않는다. "사모님^^"으로 시작하는 메시지를 보냈다. 그런 게 아니구 이런 거구 늘 감사하고 있습니다. 며칠 전 나는 계약을 2년 연장했다.

"독립하는 사람이 처음 살기에 쉬운 집은 아닌데." 이 집을 계약하러 갔을 때 부동산 사장님이 말했다. 여러 이유가 있었지만 이 집에 살겠다는 결정은 망설이지 않았다. 사장님 이야기처럼 쉬운 집이 아니었다. 여러 오해와 불편과 낭비가 있었다. 동시에 그 모두를 합친 것보다 더 큰 즐거움이 있었다. 이 집이 아니었다면 '#의자의모험'*도, 망덕이와 송강호도 없었을 것이다. 가끔 넋을 놓고 바라보는 어느 순간의 풍경들도.

* 마음에 드는 의자가 없어서 6개월 동안 의자 없이 살다가 스위스 제네바에서 초등학교용 의자를 사서 소포로 부친 적이 있다. 한심하기도 하지. 이 나이 되도록 이렇게 사는 데에도 이유가 있다. 스스로가 한심해서 그때의 과정을 찍어뒀다가 인스타그램에 올리고 '의자의모험'이라는 해시태그를 붙였다.

우리가 이 도시의 주인공은 아닐지라도

집 1층에 건물주 할머니가 사신다. 놀라울 정도로 건강한 할머니다. 이대 서양화과 출신인데 공인중개사 아저씨가 "이대 성악과를 나왔다나"라고 착각할 정도로 목소리가 크다. 할머니는 무뚝뚝하고 무섭지만 엄청 웃기고 엄청 다정하다. 나는 이 할머니와 세입자-건물주 관계를 맺은 덕에 세상과 여자와 어른과 내 엄마를 조금은 더 이해하게 되었다고 생각한다. 가끔 이 집에서의 이야기를 하면 사람들이 〈나는 자연인이다〉를 보는 표정을 짓는다. 그러거나 말거나. 나는 이 집에 굉장히 만족한다.

이런저런 일로 정신이 산란한 날이었다. 나가는 길 문 앞에 사과 두 알과 쪽지가 있었다. 왜 이 할머니는 돈도 많으시다면서 종이를 반 자르셨을까. 왜 할머니가 주는 종이는 늘 조금씩 구겨져 있을까. 공용 공간의 유화를 바라보며 생각했다. 할머니가 이대 서양화과 시절 그린 유화였다.

산란한 마음이 유행병처럼 들어도

구여권으로 가는 마지막 여행

지금 생각하면 그 사진관이 시원찮았다. 연파란색 셔츠를 입고 사진을 찍으러 갔더니 옷이 너무 밝아서 사진이 안 나올 거라고 했다. 아니 그럼 어떡해. 〈블랙 앤 화이트〉 뮤직비디오처럼 다 벗을 수도 없고. 사진사는 의자에 걸려 있던 검은색 옷을 입으라고 했다. 여성용 카디건이었다. 어차피 어깨까지만 나온다면서. 별수 있나. 그걸 입고 사진을 찍었다. 10년 복수 여권 사진이었다.

그때 찍은 사진은 여러모로 엉망이었다. 연파란색 셔츠도 못 잡는 사진사이니 얼굴이라고 제대로 나올 리 없었다. 세계 각지의 출입국 관리자가 여권을 들어 올려 내 얼굴과 맞춰 봤

우리가 이 도시의 주인공은 아닐지라도

다. "이게 당신인가?"라고 물은 사람도 한두 명이 아니다. 나는 그때마다 표정으로 이런 뜻을 전하려 애썼다. 아이고 그러게 말이에요. 10년짜리 여권 사진이라 어쩔 수도 없고. 그 표정과 함께 입국 도장을 받아 출장을 다녔다.

그 여권 수명의 마지막 날이 다가오고 있었다. 외국은 보통 만료 기간 6개월 이상의 여권을 요구한다. 내 구여권의 만료 기간은 2020년 6월이다. 2019년 12월 안에 여권을 갱신해야 했다. 세상이 변해서 이제 여권 갱신 메시지가 카카오톡으로 온다. 메시지를 받고 구여권으로 가는 마지막 여행을 다녀왔다. 신여권을 신청하기 전 마지막으로 내 여권을 한번 펴봤다. 내 지난 10년이 도장마다 담겨 있었다.

내가 여권을 쓸 때만 해도 각국의 공항에서는 출입 도장을 찍어줬다. 항구와 공항은 스탬프 모양이 달랐다. 항구는 배 모양, 공항은 비행기 모양. 그러던 게 자동 출입국심사를 거치면 도장을 찍어주지 않더니 언젠가부터는 직원을 통해도 도장을 찍어주지 않았다. 종이 기반에서 전자인쇄 기반으로 넘어가는 건 출판계만의 일이 아니었다.

종이 여권 시대에는 장난을 칠 수도 있었다. 내 여권 한구석

산란한 마음이 유행병처럼 들어도

에는 리히텐슈타인 투어리스트 오피스의 관광 스탬프가 찍혀 있다. 리히텐슈타인은 출입국 사무소가 딱히 없어서 관광 사무소로 가면 저런 도장을 찍을 수 있다는 말에 냅다 가서 찍었지 뭐야. 2유로 주고. 그런 걸 따라다니던 때가 있었다. 아무것도 없다는 것을 보기 위해 산 구름을 뚫고 리히텐슈타인의 산골 마을에 올라가던 때가. 지금 보니 6년 전이다.

스탬프를 볼 때마다 이렇게 여러 가지가 기억날 줄은 몰랐다. 비행 스케줄이 꼬여서 유럽까지 비행기를 세 번 갈아타고 간 적이 있다. 그때 처음이자 마지막으로 스톡홀름 알란다 공항에 내렸다. 그 황망한 기억도 흐린 스탬프 하나로 남았다.

여권을 만들던 10년 전의 나는 이 여권으로 그렇게 많이 다닐 줄은 몰랐다. 부레옥잠처럼 돌아다니다 10년이 갔고 낡은 여권이 하나 남았다.

2019년의 나는 다른 건 몰라도 이상한 사진관은 가지 않기로 했다. 늘 가는 미용실 선생님께 가서 머리를 자르고 바로 지하철을 타고 내려가 옛날 회사 근처에 있는 신신칼라에서 증명 사진을 찍었다. 찍어둔 사진과 구여권을 챙겨서 오늘 구청 문 닫기 전에 여권을 신청했다. 여권을 신청하려면 쓰던 여권과

신분증과 여권 신청서가 필요하다. 사진은 6개월 이내에 찍어야 한다. 24매짜리 알뜰여권과 48매 일반여권 중 잠깐 고민하다가 일반여권을 신청했다. 인생 어떻게 될지 모르니까.

2019년 12월 기준 월요일에 여권을 신청하면 목요일 9시 이후에 받을 수 있다. 여권을 신청하면 기존 여권은 못 쓴다. 구여권 번호도 사라진다. 오늘부터 수요일까지는 비행기나 배 예매도 못 한다. 여권과 공무원께 꼬치꼬치 계속 물었더니 급해 보였는지 알려주셨다. 수요일 정오 이후에 여권과에 전화해보고 혹시 나왔으면 가져가라고. 관료제에도 인정이 있구나.

10년 후 여권은 어떻게 될까. 스탬프가 찼을까 비었을까. 어느 나라의 스탬프가 가장 많을까. 모르지 뭐 그걸 어떻게 알겠어. 리히텐슈타인 관광청 스탬프는 없을 것 같지만, 그것도 알 수 없다. 막상 가면 또 찍을지도.

산란한 마음이 유행병처럼 들어도

라라랜드의 메르세데스 애니멀스

대도시는 젊은이의 헛된 꿈을 먹고 산다. 비유가 아니다. 네바다주 볼더시티의 동네 도서관에서 영화를 보며 꿈을 키운 미아 돌런(엠마 스톤 분)이 배우가 되려면 LA까지는 가야 한다. 도시가 내뿜는 환상에 이끌린 젊은이들이 내는 방세나 밥값이 LA 같은 대도시 지역 경제의 일부를 이룬다.

헛된 꿈은 헛되므로 거의 성공하지 못한다. 재즈의 본질을 라이브로 전하려는 세바스찬 와일더(라이언 고슬링 분)의 꿈도, 자기 이야기를 자기 연기로 보여주려는 미아의 꿈도 헛되고 헛되다. 대도시는 헛된 꿈을 가진 젊은이들이 사랑에 빠지는 곳이다. 그 꿈과 사랑이 아주 가끔 마법 같은 순간을 만들어낸다.

우리가 이 도시의 주인공은 아닐지라도

영화 〈라라랜드〉의 마지막 장면에서는 둘이 마주 본다. 마법 속으로 돌아갈 순 없다. 하지만 서로 사랑하며 의지했기 때문에, 그 시간 덕에 각자의 꿈을 이룰 수 있었다. 둘 다 그 사실을 안다. 마법과 꿈과 사랑은 언젠가 모두 사라진다. 그 사실을 받아들이며 젊은이는 어른이 된다.

군중 속에서 만난 사람들(Someone in the crowd)이 별들의 도시(City of stars)에서 만나 이런저런 일을 겪고 다른 화창한 날(Another day of sun)을 맞이한다. 대도시 사람들을 건드릴 이야기. 내가 〈라라랜드〉를 보면서 왜 패킹이 고장 난 수도꼭지처럼 울었는지 생각해봤는데 그래서인 것 같다.

의도했을 리 없지만 〈녹터널 애니멀스〉는 〈라라랜드〉와 겹치는 부분이 있다. 캘리포니아가 배경이다. 결과적으로는 헤어진 연인들의 이야기다. 꿈과 사랑 등등의 변수에서 주인공은 뭔가를 고른다. 비슷한 부분은 거기까지다. 〈라라랜드〉가 어떤 선택의 경위에 대한 이야기라면 〈녹터널 애니멀스〉는 그 선택의 결과에 대한 이야기다. 그 차이점에서부터 〈녹터널 애니멀스〉는 굉장히 차가워지기 시작한다.

여기저기 깔린 시각적 장치를 빼면 〈녹터널 애니멀스〉는 평범

산란한 마음이 유행병처럼 들어도

하고 현실적인 이야기다. 젊은 에드워드(제이크 질런홀 분)는 젊은 남자다운 꿈이 있다. 동시에 그 꿈이 이루어지지 않았기 때문에 생긴 젊은 남자 특유의 콤플렉스가 있다. 그의 연인 수잔(에이미 애덤스 분)은 남자의 꿈을 사랑한다. 하지만 어리고 여린 남자의 콤플렉스까지 받아주지는 못한다. 마침 수잔 곁에 안락한 삶을 약속하는 다른 남자가 나타난다. 수잔은 에드워드의 아이를 지우고 새 애인과 결혼한다. 시간이 지난다. 수잔은 삶의 여러 단계를 거쳐 정신적 위기를 맞은 중년이 된다. 돈은 떨어지고 남편은 바람이 나고 딸은 자기 곁에 없다. 그러던 차에 소설가의 꿈을 이룬 옛 연인이 나타난다.

남자와 여자 중 누가 더 불행할까? 누가 더 행복할까? 누가 이기고 누가 졌을까? 어떤 사람들은 여자가 불행하다고 했다. 자기 앞의 모든 걸 다 놓쳐버리고 옛사랑에게마저 버림받았으니까. 지금 여자에게는 아무것도 없다고. 어떤 사람은 남자가 멍청하다고 했다. 옛날 여자를 잊지도 못하고 지리멸렬하게 소설이나 쓰다가 다시 만나자고 해놓고서는 약속 장소에 나가지도 못했으니까. 남자는 아무것도 극복하지 못했다고. 정답은 없다. 관객의 근본적 세계관과 당시의 상황에 따라 어떤 사람에게 자신의 감정을 집어넣을 뿐이다.

〈녹터널 애니멀스〉는 패션 필름의 모양을 한 일종의 심리 테스트다. 당신에게는 무엇이 소중한가. 꿈, 사랑, 지금의 안정, 미래의 가능성 중 무엇을 고르고 무엇을 버릴 것인가. 무언가 소중한 걸 갖기 위해 아주 소중한 다른 걸 전부 찢어서 버려야 한다면 당신은 끝내 무엇을 남길 것인가. 좋은 이야기는 독자나 관객에게 답을 주려 한다. 더 좋은 이야기는 그 이야기를 접한 사람에게 질문을 심어둔다. 〈녹터널 애니멀스〉를 2016년 가장 인상적인 영화로 꼽은 이유다. 일반론적인 이유라고 해도 좋다.

이 영화는 그해 내게 개인적으로도 가장 인상 깊은 영화였다. 영화에 나온 자동차 때문이다. 그 영화를 보던 당시에 오래된 메르세데스를 하나 갖고 있었다. 한국에 거의 없어서 소중하게 다루던 차였다. 애지중지하는 낡은 차가 긁히면 정말 생피부가 갈려 나가는 기분이 든다. 영화 속 낡은 메르세데스가 긁히기 시작할 때 나도 너무 고통스러웠다.

우유부단하고 나약한 토니는 영화 속 소설에서 차를 비롯한 모든 걸 잃는다. 그 이야기를 쓴 에드워드 역시 옛 연인을 못

잊고 자기 고통을 소설로 쓰고 아직도 오래된 메르세데스를 탄다. 원고를 만드는 게 직업의 일부이고, 정신적으로 나약하며, 사랑에 실패했고, 오래된 메르세데스를 탄다는 점에서 나는 〈녹터널 애니멀스〉가 정말 남 이야기 같지 않았다.

운전자 입장에서 〈녹터널 애니멀스〉에는 안전운전과 자동차의 중요성에 대한 교훈도 담겨 있다. 영화 속 액자 구조 안의 소설에서 주인공 토니가 굳이 추월하려 하지 않았다면 아무 일도 안 생겼을 것이다. 만약 운전을 하다 문제가 생겼다고 해도 그렇게 오래된 차 말고 신형 BMW 520d 같은 걸 탔다면 엄청나게 빨리 도망갈 수 있었을지도 모른다.

나는 소중한 걸 잃고 싶지 않았다. 소설 속 토니처럼 되고 싶지도, 영화 속 에드워드처럼 되고 싶지도 않았다. 내게 무엇이 가장 소중한지는 모르겠지만 적어도 그 낡은 차는 아니었다. 우유부단하게 꿈만 꾸면서 낡은 차를 애지중지하며 늙어가고 싶지 않았다. 영화를 보고 몇 달 후 나는 메르세데스를 팔았다.

우리가 이 도시의 주인공은 아닐지라도

예비역 지드래곤의 경제효과

지드래곤 씨는 전역한 이후로 SNS를 활발히 하고 계신다. 그 마음 이해한다. 얼마나 하고 싶었을까…. 며칠 전 게시물에서는 빈티지 머스트 드 탱크를 차고 계셨다. 그 시계 가격이 뛰었다.

카르티에 탱크는 워낙 좋은 시계인 동시에 많이 만든 시계이기도 했다. 상태 괜찮은 걸 70만 원 내외에 살 수 있었다. 지금은 다 100만 원이 넘었다. 시계만 그런 게 아니다. 지드래곤 씨가 쓴다고 알려진 콘탁스 T3도 가격이 많이 올랐다. 지드래곤 씨가 가격 상승의 원흉은 아니겠으나 효과 중 하나라고는 할 수 있지 않을까요. 이미 그는 타고난 매력과 엄청난

산란한 마음이 유행병처럼 들어도

인기로 물건의 시세를 여러 번 올리셨다. 데프콘 씨도 어느 예능에서 말하지 않았나. 조던 그만 사라고. 네가 사기만 하면 가격이 오른다고.

이쯤 되면 사회적 현상이다. 실물경제의 일부분을 움직이고 있잖아. 나는 별도의 이름을 붙였다. 지디피케이션. 지드래곤 씨의 힘을 얻어 물건이 유명해지고 비싸지는 걸 뜻한다.

지디피케이션은 셀러브리티피케이션의 하위 현상 중 하나다. 꼭 지드래곤 씨가 아니더라도 유명인이 써서 가치를 다시 인정받고 시세가 뛰는 상품들이 있다. 연예인의 광고 출연이나 연예인 사인이 붙은 음식점들도 셀러브리티피케이션을 노리는 거라고 볼 수 있다.

콘텐츠가 아니라 트래픽을 먹고 사는 IT 기업들이 셀러브리티 게임을* 다른 곳으로 몰아넣었다. 이제 트래픽을 만들 수 있는 유명인은 광고나 매체 따위가 필요 없다. 스스로가 큐레이터고 MD고 콘텐츠이자 뉴스다. 팔로워가 1,666만 명쯤 있으면 빈티지 머스트 드 탱크의 시세쯤은 한 방에 올릴 수 있는 것이다.

148
우리가 이 도시의 주인공은 아닐지라도

'인플루언서'가 특정 게시물을 올려줄 때 받는 금액의 시세를 들은 적이 있다. 팔로워가 몇 명이고 인플루언서의 장르가 무엇인지에 따라 시세가 달라진다. 모두가 모두의 세세한 재산을 사고팔 수 있게 된 세상에서, 언젠가 지드래곤 씨는 본인 SNS의 유료 포스팅 제안에 이렇게 답했다고 한다. "에이 전 그런 거 안 해요."

지드래곤 씨는 그런 거 안 하는 대신 본인이 브랜드가 됐다. 전역하자마자 전역 포스팅을 올리고, 꽃 그림 포스팅을 올리고, 꽃과 나이키 스우시가 함께 나온 포스팅을 올리고, 꽃이 그려진 나이키 신발 포스팅을 올리고, 정식 캠페인 이미지를 올린다. 아주 명석하다. 지디피케이션의 주인공답다. 지드래곤판 나이키 에어 포스 원 역시 추첨 구매다. 이건 얼마나 금방 매진될까. 얼마나 비싼 리셀가에 거래될까.

나도 빈티지 머스트 드 탱크를 사볼까 싶었다. 사려고 본 지도 좀 됐다. 탱크의 조형미는 정말 훌륭하고 옛날 탱크의 다이얼에는 20세기 물건만의 기품이 있다. 가격 역시 나 같은 사람도 조금 모으면 살 수 있을 정도였다. 'xxxibgdrn' 계정에 나온 후로 모두 없던 일이 됐다. 가격은 둘째 치고 이제 지디 시계니까.

산란한 마음이 유행병처럼 들어도

아무튼 나는 지드래곤 씨가 정말 멋있다고 생각한다. 〈원 오브 어 카인드〉나 〈굿 보이〉의 뮤직비디오, 무엇보다 미시 엘리어트를 불러낸 〈널리리야〉는 한국 힙합의 기념비적인 순간이라고도 확신한다. 하지만 그 시계를 사고 싶지는 않다. 그건 조금 다른 이야기다.

지드래곤 씨는 앞으로도 소비 사회 곳곳에서 좋은 물건들을 찾아낼 것이다. 어떤 브랜드를 '풀착' 하는 일은 없을 거라고 생각한다. 값비싼 신제품만 걸친다고 멋있어지지는 않는다. 온갖 것을 섞는 재치가 기술이다. 지드래곤 씨는 그 사실을 너무 잘 아는 듯 보인다.

나 같은 소시민은 전전긍긍할 뿐이다. 이 물건을 지드래곤 씨가 사서 비싸지면 어쩌지. 안 유명하던 물건이 '지디 ○○'가 되는 건 아닐까. 지드래곤 씨가 아니어도 세상의 온갖 데드스톡*과 중고품 시세가 각자의 사정에 따라 파도처럼 오르내린다.

내가 사려던 다른 뭔가도 1년 새 가격이 두 배 넘게 뛰었다. 값

---

* 옛날에 생산되었지만 팔리지 않았기 때문에 새것의 상태로 남아 있는 물건들. 말 그대로 '죽은 재고'지만 지금 시장의 누군가가 상품화시키는 데 성공해 다시 높은 값을 받는다. 가격과 가치의 상관관계에 대해 생각하게 하는 현대의 경제학적 교보재.

우리가 이 도시의 주인공은 아닐지라도

이 오른 걸 보고 살까 말까 전전긍긍하다가, 지디피케이션을 깨달은 후 바로 샀다. 좋은 물건값과 21세기는 언제 어디로 갈지 모른다.

산란한 마음이 유행병처럼 들어도

이너 피스 럭셔리

아식스는 건축가 쿠마 켄고와 함께 운동화를 만들었다. 아식
스 메타라이드 AMU. 재활용 폴리에스터로 만든 러닝화다.
요즘 러닝화의 트렌드인 양말형 디자인에 쿠마 켄고 특유의
구조-실루엣을 감았다. 2,020개 한정판에 값은 3만 9,600엔
인데 공식 홈페이지에서는 이미 다 품절됐다.

불가리는 건축가 안도 타다오와 시계를 만들었다. 옥토 피니
시모 안도 타다오 에디션. 안도 타다오(안도의 사무실일 수도 있
겠다)가 다이얼을 만들고 케이스백에 안도의 사인이 새겨져
있다. 일본에서만 파는 200개 한정판. 값은 180만 엔. 이런
물건도 나오나 싶다.

"퍼스널 컬래버레이션 같은 것도 늘어날 거예요." 2019년 4월 초 도쿄 진구마에에서 본 빔스 디렉터 나카타 신스케가 말했다. 퍼스널 컬래버레이션이란 말을 조금 더 설명해달라고 했다. 그의 논리는 이랬다. 컬래버레이션의 첫 단계는 브랜드와 브랜드. 두 번째 단계는 브랜드와 인플루언서. 그다음인 세 번째가 개인 커스터마이징을 거친 물건이 다른 개인에게 팔리는 것. 두 번째까지는 확실히 늘어나고 있다.

나는 안도 타다오 불가리와 쿠마 켄고 아식스도 인플루언서 컬래버레이션의 연장선이라고 생각한다. 자기 기술도 있고 자기가 만든 실루엣도 있으면 인플루언서지. 실무자는 점점 할 일이 많아질 것 같다. 안도 타다오와의 디자인 시안 회의를 정리하고 쿠마 켄고에게 메일로 '소장님 샘플 언제 가능합니까' 같은 일을 하는 사람이 물건 뒤에 분명 있겠지. 막 스위스로 메일 보내고 어디 출장 가서 만나고 제품 샘플 촬영하고 보도자료 뿌리고. 생각만 해도 고생스럽다.

*

컬래버레이션은 여러모로 시대의 산물이다. 팩스로 의사소통을 하던 시대의 특별 생산은 훨씬 더 고되었겠지. 제품 생

산란한 마음이 유행병처럼 들어도

산과 유통 관련 커뮤니케이션 비용이 줄어든 만큼 컬래버레이션의 기획과 생산비용도 줄어들었을 것이다. 홍보 커뮤니케이션의 비용과 절차도 달라졌다. 요즘은 JPG 파일과 TXT 파일 몇 개만으로 전 세계에 소식을 알릴 수 있으니까.

그러니까 유명하고 볼 일이다. 지드래곤의 나이키 에어 포스 원이 나오자마자 리셀가가 뛰는 것만 봐도 그렇다. 컬래버레이션의 원조 후지와라 히로시도 이미 태그호이어와의 컬래버레이션 완판으로 자신의 가치와 이 사업 모델의 밝은 미래를 증명했다. 나는 컬래버레이션 앞에서 평온할 수 있는 이너 피스(Inner peace)를 갖고 싶다. 요즘엔 이너 피스야말로 럭셔리인가 싶기도 하고.

우리가 이 도시의 주인공은 아닐지라도

연애와 알고리즘

2019년은 인류 최초의 달 착륙 50주년이다. 그때도 달 착륙선의 궤도를 계산하기 위해 컴퓨터를 썼다. 그때 쓰인 '아폴로 가디언스 컴퓨터'는 지금 TV보다 큰 크기에 무게도 32킬로그램에 이른다. 지금 우리 모두는 인류를 달로 보낸 기계보다 훨씬 계산 성능이 좋은 200그램 안팎의 스마트폰을 들고 다닌다. 우리가 그 초고성능 기계로 뭘 하지? 딘이 대답한다. "인스타그램/인스타그램 하네." 기술이 발달해도 우리의 욕망에는 큰 차이가 없다.

요즘 알고리즘 관련 기술이 점점 많이 쓰인다. 세상의 일들을 수치화한 후 그 수치들을 이용해 필요한 데이터 값을 계산한

산란한 마음이 유행병처럼 들어도

다. 야구에서 이기기 위해, 소비자가 더 많이 물건을 사게 하기 위해, 지금 당신의 눈앞에 떠 있는 그 광고의 클릭을 유도하기 위해 쓰이는 그 기술이다. 이 기술이 인간의 연애와 사랑과 겹쳐지면 어떻게 될까?

당신의 인스타그램 사용 패턴을 바탕으로 당신과 잘 어울릴 만한 상대를 찾아주는 프로그램이 있다 치자. 당신이 누구의 게시물에 '좋아요'를 눌렀는지, 당신이 좋아요를 누른 남자는 어떻게 생겼는지, 당신이 팔로우는 안 하지만 ID를 타고 들어가서 구경하는 남자들은 누구인지, 그 남자들은 무엇을 좋아하는지, 그 남자들의 데이터를 유추해 당신의 잠재 이상형을 알아봐주는 것이다. 영화 〈그녀〉를 보면 대화형 인공지능이 아무리 발달해도 주인공이 하는 건 폰 섹스다. 아무리 대단한 첨단기술이어도 인간의 수요가 있어야 퍼지고 쓰일 수 있다. 빅데이터에 입각한 알고리즘 기술은 머지않은 미래에 연애 관련 산업과 결합할 것이다.

이 기술이 당신을 행복하게 해줄지는 모를 일이다. 모든 알고리즘은 알고리즘 설계자의 의도를 반영한다. 알고리즘을 설계한 사람의 의도가 '실패 회피'라면 어떨까? 그러면 얼굴은 잘생겼지만 당신을 거절할 것 같은 사람을 알고리즘이 거를

우리가 이 도시의 주인공은 아닐지라도

지도 모른다. 아직 대부분의 경우 알고리즘은 인간의 편견을 보완하는 게 아니라 인간의 편견을 반영한다. 거기 더해 근본적으로 '잘될 것 같은 사람'을 어떻게 데이터로 만들 수 있을까? 디지털 활동의 어떤 변수를 모아서 어떻게 함수로 만들어야 'A씨와 B씨가 잘될 것 같다'는 확률의 값을 확실하게 도출할 수 있을까? 그런 면에서 짝 찾기 알고리즘은 변수가 너무 많다.

그래서 형편이 좋은 사람들이 쓰는 전통적인 방법도 여전할 것이다. 소개 말이다. 하지만 현대 사회는 인간의 노력과 인간 대 인간 커뮤니케이션을 점점 값비싼 것으로 만들고 있다. 신뢰할 수 있는 대인관계라는 게 너무 비싸져서 인터넷 속의 알고리즘에 의존할 수밖에 없다면 사랑 역시 점점 양극화할 것이다. 우수한 유전자와 안전한 환경과 문제 없는 성장이라는 최상급 행운을 가진 사람들은 전통적인 방법으로 누군가의 소개를 받거나 좋은 파티에 가서 자신의 짝을 만날 수 있을 것이다. 하지만 그렇지 않은 우리 같은 보통 사람에게는 별 선택지가 없을 것이다. 자영업을 하기 위해 어쩔 수 없이 인스타그램을 여는 것처럼. 딘이 또 노래한다. "관둘래/이놈의 정보화시대." 아니, 우리는 그만둘 수 없다. 알고리즘 속에서 시간 낭비를 할 수밖에 없다.

3부
도 시 생 활 은
점 입 가 경 이 지 만

입장들

"동네가 뜨기 시작하면 세탁소나 철물점이 없어져요. 그 동네 사람들이 직접 이용하는 가게의 월세가 너무 올라버리기 때문입니다. 그 빈자리에 뭐가 생기냐면 카페가 생겨요. 동네에 카페밖에 없는 거예요. 밥 먹을 데도 없고." 언젠가 젠트리피케이션 취재랍시고 돌아다닐 때 들은 이야기.

"시장에서 물건 사보신 적 있으세요? 1인분을 안 팔아요. 우리 집은 식구가 둘뿐인데 무조건 4인분씩 팔려고 하고. 안 깎아주고 덤 주고. 채소나 과일이 별로 신선하지도 않았어요. 저희도 처음에는 동네 시장 갔죠. 이제는 대형 마트만 가요." 어느 대도시의 구도심에 자리 잡았던 사람 이야기.

우리가 이 도시의 주인공은 아닐지라도

"저 뒤에 사무실 보이죠? 저기가 300에 25 받던 순댓국집이었어요. 할머니 한 명이 오래 장사했어. 그런데 젊은 사람들이 들어오니까 세가 오르잖아? 할머니가 나가죠. 그다음에 들어온 사람들이 저 사람들(아이맥 뒤에 앉아 있던 남자들)이에요. 저 사람들이 한 달에 얼마 내는 줄 알아요? 1000에 70!" 서울에 몇 년 동안 유행병처럼 떠돌던 '뜨는 동네' 중 하나에서 들은 이야기.

놀러 온 사람, 새로 이사 온 사람, 몇십 년째 사는 사람, 몇십 년째 파는 사람, 모두 상황에 따라 입장이 다르다.

*

시민상회는 종종 지나치던 가게였는데 뭘 파는 곳이었는지 기억이 나지 않았다. 검색해도 하나도 안 나오고, 지도 거리 뷰로 찾아보니 채소와 과일을 팔던 가게였다. 이제 채소와 과일을 티 안 나게 파는 동네 가게는 자리 잡지 못하는 건가. SNS로 브랜딩이라도 하고 지역 산지를 찾아다니면서 스토리를 발굴해야 살아남는 건가. 이제 그냥 좋은 물건 받아서 동네 단골 위주로 장사하는 가게는 없어지는 건가. 시민상회가 빠진 자리에는 어떤 가게가 들어오려나. '공간'의 '본질'에 '주

목'하면서, 끊임없이 '정체성'에 대해 '탐구'하고 '고민'하는 곳
이 들어오려나.

입장은 많고 월세와 신형 스마트폰의 가격은 점점 오르고 가
입해야 할 것 같은 유료 구독 서비스는 점점 늘어나는데 월급
은 물가 상승률을 따라가지 못하니 옷장에 차오르는 건 점점
얇아지는 합성섬유 의류뿐이다. 도시 생활은 점입가경.

우리가 이 도시의 주인공은 아닐지라도

시청역의 데이비드 호크니

2019년 3월 30일 오후에 충정로 버스 정류장에서 내렸다. 20대가 있을 법한 곳으로 가서 그들을 보기 위해서였다. 첫 목적지는 서울시립미술관이었다. 데이비드 호크니전이 열리고 있었다. 최저기온은 2도, 최고기온은 8도였다. 거리에서 티셔츠만 입은 사람과 캐나다 구스 파카 입은 사람을 함께 봤다. 서울시립미술관 가는 길에서 만난 어느 백인 남자는 뜨거운 국물이 먹고 싶다면서 비슷한 음식이 없냐고 물었다. 근처에 있던 고려삼계탕을 추천해주었다.

이런 날씨를 감안하면 데이비드 호크니전을 보러 온 사람은 꽤 많은 편이었다. 표를 파는 곳 앞에서 2시 2분부터 기다렸

도시 생활은 점입가경이지만

는데 표를 사고 나오기까지 12분이 걸렸다. 표 값은 성인 1만 5,000원. 요즘 20대에게 어느 정도의 가격으로 느껴질지는 모르겠다. 37세의 내 입장에서 싸게 느껴지지는 않았다.

사람도 많았다. 2층으로 올라가자 전시장 앞에서 잠깐 줄을 서야 했다. 별도로 빌려야 하는 오디오 가이드를 대여하는 사람들도 꽤 있었다. 사진 촬영이 금지되어 있었는데 다들 곧이 곧대로 정말 사진을 안 찍는 것도 신기했다. 요즘은 하지 말라는 걸 하면 바로 SNS에 올라서 군중의 심판을 받게 되기 때문인 걸까. 그렇게 치면 SNS가 공중도덕을 끌어올리는 건지도 모른다. 그림은 어땠냐고? 예술 문외한인 내 말보다는 화가 알렉스 카츠의 말이 더 믿음직하지 않을까? "뭐 난 데이비드 호크니와 그 사람 그림 완전 우아하다고 생각해요. 척하는 게 하나도 없어요. 근심이 없어요. 억지 남자다움이 없어요. 억지로 진지한 척하는 것도 없고. 눈을 뗄 수 없는 이미지예요."*

다만 나는 호크니의 그림을 보러 온 것이 아니었다. 이날 나의 주제는 호크니를 보러 온 사람들, 특히 20대였다. 이날 전시회에서 20대로 보이는 사람들이 가장 많이 신고 있던 신발은

* 《파이낸셜 타임스》, 2018년 10월 30일.

우리가 이 도시의 주인공은 아닐지라도

반스와 휠라였다. 특수한 예로는 발렌시아가 트리플S를 신은 여자가 한 명(더티 블랙이었다), 노아 볼 캡(네이비)을 쓴 사람이 한 명 있었다. 살로몬 XT6(빨간색)를 신고 발가락이 덮일 정도로 통 넓은 바지를 입은 남자도 한 명 있었다. 이 남자를 비롯한 친구 세 명이 모두 비슷한 차림에 얼굴에는 BB크림을 바른 것 같았다. 옆에서 중국어를 하는 걸 엿듣기 전에는 어느 나라 사람인지 알 수 없었다. 동아시아가 이렇게 통합되고 있는 건가 싶었다. 2층 전시관에서 36분을 보내고 밖으로 나왔다.

밖으로 나오자 호크니의 그림 모양 세트 앞에서 사람들이 사진을 찍고 있었다. 주로 커플이었다. '20대가 많이 가는 장소에 간다'가 목적이라면 데이비드 호크니 전시라는 목적지는 절반의 성공이었다. 워낙 유명한 화가라 희소성이 떨어져서인지 유행의 최첨단에서 온 듯한 젊은이들보다는 커플이 많았고 방문객의 연령대도 다양했다. 어느 20대 커플은 그림과 최대한 비슷하게 포즈를 취한 채 그날 처음 본 것 같은 중년 커플에게 촬영을 부탁했다. 젊은 커플 중 남자는 어디서 어떻게 찍어야 하는지를 중년 커플 중 여성에게 아주 자세히 설명했다. 촬영을 도와주는 중년 커플도 20대 커플 못지않게 열정적이었다.

도시 생활은 점입가경이지만

"고개를 조금 더 숙여야 돼요." "책을 조금 더 올리고." 촬영이 끝나자 젊은 커플의 남자가 사진을 확인했다. 나는 밥을 먹으러 갔다.

밥은 근처 유림면에서 먹었다. 유명한 집인 만큼 애매한 시간이었는데도 테이블이 꽤 많이 차 있었다. 유림면의 비빔국수와 비빔모밀을 좋아하지만 오늘은 추워서 냄비국수를 먹었다. 그만큼 추운 날이었다.

*

다음 목적지는 카페. 시청역 9번 출구와 직접 연결된 17층 규모 사무 건물인 유원빌딩의 꼭대기 층에 있는 '커피앤시가렛'으로 갔다. 지난주에 다른 일이 있어서 여기에 왔는데 사람들이 줄을 서 있는 걸 보고 '여기다, 여기가 젊음의 현장이구나' 싶어서 《힙합퍼》에디터의 허락을 받고 이런 동선을 짰다. 엘리베이터에 20대 여성 두 명과 같이 탔다. 말을 걸었다.

"카페 가세요?" "네." "어떻게 알고 오셨어요?" "인스타그램에서 보고요." "20대시죠?" "(학교)졸업은 했어요." (다른 분이) "사장님이세요?" "아니요(이 질문에서 내 나이를 실감했다). 무인양품

우리가 이 도시의 주인공은 아닐지라도

다녀오셨나 봐요." "네, 이 친구 생일이라서요." "생일 축하드립니다." 여기까지 이야기를 나누자 엘리베이터의 문이 열렸다. 17층이었다. 생일을 맞은 친구들은 짧게 탄성을 냈다.

커피앤시가렛에는 오늘도 사람이 많았다. 이번에도 테이블이 없어서 잠깐 기다렸다. 뜨거운 아메리카노를 시키고 오늘의 원고를 작업했다. 세어보니 테이블이 다 차면 50명 전후가 앉을 수 있을 것 같았다. 밖에서는 전혀 티가 나지 않는 카페에, 토요일 오후 3시 30분쯤에, 빈자리가 하나도 없이 사람들이 앉아 있었다.

옆 테이블에 앉아 있는 사람들도 20대 대학생인 것 같았다. 일본 여행을 가려는 모양이었다. "시부야나 하라주쿠처럼 흔한 데를 가고 싶지는 않아." "오키나와는 어떨까?" "정은이(가명)가 다녀온 거 봤어." "걔는 완전 일본 사람처럼 많이 다니더라." "우리 학교에도 일본 가는 사람 생각보다 많아." 이런 이야기를 들었다.

그동안 창밖은 날이 갰다가 비가 왔다가 눈이 왔다가 다시 맑아졌다. 오른쪽 창밖은 흐린데 왼쪽 창밖은 맑았다. 테이블에 앉아 있던 사람들이 창가로 모여서 사진을 찍었다.

도시 생활은 점입가경이지만

데이비드 호크니 전시를 다룬 기성 언론의 표제어는 주로 그림값에 관련된 것이었다. '더 큰 몸값 첨벙' '세계에서 가장 비싼 작가, 그의 전 생애를 톺아보다' '살아있는 가장 비싼 화가' '최고 몸값' '제일 비싸다고?'

"그림값을 움직이는 온갖 요소가 있고, 그래서 그림값이 오르락내리락하죠. (호크니의 그림값이)터무니없다고 생각하지는 않아요. 그림은 아주 복잡한 물건이고, 사람들이 그걸 상품으로 만들어버리죠." 아까 인용한 화가 알렉스 카츠의 말이다. 카츠의 전시는 2019년 7월까지 대구미술관에서 열렸다.

모두가 한 골목에서 맥주를 마셨다

2019년 6월 1일은 날씨가 맑고 시원했다. 갈색 베트멍 스웨트셔츠를 입은 남자와 재키와이* 머리를 한 여자를 따라가다 보니 이미 사람이 가득한 시청역 5번 출구였다. 사람들의 주된 진행 방향을 기준으로 왼쪽의 시청광장에서는 퀴어 퍼레이드, 오른쪽에서는 자유한국당 전국 집회가 열리고 있었다. 자유한국당 집회에서는 성조기가 많이 보였다. 퀴어 퍼레이드 역시 어떻게 보면 미국 문화의 일부일 텐데. 미국의 영향력에 대해 잠시 생각했다.

* 한국의 래퍼. 스윙스의 인디고 뮤직에 있다가 2019년 10월 계약을 해지했다. 특유의 톤과 함께 양갈래 머리를 남겼다.

도시 생활은 점입가경이지만

퀴어 퍼레이드를 잠시 구경했다. 캐나다, 덴마크, 프랑스, UN 등 서양 국가 대사관 부스가 많았다. 카퍼레이드를 따라 나와 지하상가로 통하는 계단을 내려갔다. 소공동 지하상가를 통해 롯데백화점 애비뉴엘로 들어가서 식품관을 거쳐 을지로입구역으로 진입한 후 지하상가를 따라 오늘의 목적지에 도착했다. 을지로3가역 4번 출구. 거기서 친구를 만났다.

뭘 먹을까? 이제 서울에서 가장 식사 선택지가 넓은 곳은 을지로일 것 같았다. 넉에서 파스타를? 우화식당 육전을? 산수갑산 순대를? 고민하는 순간 발렌시아가 셔츠를 입은 남자가 걸어가는 게 보였다. 여자친구와 함께 온 듯한 그를 따라 동원집으로 들어갔다. 감자탕과 순대를 파는 곳이었다.

동원집에도 젊은 사람이 많았다. 여기서만 오프화이트 스니커즈를 신은 사람을 둘 봤다. 20대, 30대(나), 40대와 50대가 두루 앉아 돼지 등뼈를 뜯고 있었다. 내 왼편에서는 까르띠에 산토스와 팔찌를 15개쯤 찬 중년 남자와 그의 친구가 조용하게 이야기하며 소주를 마셨다. 그들이 소주 두 병을 못 비우고 자리에서 일어나는 동안 오른쪽의 젊은 여성 둘은 네 병째 소주를 시켰다. 나와 친구는 감자탕 중자와 접시순대와 볶음밥을 먹었다.

우리가 이 도시의 주인공은 아닐지라도

*

밥을 먹었으니 커피를 마셔야지. 다행히 내게도 세련된 친구는 있다. 그 친구가 몇 번 데려간 디엣지를 가려 했…는데 위치를 까먹었다. 힙한 곳의 위치를 못 외우는 나이가 되었음을 깨닫고 지도를 검색했다. 지도가 알려주는 곳 근처로 가니 폭 넓은 검은색 바지를 입은 일군의 여성들이 우르르 걷고 있었다. 그 여성들을 따라가서 도착한 곳은 디엣지가 아닌 죠지였다. 오후 6시쯤 갔는데 대기열이 6팀 있었다. 손님은 100퍼센트 여성. 디엣지는 뒷건물이었다.

디엣지에는 죠지처럼 사람이 많지는 않았다. 왜일까? 뭐라 말은 못해도 사람을 끌어당기는 분위기와 적당히 튕기는 분위기가 따로 있는 걸까? 동행한 친구는 "케이크 때문 아닐까?"라고 말했다. 죠지에는 케이크가 있다. 디엣지 앞에서는 "우리 탐탐 갈까?" 하며 돌아선 젊은이도 있었다. 탐탐과 경쟁해야 한다니 디엣지나 탐탐이나 사는 게 쉽지 않을 듯했다. 커피를 마시려다 진저 에일을 마셨다. 옆자리에서는 예의 그 폭 넓은 검은색 스트레이트 바지를 입은 20대 여성 둘이 화이트 와인을 마시며 이야기를 나누고 있었다.

도시 생활은 점입가경이지만

역시 커피를 마셔야 할 것 같아 주변을 찾다 저크라는 곳을 보았다. 여기를 보니 '21세기 을지로 인테리어 스타일'이라는 양식이 성립된 것 같았다. 부수고 다시 마감하지 않은 실내, 낡은 동양풍 인테리어 소품, 얇은 방석, 거기에 안 유명한 서양음악. 저크는 7시 이후에는 커피를 팔지 않는다고 해서 나왔다. 오늘 코스의 하이라이트에 가야 했다.

*

만선에는 못 갔다. 토요일 오후 7시 30분쯤이 되자 모든 테이블에 사람이 있었다. 평소에 가던 곳은 만선호프 옆 을지오비베어였지만 자리가 없는 건 마찬가지였다. 팝콘을 셀프로 퍼가는 뮌헨호프도 마찬가지였다. 퀴어 퍼레이드 참가자들도 아저씨들도 커플도 가족 손님들도 힙스터들도, 모두 한 골목에 모여 앉아 맥주와 소주를 마셨다.

만선호프 건물 지하의 와인바(문 연 지 두 달 됐다고 했다)에서 오늘 산책을 마무리했다. 여기도 죠지처럼 100퍼센트 여성이었고, 화제에 '오빠'가 나오기 시작했다(동원집과 디엣지에서는 화제로 오빠가 나오지 않았다). 옆자리의 20대 여성들은 고등학교 수학 선생님 사진을 돌려 보다가 와인잔을 들고 셀피를

우리가 이 도시의 주인공은 아닐지라도

찍었다. 친구는 요즘 셀피 앱은 찍기만 하면 얼굴 보정이 된다고 알려주었다. 친구의 앱으로 내 얼굴을 한번 찍어보았다. 정말 보정이 됐다. 바로 지웠다.

도시 생활은 점입가경이지만

성수동의 카페와 벽돌과 시간과 흔적들

6월 16일 일요일은 나중에 생각날 정도로 쾌청한 날이었다. 구름도 적당했고 공기도 맑았다. 나는 '이날이다' 싶었다. 날씨가 좋으니 사람들도 많이 나올 거고 내가 구경할 사람들도 늘어나겠지. 2호선 충정로역에서 시청역 방향 내선순환 열차를 탔다.

오늘의 목적지는 성수였다. 집과 직장과 멀어서 평소에는 잘 가지 않는 곳이었다. 별 흥미가 안 생기는 곳이기도 했다. 동네보다는 내 나이와 상황 때문이었다. 난 이미 이 도시에 좋아하는 식당과 찻집들이 있다. 새로 뭔가를 찾아다니자니 이제 나는 해야 할 일이 너무 많다. 성수동에 대한 정보도 전혀

우리가 이 도시의 주인공은 아닐지라도

없었다. 다행히 《힙합퍼》에디터(20대. 최근 혼다 모터바이크를 사고 내게도 권했다)께서 동선을 알려주셨다.

"블루보틀-오르에르-대림창고-어니언 루트가 되겠네요!" 가라면 가야지. 순서도 이대로 따르기로 했다. 세간의 화제 블루보틀부터.

가려던 길을 처음부터 틀렸다. 성수에 있다고 해서 성수역에 내려 교통카드까지 대고 나온 후 위치를 찾고 나서야 뚝섬역 바로 앞에 있다는 걸 확인했다. 홍대에 있대서 홍대입구역에 내렸더니 합정역과 더 가까운 약속 장소에 간 것과 비슷하달까. '나도 이제 이런 나이군'이라고 생각하며 다시 반대 방향으로 가는 플랫폼으로 갔다. 못 걸어갈 거리도 아니었지만 나이가 들수록 윈스턴 처칠의 이야기가 절실해진다. "앉을 수 있을 때 절대 서지 마라. 누울 수 있을 때 절대 앉지 마라."

블루보틀은 잘 봤다. 대기열이 너무 길어서 이걸 기다렸다가는 오늘 생각한 취재 시간을 다 쓸 것 같았다. 얼추 세어보니 일요일 오후 3시 30분쯤에 30팀(30명이 아니다)쯤 되는 인파가 줄을 서 있었다. 블루보틀이 인기이긴 하구나 싶었다. 직원처럼 보이는 분께서 팻말을 들고 틈틈이 대기열 주변을 돌

도시 생활은 점입가경이지만

아다녔다. 팻말에는 "입장하시면 일행 합류 안 되세요"라는 손글씨가 쓰여 있었다. 한두 명만 들어오고 나서 나머지 일행을 불러들이는 사람들이 있는 모양이었다. 서울 사람들의 잔재주에는 늘 감탄하게 된다. 뭘 신었고, 기다리면서 뭘 하는지만 보고 자리를 떠났다. 대부분 이야기를 나눴고, 아니면 스마트폰을 보고 있었다. 놀랍게도 종이책을 읽는 사람도 한 명 있었다.

오르에르까지 걸어가는 길은 성수동이 지금의 성수동이 되기까지를 보여주는 지층 같았다. 골목은 소방차 정차선을 따로 표시해야 할 정도로 좁았다. 오렌지색 람보르기니가 그 선을 넘어 주차되어 있었다. 〈백종원의 3대 천왕〉에 나왔다는 감자탕집 앞에는 빨간색 포르쉐가 주차되어 있었다. 오래된 벽돌 건물과 벌써 망해버린 카페와 '원주민 부동산(이 이름의 부동산이 있다면 동네의 지가가 급격히 오르고 있다는 의미다)'을 지나 오르에르에 도착했다. 다행히 대기열은 없었다.

블루보틀을 빼면 오르에르를 비롯한 오늘의 모든 동선은 예전의 낡은 건물을 적당히 고친 것이었다. 옛날 건물을 얼마나 남기고 얼마나 고치느냐에도 각자의 의도가 들어 있겠지. 내가 그 의도를 평가하거나 점수를 줄 수 있는 입장도 아니고

우리가 이 도시의 주인공은 아닐지라도

그러고 싶은 마음도 없다. 그냥 다들 열심히 사시는구나 싶었다. 오르에르는 개별 디테일이 훌륭했다. 스피커는 1, 2, 3층 모두 다른 탄노이. 화장실 변기는 토토, 세면대는 듀라빗. 이런 것까지 신경 쓰는 카페는 많지 않다. 토토 변기는 어디서 샀는지 물어보고 싶을 정도였다.

오르에르 2층에 생긴 문구점을 보고서도 감탄했다. 델포닉스*를 이렇게 똑같이 따라 할 수도 있다니. 한쪽에서는 프랭크 로이드 라이트의 탈리에신 미니어처도 팔고 있었다. 탈리에신은 프랭크 로이드 라이트가 도쿄 제국호텔을 만들 때 따로 짜넣은 조명이다. 나중에 돈 많이 벌면 왠지 하나 살 것 같다. 뜨거운 아메리카노를 한 잔 먹고 나왔다. 에어컨 바람은 약했다. 여기서 사카이 나이키 컬래버레이션 스니커즈를 신은 사람을 봤다. 귀한 포켓몬을 본 것 같아 기분이 좋았다.

*

다음 목적지 대림창고는 처음부터 잘못 들어갈 뻔했다. 몇 넌

---

* 일본의 문구 브랜드. 다이어리와 바인더 등 자체 생산 문구를 내는 한편 이탈리아나 자국의 타사 제품도 수입해서 판매한다. 상품 구성의 안목이나 물건의 품질은 높으나 결국 묘하게 시대착오적이라는 면에서 더없이 일본적인 브랜드.

도시 생활은 점입가경이지만

사이에 대림창고와 똑같은 느낌의 창고형 카페가 두 개 더 생겨 있었다. 이런 식으로 원조 닭갈비, 시조 닭갈비, 원조의 원조 닭갈비 같은 원조촌이 만들어지는 건가 싶었다. 아무튼 대림창고 옆에 있는 곳에 들어가서 주문까지 할 뻔했다가 다시 나왔다. 원조 대림창고는 두 칸 옆 건물이었다. 나만 그런 게 아닌지 일군의 중년 여성들이 이게 뭔가 싶지만 자신의 놀람을 드러내고 싶지는 않은 표정으로 실내를 돌아다니고 있었다.

대림창고는 넓어서인지 오는 사람들의 부류도 다양했다. 오르에르에는 한 명도 없었던 남자 일행 조합이 있었다. 남자와 여자, 가족, 여자 일행이 두루 각자 자리에 앉아 커피를 마시거나 피자를 먹고 있었다. 접객은 한국형 힙스터 업계 사람들이 그렇듯 멋만 부리고 미숙했다. 무알코올 맥주도 갖다두지 않은 주제에. 나는 여기서도 뜨거운 아메리카노를 먹었다.

걷다보니 어느새 성수역 근처였다. 어니언은 성수역 반대편에 있었다. 낡은 건물을 리모델링한 건 여기도 마찬가지였지만 어니언에는 자신들의 의도를 적어둔 명판이 걸려 있었다. "심미성보다는 활용성을 중심으로 변화한 공간이기에 시간과 함께 공간의 본모습은 점점 사라져갔다. 우리는 공간을 탐색하던 중, 과거의 구조 속에서 새것이 줄 수 있는 가치를 발

우리가 이 도시의 주인공은 아닐지라도

견했다." 참 한자어가 많은 문장이었다. 다들 멋있게 사는구나 싶었다. 여기에는 아예 공항에서나 볼 수 있는 대기열이 만들어져 있었다. 대기열을 따라 기다리다가 뜨거운 아메리카노를 시켰다. 직원은 내게 음료가 나왔을 때 부를 수 있는 이름을 알려달라고 했다. 철수라고 불러달라고 말했다. 안철수 지지자처럼 보였으려나.

신기하게도 오르에르-대림창고-어니언으로 갈수록 확연해지는 경향이 있었다. 에어컨 바람이 강해지고 공간의 음질이 나빠졌다. 각자 다른 탄노이를 쓰던 오르에르와 달리 대림창고는 업소용 JBL 스피커를 쓰더니 어니언은 지름이 5인치나 될까 싶은 스피커 몇 개를 천장에 매달아두었다. 하긴 좋은 소리는 인스타그램에 올려봐야 티가 안 난다.

*

이날 움직이며 성수동 권역에서 벽돌들도 많이 보았다. 블루보틀 벽돌은 새것 티가 났다. 유약 안 바르고 무늬 없는 저렴한 요즘 벽돌. 요즘 건축 부자재는 타일이든 벽돌이든 그런 티가 난다. 최소 비용 최대 효율의 그럴싸함을 완성하려면 별수 없었을 것이다.

도시 생활은 점입가경이지만

블루보틀 바로 뒤의 다세대주택 건물 벽돌이 블루보틀 벽돌보다는 좋아 보였다. 유약도 바르고 무늬도 있고. 소재의 품질은 새것의 광택이 빠질 만큼의 시간이 지날수록 드러난다. 요즘 그런 거 누가 신경 쓰나 싶지만. '새것 광 빠지면 다른 새것을 사서 바꾸면 되는 거 아니야?'라고 생각하면 아무 일도 아니다. 어떤 사람들에게는.

옛날 벽돌은 단단하고 단단하면 흔적이 쌓인다. 건물 길가로 늘어선 벽돌이 동네의 흔적을 담고 있었다. 전단지 붙인 흔적, 분필 자국, 투박해도 나름 촘촘하게 쌓아 올린 간격들. 이 동네에 어떤 사람이 살았는지 보여주는 것 같았다.

오르에르는 벽돌 타일을 쓴 건물이었다. 상대적으로 공들여 지은 건물이려나. 우연이겠지만 이 카페도 그 동네의 다른 카페에 비해 공들여 만든 것이긴 했다.

대림창고 안에도 벽돌로 마무리한 부분이 일부 있었다. 저 모양새, 쉽게 깨지는 벽돌들, 벽돌 위에 시멘트가 묻든 말든 그대로 두는 태도. 어제 본 벽돌 쌓은 모양새 중 가장 안일했다. 저런 게 무심한 인더스트리얼 힙이라는 거겠지. 현대 사회 따라잡기 참 힘들다.

우리가 이 도시의 주인공은 아닐지라도

대림창고가 정말 창고일 때 만들어졌을 벽돌 벽이 훨씬 견고해 보였다. 그런 벽들은 방치되거나 별 생각 없이 칠한 듯 보이는 흰색 페인트 뒤로 밀려났다.

어니언의 외벽 벽돌 역시 단단하고 표면이 고르지 않았다. 얼핏 봐도 자 대듯 정밀하게 쌓아 올린 건 아니지만 내구성 면에서는 큰 문제가 없어 보였고 무엇보다 저 불규칙적인 쌓아올림에는 귀여운 맛이 있었다. 저런 벽돌 배경이 수많은 '#성수뽀개기' 셀카의 배경이 될 줄, 저 벽돌을 쌓아 올린 사람들은 예상 못했겠지. 셀카를 기술적으로 가능케 한 스마트폰 렌즈 모듈 개발부도 예상하지 못했을 것 같다.

동묘시장과 '개쩌는 빈티지 숍'

2019년 7월 21일 일요일은 태풍 다나스가 한반도로 북상한 날이었다. 서울은 태풍의 여파로 자잘한 비가 오다 말다 했다. 나는 광화문에서 260번 버스를 탔다. 오늘의 목적지인 동묘 벼룩시장으로 가는 길이었다. 《힙합퍼》 에디터(20대, 나를 부리는 데 점점 익숙해지고 있는 것 같다)께서 오늘의 동선을 짚어주었다. 오늘은 별도의 임무까지 있었다. "동묘 앞의 인싸들을 구경하시고 가능하시면 그분들 코멘트도 받아 오시는 겁니다."

이러다 다음 달에는 기념품도 사 오라고 할 판이었지만 나는 승낙했다. 다만 날씨 때문에 사람이 없을 거라고도 생각했다. 벼룩시장은 역시 날 쩅쩅할 때 온갖 좌판이 늘어서 있는 게

우리가 이 도시의 주인공은 아닐지라도

제맛 아닌가. 종로를 지나 동묘로 가는 버스 안에서 조금 걱정했다. 아무도 없으면 어쩌지.

쓸데없는 걱정이었다. 동묘 앞 중앙차로 정류장에서 내려서 길 건너자마자 있는 벼룩시장엔 여전히 인파가 많았다. 비가 오자 골목길은 우산을 쓴 사람들로 가득해졌다. 몇 년 전에 본 홍콩 우산 시위가 생각날 정도였다. 뜬금없는 말이지만 홍콩의 민주화를 응원한다. 홍콩에서 이걸 보지 않는다 해도 민주주의 사회의 시민으로 해야 할 말은 해야지. 다만 나는 인싸를 구경하러 왔다. 딴생각을 접고 강물의 흐름 같은 사람 줄기를 따라갔다.

동묘는 지난번에 갔던 을지로와 비슷한 점들이 있었다. 을지로는 인구 구성이 다양했고, 중장년층의 문화권에 젊은 사람들이 얹혀 있었다. 동묘도 그랬다. 길거리 좌판에는 채소 껍질 까주는 기계를 파는 아저씨가 앉아 있었다. 큰길에서 꺾어 골목길로 들어가자 오래전부터 있었을 법한 각종 골동품 가게가 있었다. 중고 가전, 중고 LP, 중고 가구. 다만 그 사이로 완전히 젊은 사람들을 노리는 듯한 빈티지 옷가게들이 있었다. 내 눈으로 확인한 곳만 얼추 열 곳은 될 것 같았다.

도시 생활은 점입가경이지만

마침 눈앞을 지나친 젊은 커플을 따라가기로 했다. 그들을 따라가면 이 동네의 빈티지 숍 지형도를 알 수 있을 것 같았다. 그 커플은 동묘 벼룩시장을 9자로 한 바퀴 돌았다. 종로에서 청계천 방향으로 직진한다고 쳤을 때 길의 거의 끝에 왼쪽으로 난 작은 골목이 있었다. 커플은 그 골목으로 들어갔다. 『이상한 나라의 앨리스』의 토끼를 따라가듯 나도 그리로 갔다.

거기서 본 광경이 오랫동안 생각날 것 같다. 장년과 중년과 남성과 여성과 외국인까지 모두 오가며 온갖 것을 사고팔고 구경했다. 충전기와 케이블을 가득 쌓아둔 채로 팔고 있는 집 옆에서는 중고 이지 부스트를 팔고 있었다. 그 가게 옆으로는 중고 그릇 가게와 젊은이가 운영하는 깨끗한 빈티지 숍이 같이 있었다. 작은 시계 가게에는 다이아몬드가 박힌 롤렉스 데이-데이트 골드 버전도 있었다. 시계의 유리 위에 견출지가 붙어 있고, 그 견출지에 한글로 가격이 적혀 있었다. '천사백만 원.'

아까의 커플이 우산 사이로 사라져 다른 남자 둘을 따라다녔다. 각자 슈프림과 그레고리 백팩을 메고 있었다. 그레고리남은 그레고리를 좋아하는지 "그레고리 있었으면 좋겠다"라고 말했다. 그들을 따라 '개쩌는 빈티지 숍'으로 들어가보았다.

우리가 이 도시의 주인공은 아닐지라도

개쩌는 빈티지 숍은 지상 1층부터 지하 1층까지 있었다. 지상 1층에서는 파타고니아와 발렌시아가와 팔라스 로고가 프린트된 티셔츠를 팔고 있었다. 가격이 만 원이었던 걸 보면 진품 여부를 묻는 건 큰 의미가 없을 것 같았다. 짧고 굵게 시대를 풍미하고 1년 전의 페이스북 게시물처럼 흔적도 없이 사라진 베트멍 DHL 티셔츠도 여기서는 만 원이었다. 지금 생각하면 소비 문명의 흔적을 보존하는 느낌으로 살 걸 그랬나 싶다. 다만 그때 나는 젊은이들을 찾아다니느라 옷을 뒤적거릴 정신이 없었다. 그동안 슈프림남과 그레고리남도 적당히 구경하다가 나갔다. 그 가게에는 그레고리가 없었다.

*

슈프림남과 그레고리남이 떠난 자리에는 접객에 능숙한 빈티지 숍 스태프가 남았다. 마오리족처럼 얼굴에까지 문신을 한 남자였다. 그는 청소년처럼 보이는 손님들에게 인생의 진리를 알려주고 있었다.

"야 나랑 띠동갑이네. 내가 스물여섯이거든. 결혼? 안 할거야. 얽매여서 살고 싶지 않아. 피어싱 여기 하면 아프지. 그런데 예쁘잖아. 자 입어보고 가세요. 왜 탈의실에서 안 나와요?" 저

도시 생활은 점입가경이지만

분만큼만 멀티태스킹이 잘되면 나도 일을 좀 더 잘할 텐데 싶었다.

*

개쩌는 빈티지 숍을 나오자 비도 한층 개어 있었다. '젊은이들에게 말을 건다'는 임무를 할 시간이었다. 마침 〈쇼미더머니〉 출연진을 알 것 같은 젊은이들이 있어서 말을 걸어보았다. 90년대 에어맥스 복각판을 신고 야구모자를 쓴 젊은 남자는 내 질문에 들은 척도 하지 않았다. 눈도 안 마주치고 대답도 제대로 하지 않았다. "에에에에" 하며 고개를 돌린 게 전부였다. 한국형 인싸는 불친절해야 제맛이다. 그는 진짜 인싸였다.

골목길 안에 있는 빈티지 숍에 들어가보았다. 한창 흥정을 하던 중이었다. "이거 세 개 하면 18만 원이야. 그치? 그런데 형이 이거 세 개랑, 너 이 목걸이 좋다고 했지? 그것까지 11만 원에 줄게. 야, 형 남는 거 하나도 없어."

유대인 모자처럼 타이트한 털모자를 쓴 남자 손님은 고민하다 말했다. "10만 원에 주시면 안 돼요?" "야 안 돼. 진짜 에바

186
우리가 이 도시의 주인공은 아닐지라도

야. 남는 게 하나도 없다니까?"

무슨 말을 하나 싶어 셔츠를 입어보며 기다렸다. 수입 원단으로 미국에서 만들었다는 괜찮은 셔츠였다. 가격도 1만5,000원. 나도 덩달아 사볼까 싶어졌다. 사장님은 마음 좋게 옷 세 벌에 목걸이 하나를 10만 원에 주기로 했다. 손님이 돈을 꺼내자 사장님이 잠깐 소리를 질렀다.

"뭐야 돈 더 있잖아! 와 찐다. 양아치야? 카드로 내겠다면서 왜 돈이 있어?" "엄마가 카드로 사라고 했는데 이건 제 용돈이고요…. 형 제가 나중에 취업하면 여기 와서 100만 원어치 살게요." 이런 이야기가 오간 일요일이었다.

*

젊은 사람들을 봐서인지 헌 물건들 사이에 있어서인지 좀 쉬고 싶었다. 만물상단 옆에 있는 청계천서점에 들어갔다. 서점 앞에서 서양인 커플이 LP를 고르고 있었다. 라이카 카메라를 들고 손목에 오메가 스피드마스터 MK2를 찬 백인 남자는 한국에 온 게 이번이 처음이라고 했다. 서울을 알아보려 동묘 앞에 왔다면 그것도 괜찮겠다 싶었다. 주상복합부터 중고 이

도시 생활은 점입가경이지만

지 부스트까지, 빈티지 카세트 플레이어부터 한 벌에 2,000원 짜리 옷까지. 동묘에는 그런 게 다 있으니까. 나는 서점에 들어가 책을 좀 살펴보았다. 절판된 『180일의 엘불리』가 있었다. 바로 샀다.

힙타운 공식

서울도 세련된 동네의 연대기를 뗼 수 있다. 1990년대 후반의 홍대 앞부터 지금의 익선동이나 우사단로까지. 흐름이 바뀌면 사람이 모이고 사람이 모이면 돈이 오가며 돈이 오가면 비겁한 사람과 상처받는 사람이 생긴다. 요즘은 이 순환을 젠트리피케이션이라고 부른다.

젠트리피케이션에서 정말 흥미로운 부분은 입지 선정 과정이다. 누가 어떤 동네를 골라 그곳을 세련되게 만들까? 왜 홍대는 세련된 동네가 되어 외국 사람들이 몰려드는데 근처의 서강대 앞으로는 아무도 오지 않을까? 왜 문래동은 성수동 공장처럼 세련된 느낌을 내지 못할까? 동네가 유명해지는 패턴은

도시 생활은 점입가경이지만

무엇일까? 이 질문에 대답하기 위해 유명해진 동네의 면면을 돌아보았다. 서울에 10년 이상 산 사람이라면 어렵지 않게 짚을 수 있는 흐름이다.

먼저 급진적인 청년 문화의 본산 홍대가 있었다. 2000년대 초반에는 삼청동에 사람들이 몰렸다. 홍대 옆 상수역 인근으로 세련된 기운이 퍼져나갔다. 이태원과 한남동의 뒷골목에도 뭔가 생기더니 경리단과 그 건너 해방촌에도 젊은 사람들이 모여들었다. 어떤 사람들은 용산고 일대의 후암동에도 터전을 마련했다. 좀 더 단정한 걸 좋아하는 사람들은 경복궁 반대편 담장 옆의 서촌에 갔다. 서울숲 옆 공장 지대엔 젊은 사람들이 모이다가 스타트업 센터까지 생겼다.

그러는 동안 홍대 권역은 바람을 불어넣은 콘돔처럼 터지는 일 없이 커져나가기만 했다. 6호선 상수역과 합정역 사이에도 사람이 많아지더니 공항철도 홍대입구역이 개통되고 동교동 삼거리 쪽 출구가 열리면서 연남동이라는 새로운 힙 타운이 만들어졌다. 2016년 7월 기준 가장 떠오르는 동네는 종로세무서 근처의 익선동과 을지로 공구 상가 뒤편의 을지로 3가, 한남동 이슬람성원 근처의 우사단로, 그리고 망원역 2번 출구를 지나면 나오는 망원시장 근처다.

우리가 이 도시의 주인공은 아닐지라도

방금 거론한 동네는 총 17곳이다. 홍대, 삼청동, 이태원, 한남동, 경리단, 해방촌, 서촌, 후암동, 서울숲, 성수동, 연남동, 합정동, 서촌, 익선동, 을지로3가, 우사단로, 망원동. 이 17곳의 동네는 앞으로 자주 한 집합으로 언급할 것이므로 '힙 세븐틴'이라고 칭해보자.

힙 세븐틴이 커지는 패턴은 비슷하다. 인기의 순환 기류라고 해도 좋다. 소소하게 인기가 생기면 기성 매체가 동네를 주목한다. 연남동, 경리단길, 서촌 등의 점주들을 취재한 결과《에스콰이어》같은 라이프스타일 잡지의 촉이 가장 먼저 뻗게 마련이다. 다음으로 지상파 방송의 프로그램을 타면 아예 동네가 달라진다. 경리단길은 <무한도전>에 나온 이후 다시는 예전으로 돌아갈 수 없게 되었다.

다음엔 공식 같은 일이 일어난다. 개성이 줄고 임대료와 유동인구와 인지도가 상승한다. 땅값이 오르면 개성 있는 가게들이 사라진다. 지역민이 이용하던 세탁소나 철물점, 미용실 같은 지역 기반 상점도 동네를 떠난다. 면적 대비 매출이 낮은 카페가 못 버틸 만큼 지대가 오른다. 그쯤 되면 처음 문화를 이끈 사람들은 이미 사라져 있다. 이 순환이 다른 곳에서 같은 패턴으로 반복된다.

도시 생활은 점입가경이지만

*

힙 세븐틴을 지도에 띄우면 더 확실한 특징이 드러난다. 한 강 이남이 없다. 동서로는 성산대교와 영동대교 사이다. 북방 한계선은 삼청터널이다. 17곳의 동네가 모인 곳은 가상의 오 각형 안에 있다. 한강을 아랫변으로, 성산대교 북단 성산로와 영동대교 북단 동일로를 좌우측 양변으로 놓고 삼청터널을 최북단의 꼭짓점으로 정한 후 꼭짓점의 좌우를 각각 성산로 와 동일로에 연결시키면 된다. 이 가상의 오각형도 앞으로 자 주 언급할 것이므로 편의상 '힙 펜타곤'이라고 칭해보자.

힙 펜타곤은 서울시의 역사와 맞물린다. 서울시가 공개한 '위 성 영상을 이용한 시가화 지역 분석도'에 따르면 힙 펜타곤은 1979년 당시의 서울 시가화와 큰 연관이 있어 보인다. 서울시 의 시가화는 지도에 단색으로 표시되는데, 1979년의 시가지 위성 상황은 강북과 영등포의 시가지화가 짙다. 이때만 해도 강남권은 도로가 지나는 일부 지역을 제외하면 시가지화가 진행되지 않았다. 불과 9년 후인 1988년 상황은 놀랄 정도로 바뀌어 있다. 특히 영등포 동쪽의 서울 동남권 지역, 즉 강남 권 개발이 두드러지게 표시된다. 시가지화의 모습도 다르다. 강북과 영등포권 시가지는 티셔츠에 쏟아진 커피처럼 불규칙

우리가 이 도시의 주인공은 아닐지라도

적으로 퍼져나가지만 강남권은 기획자의 의지가 느껴지는 격자형 개발이 눈에 확연히 보인다. 힙 펜타곤은 1979년 시가지화 구역과 상당 부분 겹쳐진다.

즉 세련된 동네가 되기 위한 조건은 구시가지다. 실제로 힙펜타곤 내의 17개 지역에 아파트촌이나 신도시는 하나도 없다. 모두 좁고 구부러진 골목으로 이루어진 일반 저층 주택가다. 구시가지 지역이 세련된 동네가 되는 건 젠트리피케이션의 국제적인 공통점이기도 하다. 도시 공동화로 낡아서 임대료가 떨어진 구시가지는 젊고 아이디어가 풍부하지만 자본은 모자란 젊은이들이 진입할 만큼의 매력이 있다. 하지만 구시가지 지역은 세련된 마을의 토양이 될 수는 있어도 씨앗이 될 수는 없다. 씨앗은 무엇일까?

발아하려면 씨앗이 흘러들어가야 한다. 힙 세븐틴은 모두 대형 유흥가와의 접근성이 좋다. 홍대는 당시 서울 서북부 최대 상권이던 신촌의 배후 지역이다. 삼청동도 대형 관광지인 인사동의 배후 지역이다. 홍대가 대형 유흥가가 되니 홍대의 배후 지역이던 합정과 상수와 망원이 새로이 세련된 동네의 범주에 들어선다.

도시 생활은 점입가경이지만

토양과 씨앗 다음엔 최초의 씨앗을 발아할 사람이 필요하다. 힙 세븐틴의 모체인 홍대, 삼청동, 이태원·한남동에는 각자의 프로메테우스가 있었다. 세련됨의 불꽃을 들고 오는 프로메테우스. 이들을 힙 프로메테우스라고 치자.

1990년대 후반의 홍대에는 당시 무척 전위적인 문화였던 하드코어나 전자음악, 힙합을 하는 음악인과 공연 예술인이 있었다. 이들이 모여 홍대 앞이 점차 커졌다. 2000년대 초반 삼청동의 프로메테우스는 사진을 찍고 술을 마셨다. 디지털카메라 열풍이 불면서 삼청동은 사진 동호인들의 출사라는 기묘한 야외 활동의 메카가 되었다. 출사족은 삼청동의 아름다움을 알리고 이 동네를 띄우는 데에 크게 기여했다. 그리고 당시 삼청동은 와인 바 밀집도가 서울에서 가장 높았다. 지금과 달리 당시 와인은 삼청동 같은 곳에 가서 먹는 세련된 술이었다. 이태원과 한남동의 프로메테우스는 이국에서 왔다. 이곳은 미군 기지 등의 이유로 영어가 잘 통했고 뿌리 깊은 게이 문화가 있었다. 게이는 세계적으로도 유명한 우수 문화 생산자 및 소비자다. 동성애자가 영국의 소비 진작을 이끌었다고 주장하는 『핑크머니 경제학』 같은 책까지 있다. 이런 힙 프로메테우스들이 힙 세븐틴의 토양에 싹을 틔워나가기 시작했다.

싹을 틔운 다음에는 양분이 공급되어야 한다. 새로운 가게의 가장 큰 양분은 충성 고객이다. 클럽과 카페의 이른바 '죽돌이'들이 끊임없이 끈질기게 모이면 동네가 태어난다. 세련된 동네엔 세련된 단골이 필요하다. 젊은 흐름에 예민하고, 전위적인 가게에 익숙할 만큼의 지식 혹은 문화적 소양이 있고, 단골이 될 만큼 시간도 많으며, 어느 정도 구매력도 있는 사람들이. 그런 꿈의 소비자층이 있다. 대학생이다.

힙 세븐틴 중에는 서울 시내 소재 대학교와 접근성이 좋은 곳이 많다. 지도가 그 사실을 증명한다. 서울연구데이터서비스는 2000년과 2007년, 2013년에 각각 '지도로 본 서울'을 공개했다. 그 데이터 시각화 서비스의 일부인 서울의 대학 항목을 보면 서울 시내 대학의 위치와 힙 세븐틴의 위치 사이에 유의미한 상관관계가 있어 보인다. 홍대-상수-합정-연남-망원 벨트 근처에는 연세대, 홍익대, 이화여대, 서강대라는 각각 정원 1만 명 이상의 대학교가 있다. 지적인 취미 활동과 관련된 레코드나 독립 서적을 출판하는 가게가 이 동네에 유독 많은 건 우연이 아니다. 다른 힙 세븐틴 역시 서울 시내의 여러 종합대학과 그리 멀지 않은 곳에 위치한다. 이태원과 한남동 지역은 숙명여대와 동국대, 성수동 지역은 건국대, 세종대, 한양대.

하지만 '어느 대학 앞' 정도의 뭔가로 끝나지 않으려면 대학생 이상의 소비자가 필요하다. 대학생만큼 부지런하진 않아도 나름의 속물적 취향도 있고 호기심도 있으며 마음에 들기만 하면 호기롭게 조금 더 많은 예산을 쓸 수도 있는 사람들이 오기 쉬워야 한다. 아무리 세련된 동네라 해도 가기 힘들면 아무 소용이 없다. 힙 타운의 필수적 구성 요소는 교통 접근성, 특히 구매력 높은 소비자가 많이 사는 대형 아파트 단지 동네와의 접근성이다.

아파트촌에서의 접근성을 보여주는 지표는 서울시의 기능별 도로망이다. '서울시 기능별 도로 현황 2012'를 보면 힙 세븐틴은 서울시의 도시고속도로 유형 중 강변북로와 주요 한강 연결 교량과의 차량 접근성이 좋음을 알 수 있다. 홍대 인근은 강변북로의 서강대교 및 양화대교 북단과 연결된다. 한남동과 이태원, 경리단길 지역 역시 한남대교 북단과 반포대교 북단을 통해 연결되기 쉽다. 성수동과 서울숲도 성수대교를 건너면 나온다. 지도상에서 강남과 조금 떨어진 삼청동 역시 남산1호터널만 지나면 바로 도착할 수 있다. 강남 사람들

우리가 이 도시의 주인공은 아닐지라도

이라도 허름하고 세련된 동네에 놀러 갈 마음은 있는 모양이
다. 홍대는 강남과 조금 먼 대신 목동과 강서구, 여의도의 접
근성이 좋다.

대중교통도 중요하다. 특히 힙 세븐틴의 절반 가까이를 차지
하는 망원-합정-홍대-상수 벨트와 해방촌-경리단길-이태원-
한남동 벨트는 전부 서울 지하철 6호선에 걸친다. 이 9곳의
동네 모두 2000년대 들어 더욱 유명해졌는데 서울 지하철 6호
선이 2000년 8월 7일에 개통했다. 정책이 유명한 동네를 만
들 수도 있는 것이다. 연남동이 그렇다. '연트럴파크'라는 별명
의 경의선숲길공원이 생긴 후 연남동은 이전과는 완전히 다
른 동네가 되었다.

이 조건 중 하나만 해당되는 곳은 세련된 동네가 되다 만 느
낌일 가능성이 높아진다. 예를 들어 서울대 앞 '샤로수길'은
간선도로 접근성이 떨어지고 배후 상권이 없으며 인접 대학도
하나뿐이다. 문래동은 강남과 멀고 영등포구에는 종합대학이
없다. 세련된 동네의 조건 중 두세 가지는 갖춰야 서울에서
세련된 동네로 이름을 떨칠 수 있다. 지금까지의 패턴은 대체
로 그렇게 흘러왔다.

도시 생활은 점입가경이지만

이 모델을 이용해 예측을 해볼 수도 있다. 새로이 세련된 동네가 될 가능성의 씨가 보이는 곳은 용산구 용문동과 마포구 대흥동, 신수동 일대다. 둘 다 강변북로와 가깝다. 6호선 효창공원앞역과 대흥역도 있다. 용문동은 이태원 상권의 배후로, 대흥동은 홍대 상권의 배후로 볼 수 있다. 1979년 이전에 개발되어 옛날 느낌도 난다. 용문동 근처에는 숙명여대가, 대흥동에는 서강대가 있다. 지금까지의 패턴이 연속된다면 이 두 곳의 이름값은 앞으로 달라질 가능성이 있다.

아쉬운 동네도 있다. 흑석동이다. 흑석동은 구시가지가 잔존하고 중앙대와 숭실대가 근처에 있다. 올림픽대로로 국립현충원을 지나면 바로 나오니 강남 접근성도 높고 지하철 9호선도 개통했다. 그런데 한창 재개발 중이다. 세련된 동네의 토양인 저층 주택가 사이로 골목이 놓인 마을 전체를 밀어버리고 아파트를 짓는다. 서울 시내에 대형 아파트단지에 적당할 만큼 넓은 부지가 얼마 남지 않았기 때문이다.

정원 1만 명 이상의 종합대학이 있고 역사도 오래되었는데 아직 세련된 느낌이 안 나는 곳도 있다. 고려대, 경희대, 한국외대, 성신여대, 서울시립대 등 대학이 다섯 개나 있는 청량리 일대다. 이곳의 부족한 점은 강남 접근성이다. 성수대교나 영동

우리가 이 도시의 주인공은 아닐지라도

대교 북단에서 바로 청량리로 통하는 신규 간선도로가 생겨 강남에서 오기 편해지면 이쪽 이미지도 어떻게 변할지 모른다.

*

세련된 동네의 고유한 매력은 축적된 시간과 인간의 매력에서 온다. 오래된 동네에 자연스럽게 생겨난 골목을 갑자기 만들 수는 없다. 힙 프로메테우스 역시 기성품처럼 사서 쓸 수 있는 게 아니다. 시간과 인적 자본은 돈으로 살 수 있는 것의 범주를 넘어서므로 돈이 된다.

대규모 재개발은 매력으로 돈을 버는 데에는 도움이 되지 않는다. 좁고 구불거리는 골목이 있는 동네가 사라지고 어디에나 있는 아파트로 대체되면 그 동네 고유의 매력은 사라진다. 물론 재개발로 이득을 볼 회사나 토지주가 있다. 하지만 재개발 전에는 적당한 지대를 유지하던 동네에 외지의 돈이 들어와서 동네를 휘젓는 게 정말 원주민에게 실질적인 이득을 주는지는 여러모로 생각해볼 필요가 있다. 원주민 입장에서는 정든 동네가 흔적도 없이 사라지는 것보다는 기존의 동네를 무대로 조금 더 아기자기한 것들이 생기는 게 더 나을 수도 있다.

도시는 흔히 자연과 반대되는 무엇인가로 표현된다. 하지만 때로는 도시 곳곳의 미세한 생장과 소멸이라는 순환 자체가 자연현상과 크게 다르지 않다고 느껴질 때가 있다. 서울은 그 순환이 무척 빠르다. 도시공학과 도시사회학의 여러 가지 이슈가 빠른 배속으로 재생하는 영상처럼 나타났다 사라진다. 지난 20여 년간 17곳의 동네 골목 곳곳에서 일어난 일 역시 그 순환의 일부다. 인간이 만든 법인이 법적으로 생명을 갖고 있는 것처럼, 인간이 만든 도시 역시 어떤 생물이 되어 사람들을 이리 몰고 저리 모는 건지도 모르겠다.

*

여기까지가 내가 2016년에 만들었던 《에스콰이어》 원고다. 2018년 10월 회사 일로 매거진 B 서울편을 다시 만들면서 이 원고의 내용에 기반해 추가 취재를 덧붙여 원고를 새로 만들었다.

2년 동안 서울이 많이 변했다. 연남동은 거대 상권이 되었고 서촌과 경리단길은 한창 때만큼 사람이 몰리지 않는다.

내 예측은 틀렸다. 효창동과 대흥동은 크게 유명한 동네가 되

우리가 이 도시의 주인공은 아닐지라도

지 못했다. 대신 을지로가 엄청나게 부풀었다. 신도시, 클리크 레코드, 감각의 제국, 131와트 등이 모이며 인기가 있는 동네가 되었다. 나는 틀린 예측에서부터 생각을 하기 시작했다. 왜 이태원에서 동서로 퍼진 유행의 물결이 효창동까지 가지 못했는지. 을지로는 다른 동네와 뭐가 같고 뭐가 다른지.

나는 대학생을 과대평가했다. 2016년 내가 주장한 기준에 따르면 을지로에도 힙 타운의 요소가 있었다. 구시가지권이었다. 초대형 상권인 명동과 종로의 배후지였다. 가기 편했다. 대학생만 없었다. 그런데 지금의 대학생은 가장 트렌디한 소비자가 아닐 수도 있었다. 글로벌 식음료 브랜드의 플래그십 스토어 개장이 힌트가 될 수 있다. 1999년의 스타벅스 한국 1호점과 2004년 크리스피 크림 도넛의 한국 1호점은 각각 이대와 신촌에 생겼다. 반면 에릭 케제르 1호점은 여의도에, 쉐이크쉑 버거 1호점은 강남역에, 블루보틀 커피 1호점은 성수동에 생겼다. 이제 대학생은 힙의 주체가 아니다. 불경기와 '취준'의 영향일까 싶다.

나는 교통 접근성도 과소평가했다. 도시인은 혈관 같은 교통망으로 움직인다. 을지로는 이 부분에서 절대적으로 유리하다. 을지로3가는 지하철 2, 3호선이 겹친다. 근처의 종로3가, 을

도시 생활은 점입가경이지만

지로4가, 동대문역사문화공원역 등을 생각하면 사실상 1호선부터 5호선까지 모두 을지로 근처를 지난다. 지하철뿐 아니다. 을지로 근처를 지나는 종로 1~5가를 다니는 버스가 엄청나게 많다. 경기권 광역버스가 다니는 광화문이나 서울역과도 가깝고 시내권에 있으니 택시 타기도 좋다. 서울 시내권의 주요 종합대학교 재학생이 움직이기에도 멀지 않다. 거기 더해 서울의 대중교통망은 세계 최고급이다. 이게 대중교통인가 혐오시설인가 싶은 뉴욕이나 파리 지하철과는 수준이 다르다. 깨끗하고 쾌적한 일본의 지하철보다는 훨씬 싸다.

나는 결정적으로 SNS라는 변수를 간과했다. 한때 IT 주식에 투자하지 않던 워런 버핏만큼이나 시대에 뒤떨어진 판단이었다. SNS는 을지로를 지금의 자리에 놓은 최고 변수 중 하나다. 힙타운으로서 을지로의 가장 큰 특징은 1층에 위치한 이른바 '로드숍'이 별로 없다는 점이다. 을지로의 힙 가게 대부분은 3~5층 사이에 있다. 모르는 사람이 보면 간판도 안 보인다. 각 업소의 인스타그램 계정이 가게의 가상 간판 역할을 해준다. 이제 사람들은 지형지물이 아니라 스마트폰을 보고 지리를 찾는다. 을지로에 있는 세련된 가게를 가고 싶다면 인스타그램 해시태그 '#을지로맛집'을 검색하면 되는 세상이 왔으니 굳이 로드숍을 고집할 필요가 없다. 로드숍이 아닌 점

우리가 이 도시의 주인공은 아닐지라도

포의 임대료는 1층보다 훨씬 저렴하다. 자본이 덜해도 감각이 좋은 사업자가 모이기 좋은 환경이 된다.

을지로는 힙 프로메테우스도 기존 양상과 다르다. 2016년 원고에서 나는 동네에 따라 힙 프로메테우스의 양상이 나뉜다고 했다. 홍대의 음악인, 삼청동의 출사족과 와인 애호가, 용산구의 외국인과 게이. 을지로에는 이런 공통점이 없다. 을지로의 힙 파이오니어 '신도시' 대표는 사진가다. 독립서점 대표는 디자이너다. 레코드숍 대표는 음악인이다. 누군가는 이들을 예술인이라는 이름의 봉투에 넣고 같이 취급할 수도 있지만 이들의 수익구조와 감각과 리듬은 완전히 다르다. 이들이 을지로로 모인 공통의 이유는 하나뿐이다. 가격보다 좋은 장소를 원했다는 점. 그래서 을지로의 힙 프로메테우스들은 별 교류가 없다. 오히려 '우리 과가 아니다' 싶으면 교류를 꺼릴 것이다.

*

힙 프로메테우스의 공통점이 별로 없기 때문에 역으로 을지로 손님의 종류가 아주 다양해졌다. 보통 힙 타운에 있는 가게들은 서로가 서로의 접점이 되는 노드(nod)에 가까웠다. 옷가

도시 생활은 점입가경이지만

게 누구의 친구가 레코드 바 누구, 꼬치집 누구랑 커피숍 누구랑 친구, 이런 식이었다. 반면 지금 을지로에 있는 가게들은 각자 외딴섬처럼 뜬 포인트(point)에 가깝다. 그러니 신도시의 단골이 감각의 제국에 가거나 131 와트 손님이 클리크 레코드에 갈 확률은 아주 낮다. 맥락을 모르고 을지로에 온 손님들이 자신만의 을지로 루트를 만들 수는 있지만 그게 해당 점주의 소원은 아닐 것이다. 거기 더해 을지로는 오래된 공구상가 사이에 있는 오랜 식당들이 있다. 이 식당들이야말로 현대 서울의 매력 포인트다. 이 덕분에 '을지로 즐기기'라는 함수의 결과값이 다양해진다. 1)특정 포인트만 가거나 2)새로 생긴 포인트를 내가 이리저리 가보거나 3)새로운 포인트와 예전의 포인트를 섞어서 가볼 수 있다. 그럴듯한 가게만 있는 서울시 대부분의 번화가와는 다른 맛이 있다.

거기 더해 을지로에는 대기업 입주사가 있다. 을지로 3가 근처에는 재건축이 끝나고 생긴 최신 사무 건물들이 많다. 도보 10분 거리 이내에 한솔그룹, 대신파이낸스센터, 시그니처타워, 미래에셋센터원, SK텔레콤 등 신규 대형 사무실 건물과 대기업 본사들이 자리한다. 지난 원고의 대학생 역할을 하는 사람들이 을지로의 대기업 직원이라고 볼 수도 있다. 한국도 홍콩이나 싱가포르처럼 힙스터풍 생산자보다 힙스터풍 소비

우리가 이 도시의 주인공은 아닐지라도

자가 더 많아질 것이다. 대표적인 예가 어느 정도의 교양과 여유가 있는 대기업 화이트칼라직군 종사자라고 볼 수 있다. 힙스터풍의 뭔가를 만들지는 않아도 힙스터풍의 뭔가를 소비할 준비는 늘 되어 있는 사람들이다.

그 결과가 지금의 을지로다. 힙스터 비즈니스 점주에게 가장 불안한 건 폭등하는 임대료다. 그런데 을지로는 오래된 상권이다. 한국의 오래된 상권은 토지대장까지 봐야 할 정도로 이권이 복잡하게 얽힌 경우가 많다. 뭔가가 새로 지어져 쫓겨나거나 점포 임대료가 오를 가능성이 생각보다 적다. 그 면에서 힙스터의 구미에 맞는다. 을지로의 3~5층 건물 중에는 입구를 찾기 힘들 정도로 좁은 골목에 자리한 곳도 있다. 하지만 한국은 인구의 94퍼센트가 스마트폰을 가진 세계 스마트폰 보급률 1위 국가다. 누구나 SNS와 해시태그를 이용해 숨은 가게로 빨려들어갈 수 있다.

을지로의 존재 자체가 2020년대 서울이라고 봐도 된다. 사람들이 스마트폰을 나침반 삼아 공구상가 골목을 지나 엘리베이터 없는 건물의 어두침침한 계단을 걸어 올라간다. 문을 열면 포스트 아포칼립스의 폐허 같은 인테리어 사이에서 이국의 음악이 흘러나온다. 스트리트 캐주얼을 입은 젊은이들

도시 생활은 점입가경이지만

사이에 초기 비만의 회사원들이 나란히 앉아 와인과 맥주와 페퍼민트 티를 마신다. 모든 게 '이게 뭐지' 싶은 느낌으로 얽혀 있다. 누군가가 본다면 무맥락으로 가득한 이 풍경 자체가 2020년대의 서울이다.

*

대흥동과 효창동엔 무슨 일이 일어났을까. 여기는 힙스터의 감각보다 건설업자의 돈이 빨리 움직였다. 효창공원입구역 바로 앞에 있는 KCC 스위첸 같은 게 생기면 힙스터들은 컴배트를 만난 바퀴벌레처럼 동네를 떠날 수밖에 없다. 자이, 래미안, 아이파크 같은 대단위 고급 아파트단지 역시 힙스터의 유입을 막는다. 이런 아파트 단지를 힙 장벽이라고 불러도 될 것이다.

힙스터와 디벨로퍼는 역사가 있는 대도시라면 세계 어디서든 구도심을 배경으로 톰과 제리처럼 쫓고 쫓긴다. 힙스터를 저자본 고감각 소규모 사업자라고 친다면 모든 힙스터의 가장 근본적이면서도 운명적인 경쟁자는 자본이며, 자본주의 사회에서 자본이 부족하면 언젠가 반드시 진다. 즉 모든 힙스터 비즈니스의 천적은 부동산 디벨로퍼다. 래미안만 디벨로

우리가 이 도시의 주인공은 아닐지라도

퍼가 아니다. 작은 원룸을 만드는 토지주와 건설업자 역시 건물의 세를 올린다는 점에서는 같다. 을지로도 비슷하다. 월세 100만 원 하는 가게에 월세 200만 원을 내고 들어오는 사업자가 있다면 200만 원 내는 세입자는 대중적인 사업을 할 수밖에 없다. 수입을 올리려면 결국 더 친근한(즉 덜 힙한) 사업을 진행해야 한다. 그 과정이 반복되며 동네의 세련미가 떨어진다.

이탈리아 밀라노에는 '비아 델라 스피가'라는 고급 상점가가 있다. 거기는 아무나 매장을 못 낸다. 상우회 회의를 거쳐서 '너희는 올 만하다'는 허락을 받아야 그 거리에 가게를 차릴 수 있다. 작은 지역 단위 자본이 동네의 모습과 세속적 품위를 유지시킨다. 지금 같은 상황이라면 어디가 힙 타운이 되든 비슷한 일이 일어날 것이다. 개업과 공실이 반복되다가 임대료가 비싸져서 결국 텅 빈 동네가 될 것이다. 자본과 자본가의 문제다. 건축주의 안목이 좋은 건축가를 골라 좋은 건축을 만드는 것과 같다.

젠트리피케이션은 도시 지가 상승 과정의 한 양상이다. 서민과 자본가 사이에 힙스터라는 변수가 추가되었을 뿐이다. 그게 힙스터든 누구든 상관없이 재개발과 고층화는 성공한 도시에서라면 어디든 일어나는 일이다. 서울도 마찬가지다. 서민과 자본가가 서로의 꼬리를 물 듯 쫓고 쫓기는 과정이 소용돌이치며 현대 서울과 수도권이라는 메갈로폴리스를 만들었다. 지리적 요건에 입각한 좋은 곳은 정해져 있다. 거기서 살고 싶은 개인의 소원과 에너지를 막을 수는 없다. 그 에너지를 누가 어떻게 생각해서 어느 방향으로 몰고 가는지가 중요할 것이다.

젠트리피케이션 과정에서 가장 피해를 보는 계층은 힙스터가 아니라 그곳에 살던 서민층이다. 힙스터보다 먼저 살던 보통 사람들 입장에서는 힙스터 역시 수염 기르고 맥주나 마시는 뜨내기일 뿐이다. 저개발지역에서 거주하거나 세탁소를 운영하던 서민 혹은 서민형 사업 운영자들은 젠트리피케이션이 끝나면 어디가 될지 모를 불편한 곳으로 또 떠나야 한다. 젠트리피케이션의 가장 그늘진 곳에 있는 사람들에 대한 관심을 잃지 않았으면 한다.

*

여기까지가 내 2018년 버전의 생각이다. 2020년의 나는 2016년의 질문을 반복해본다. 다음 힙 타운은 어디일까.

우리가 이 도시의 주인공은 아닐지라도

내 대답은 '없다'다. 앞서 을지로의 특징을 말할 때 나는 을지로의 각 힙 가게가 포인트에 가깝다고 했다. 어차피 SNS로 팬을 만들어 특정 포인트로 사람들을 부르는 거라면 굳이 특정한 동네에 가게가 모여 있을 필요가 없다. 모이는 게 더 불리하다. 모여서 붐이 되면 무슨 일이 일어나는지 우리는 너무 많이 봤다. 갑자기 가겟세가 오르고 그에 맞춰 싸구려 장사꾼이 들어오고 그 동네를 개척한 사람이 쫓겨나게 된다. 이럴 거라면 확실한 지지자를 만들고 적당히 교통 접근성이 좋은 아무 데나 가는 게 더 낫다.

이미 그런 일이 일어나고 있다. 온라인으로 소문이 난 가게 중에는 나처럼 옛날 서울 사람이라면 '이런 동네에 이렇게 세련된 가게가 있다고?' 싶은 곳들이 많다. 앞서 나는 서울의 대중교통 수준이 세계 최고급이라고도 했다. 실제로 서울 대중교통만큼의 가격 대비 만족도를 구현한 도시는 내가 아는 한 없다. 쓰레기통에 들어가는 기분을 느끼며 뉴욕의 지하철역에서 3,000원씩을 내본 사람이라면 내 말에 공감해줄 것이다. 대중교통이 싸고 빠르고 정확한데 무제한 인터넷이 있으니까 한번씩 좋은 가게 가보는 것도 큰 무리가 아니다.

힙 사업자라면 한적한 동네에 점포를 사는 것도 방법이다. 어

도시 생활은 점입가경이지만

차피 좋은 게 있다면 사람들이 찾아오니까. 서울의 부동산 가격이 오른다고 해도 작은 사업용 부동산은 아직 살 수 있는 수준이다. 열심히 성실히 일해서 어느 정도 궤도에 오른 사업자가 이것저것 싹 끌어서 인생을 건다 싶은 정도라면 아직 서울에서 가게를 살 수 있다. 실제로 내 주변에서도 그런 일이 일어난다. 건물을 산 사람, 건물을 사려고 알아보는 사람, 다 내 주변에 있다. 사이어인에서 초사이어인이 되는 것처럼 힙 사업자에서 힙 건물주가 되는 것이다.

당장 돈이 없는 힙 사업자라면 어떻게 해야 할까. 건물 하나 살 돈이 있는 게 아니라면 한국에서 멋있는 건 할 수 없는 걸까. 나도 모른다. 다만 서울이 처한 상황을 짚어볼 수는 있겠다. 거의 모두 스마트폰을 가지고 있다. 사람들이 SNS를 꽤 많이 하는 편이다. 정보의 확산 속도도 빠르다. 대중교통이 싸고 깨끗하고 빠르다. 사람을 움직이게 하는 요인(정보)과 사람이 움직일 수 있는 조건(교통망)이 모두 확충됐다. 이런 요소들을 잘 활용하면 날렵하게 움직이는 힙 사업자가 될 수 있을 것이다. 도시에는 정답이 없고 늘 새로운 버전의 해답만 있을 뿐이다. 누군가는 계속 답을 찾고 있다.

우리가 이 도시의 주인공은 아닐지라도

세련된 동네의 생성과 순환 패턴

A: 촉매 역할을 하는 소수의 선지자가 어떤 동네에 모인다.

B: 그 선지자를 따라 일련의 단골이 생긴다.

C: 동네에 뭔가 남다른 분위기가 생기면서 다양한 채널을 통해 동네가 유명해진다.

D: 매체가 동네를 주목한다. 지상파 대형 매체의 주목은 결정적이다. 비슷한 시점에 임대료와 유동 인구가 폭증한다.

E: 선지자와 단골은 이미 동네를 떠나 있다.

어느 카페 오너가 지켜본 삼청동의 13년

1기: 출사족과 와인 바의 시기. 일종의 문화 코드로 모인 사람들 때문에 동네가 유명해지기 시작했다. 카페나 와인 바 등 개성적인 가게가 많았다.

2기: 식당이 많이 들어오기 시작했다. 임대료가 높아져 면적당 매출이 높아져야 했다는 의미다. 학생과 일반 직장인처럼 개성은 조금 떨어지는 대신 구매력이 더 좋은 사람들이 많아졌다.

3기: 옷과 액세서리 가게가 들어왔다. 임대료가 점점 높아져 면적당 매출이 더 높아져야 한다는 뜻이다. 이쯤 되면 거의 관광지화되어 있다. 지방에서 손님들이 오기 시작했다.

도시 생활은 점입가경이지만

4기: 특수한 가게가 들어왔다. 예를 들어 화장품 가게, 혹은 콘셉트가 확실한 고급 레스토랑의 삼청동 분점. 화장품 가게 중에서도 외국인 여행자를 타깃으로 한 화장품 가게. 삼청동의 임대료는 이제 서울에서 손꼽히는 수준이 되었고 보통 가게로는 이 임대료를 감당할 수 없다. 이제 삼청동은 서울의 랜드마크 중 하나가 되었다.

이인식(삼청동 '연카페' 오너)

왜 강남은 세련된 동네에 넣지 않았나

강남에도 새로 부상한 세련된 동네들이 있다. 가로수길은 강남권의 명동 같은 분위기가 되었고 청담동이나 서래마을도 각자 특징이 있는 번화가가 되었다. 다만 힙 세븐틴의 또 다른 공통점은 이미지가 반등했다는 점이다. 조용하던 동네에 갑자기 세련된 사람들이 들어오거나 외국인이 모여 살던 곳에 사람들이 엄청나게 많이 몰리거나 공장 지역에 얼굴이 하얀 젊은이들이 들어오는 식의 이미지가 반등한 곳을 세련되어진 동네로 정했다. 말하자면 강남은 원래부터 세련된 곳이었다. 서울 사람이라면 힙 세븐틴과 강남권 신규 번화가의 차이를 짐작할 수 있을 것이다. 평창동도 같은 이유로 제외시켰다.

우리가 이 도시의 주인공은 아닐지라도

이 동네를 떠날 건가요?

세련된 동네에 멋진 매장을 둔 점주들에게 물었다. 이 동네를 떠날 건지, 떠날 거라면 어디로 갈 건지.

"사람이 많아져 복잡해지고 임대료가 오르면 어쩔 수 없죠. 만약 떠나야 한다면 을지로 3가나 4가를 생각하고 있습니다."(서촌, 의류 소매)

"지금 마음으로는 '머무른다'와 '떠난다'가 6대 4 정도 돼요. 3년은 버텨야 한다고 생각해요. 떠날 거라면 더 한적하고 오래된 곳으로 가고 싶어요."(경리단길, 커피)

"서촌에서 약 6년 동안 했는데 건물주가 세를 100퍼센트 올려달라고 해서 망원동으로 왔어요. 여기는 5년 동안 월세를 동결하는 조건으로 계약했는데 그때가 되면 또 모르죠. 떠날 거라면 춘천으로 가고 싶어요. 춘천을 좋아해요."(서촌 → 망원동, 커피와 토스트)

"세를 올리는 걸 봐야죠. 올해 말에 계약 기간이 끝나는데 감당할 수 없을 정도로 월세가 오르면 저도 어쩔 수 없죠. 근처에 2호점이 있긴 한데, 여기를 떠나면 어디로 가야 할지는 아직 잘 모르겠어요."(연남동, 커피)

도시 생활은 점입가경이지만

돌이킬 수 없는 동네가 되는 기점

사라지는 것: 세탁소, 철물점, 미용실 같은 곳. 정말 동네

사람이 이용하는 서비스 시설.

생기는 것: 스마트폰 커버 파는 곳. 주말 좌판.

분기점: 방송. 〈무한도전〉, 〈생생 정보통〉 등.

우리가 이 도시의 주인공은 아닐지라도

종이의 가치

종이의 미래가 궁금했던 근원적인 이유는 불안이었다. 오랫동안 동경해서 끝내 들어온 잡지 업계는 막상 들어와 보니 뿌리부터 흔들리는 어금니 같았다. 수많은 잡지가 사라졌다. 그중엔 내가 몸담았던 곳도 있었다. 업계가 축소된 데다 일도 더 피곤하고 복잡해졌다. 자연스럽게 사람들도 업계를 떠났다. 남은 사람들 사이에서는 미세한 불안이 저주파음처럼 남아 있었다.

'우리가 이러면 종이는?' 어느 날 갑자기 이런 생각이 들었다. 온라인 광고와 제작비 절감이라는 똑같은 이야기를 150번째쯤 말하던 어느 회의에서였던 것 같다. 사실 저널리즘 시장은

도시 생활은 점입가경이지만

활로가 있다. 콘텐츠를 종이에 담아 팔아서 매출을 일으키는 시장에서 콘텐츠를 통해 발생한 사람들의 관심을 모아 B2B로 거래하는 시장으로 변하고 있다. 종이는 사정이 다르다. 콘텐츠는 플랫폼을 고를 수 있지만 경쟁력이 떨어진 플랫폼은 콘텐츠를 고를 수 없다. 읽을거리를 만드는 회사가 종이를 버리면 어쩌지? 내가 속한 잡지 업계부터 종이와 멀어지고 있을까? 우리 같은 잡지사에서부터 종이를 덜 쓰면 앞으로의 종이는 어떻게 될까?

"저희 회사의 경우엔 5년 전과 비교했을 때 종이 발주량이 반쯤 줄었어요." 한국에서 손꼽히는 잡지회사의 공정 총괄자가 말했다. "업계 사정이 안 좋기 때문이죠. 매체 수도 줄고 발행부수도 줄고, 각 잡지의 페이지도 줄었어요. 저희 회사의 이야기만은 아닐 겁니다. 다른 곳도 마찬가지일 거예요. 인쇄용지 시장은 정체 상태예요."

인쇄용지는 신문용지와 인쇄용지로 나뉜다. 그중 신문용지는 정말 어렵다. 제지연합회 통계의 신문용지 생산 추이는 멀리서 바라본 말라가는 강물 같다. 2011년 신문용지 소비량은 86만991톤이었다가 4년 후인 2015년에는 60만2,550톤으로 줄었다. 올림픽 주기인 4년 만에 3분의 1에 가까운 소비량이 줄어든 것이다. 섬뜩할 만한 감소다. 인쇄용지도 감소폭이 다를 뿐 똑같이 어렵다. 2011년 인쇄용지 소비량은 217만 9,833톤, 2015년 인쇄용지 소비량은 196만 9,354톤이다.

종이를 만들려면 물가의 큰 공장이 필요하다. 종이는 무겁고 부피가 크니까 옮길 때 돈도 많이 든다. 그래서 20세기까지의 제지산업은 국가마다 하나씩 있는 장치산업 성격을 띠었다. 장치산업은 규모의 경제를 실현하는 게 중요하다. 조금 남기더라도 많이 파는 것이다. 지금 한국에서 가장 큰 제지회사인 한솔제지와 무림P&P는 그 시절의 산물이다.

하지만 인쇄용지를 둘러싼 지표는 이런 식의 전통적 사업모델이 통하지 않는다는 걸 보여준다. 가격을 보면 더욱 그렇다. 《파이낸셜뉴스》의 2016년 4월 기사에 따르면 인쇄용지 가격은 1/4분기 기준 톤당 100만 원 정도다. 2005년 가격이 톤당 90만 원대 중후반이었다고 한다. 종이가격이 물가상승률을 한참 못 따라가며, 이는 즉 지금 업계 안에서 출혈경쟁이 일어나고 있다는 사실을 의미한다. 건강한 업계라고 보기는 힘들지도 모른다.

도시 생활은 점입가경이지만

"인쇄용지 시장의 성장세가 더딘 건 알고 있습니다. 계속 공급과잉 상태였어요." 한솔 홍보부 정상범 과장이 말했다. 그러면 그렇지, 종이업계에서 스스로의 시장기반이 무너지고 있다는 사실을 모를 리 없다. 한국에서 가장 큰 종이 회사인 한솔제지는 이 필연적 위기에 어떻게 대응하고 있을까? "산업용지의 비중을 높이고 있습니다."

인쇄물 재료로서의 종이의 역할은 종이라는 거대 상품군의 일부에 불과하다. 한솔은 종이의 종류를 크게 셋으로 나눈다. 인쇄용지, 산업용지, 그리고 특수지다. 산업용지는 포장용지나 골판지 등이 해당된다. 특수지는 말 그대로 특수한 용도에 이용되는 종이다. 한솔제지는 이미 인쇄용지라는 둥지를 떠나 특수지로 옮기고 있다. 한솔제지의 지금 목표는 감열지 분야 세계 1위다.

감열지? 열에 감응해 인쇄하는 종이를 뜻한다. "버려주세요"라고 말하지 않으면 온 주머니를 가득 채우는 영수증의 재료가 감열지다. 마트에서 상품 라벨을 뽑을 때도 감열지를 쓴다. 한솔은 이미 컨설팅 업체에 용역을 맡겨 조금씩 감열지로 분야를 틀고 있었다. 서천에 있는 장항공장도 원래 인쇄공장이었다가 감열지 교차생산이 가능하도록 설비를 개조했다. 그게 2012년이니까 급조한 계획이 아니었던 셈이다. 한솔은 거기 더해 2013년부터 샤데스와 텔롤과 R+S를 인수했다. 모두 유럽의 감열지 유통 회사다. 《조선일보》보도에 따르면 한솔은 신탄진공사 생산설비장치가 다 만들어지면 세계 1위의 감열지 생산 능력을 갖추게 된다. 한솔이 가는 길이 맞는지 아닌지는 나중에 봐야 알겠지만 지금과 다른 걸 하고 있다는 것은 확실하다.

아울러 한솔에서 눈여겨봐야 할 건 한국 제지업계에서는 처음으로 만든 종이 관련 R&D 센터다. 대전공장 안의 연구소에서 30여 명의 연구 인력이 제지 관련 기술을 연구한다. 종이 산업이 장치산업에서 원천기술산업으로 변하고 있다는 증거다. 이상훈 대표도 《매일경제》와의 인터뷰에서 비슷한 말을 했다. "제지 산업도 고부가가치를 창출하는 첨단소재산업으로 업그레이드될 수 있다. 2020년쯤이면 회사 이름을 '한솔제지'에서 '한솔소재'로 바꾸는 방안을 진지하게 검토해야 할지도 모른다."

세계의 라이벌은 이미 훨씬 멀리 갔다. 세계 최고의 종이 선진국 중 하나인 일본에선 종이로 별걸 다 만든다. 《니혼게이자 이신문》은 2016년 8월에 일본제지가 셀룰로스나노섬유(CNF)를 개발했다는 뉴스를 냈다. 카본 파이버(탄소섬유)의 원료를 나무에서 뽑아낸다는 개념이다. 카본 파이버에 비해 제조단가가 6분의 1이고 식품, 화장품, 자동차 등 다양한 분야에서 쓰일 수 있다고 한다.

활자정보 플랫폼이라 할 수 있었던 인쇄용지 시장이 무너지는 지금 시장의 강자들은 이미 새로운 길을 찾아 나섰다. 한솔제지도 부랴부랴 따라나서는 듯 보인다. 한솔은 변압기나 모터에 쓰는 절연용지 '아라미드 페이퍼'도 개발했다. 보통 인쇄용지보다 50배 비쌀 정도로 부가가치가 높다.

기존의 방식으로 한계에 다다른 회사는 두 가지 길에 놓인다. 하던 대로 하다가 적당히 문을 닫거나, 아니면 존립의 명운을 걸고 새로운 기술을 만들어내거나. 필름업계는 종이의 좋은 반면교사다. 디지털 카메라가 등장했을 때 코닥은 망했고 후지는 살아남았다. 후지는 시장을 살핀 후 목표를 바꿨다. 코닥을 이기는 게 아니라 필름에서 벗어나기로. 필름 개발의 R&D 인력을 충원한 후 신기술을 이용한 신사업을 찾아 나섰다. 덕분에 필름의 재료인 콜라겐을 다루는 기술을 화장품에 적용하는 등의 시도를 계속했다. 지금 후지필름은 아그파와 코닥으로 삼분되던 필름회사 중 유일하게 살아남았다. 2013년 후지필름 매출에서 카메라와 필름 매출 비중은 13퍼센트 정도, 사업분야 규모에서도 3위로 내려앉았다. 그 대신 후지필름은 마니악한 디자인과 후지 특유의 색감을 디지털에도 그대로 재현한 카메라를 계속 만들고 있다. 종이라고 이러지 말라는 법은 없다.

특수지 분야 역시 성장 가능성이 높은 곳으로 평가된다. 대표적인 특수지로 꼽히는 것은 포장지다. 이쪽 역시 종이라기보다는 상자의 재료 중 하나로 봐야 한다. 이쪽도 고부가가치 사업으로 전환되는 건 맞되 첨단소재산업과는 다른 양상으로 가고 있다. 산업용지가 기술로 부가가치를 키운다면 특수지는 사치품의 방법론으로 부가가치를 키운다.

"인쇄용지업계의 침체는 시장에 이미 다 반영되어 있다고 생각해요. 대신 포장용지나 산업지, 식품용지, 위생용지 등 새로운 분야의 종이는 성장 가능성이 나쁘지 않아요." 두성종이 홍보팀 백은정 팀장의 말이다. 두성종이는 세계의 고급 특수지를 한국에 수입하는 회사다. 한국에서 처음으로 고급 종이 시장에 진출해 지금은 3,000종 이상의 수입 종이를 취급한다. 독일이나 일본의 색지 회사에서 선편으로 종이를 수입

한다. 이들에게 종이는 대체 불가능한 고급 염료 기술로 만든 선진국형 상품이다. 여기서도 기술이 중요하지만 이쪽의 기술은 고급 공예품에 더 가깝다.

"한국에서는 이런 색지를 못 만드냐고요? 종이를 만드는 기계를 초지기라고 하는데, 저희의 수입 업체 중 하나인 독일의 색지 회사에서는 초지기가 굉장히 느리게 움직인대요. 초지기의 속도가 느리기 때문에 펄프에 더 깊은 색을 입히는 노하우가 쌓여 있다고 합니다. 저희의 대표 상품인 'NT 랏샤'는 일본의 대표 색지예요. 코튼 펄프가 들어 있어서 만졌을 때 느낌이 좋고, 채도에 따라서 회색 라인업이 아주 많이 있는 게 특징입니다."

두성종이에게 종이 시장은 광고인쇄 시장과 패키지 시장으로 분류된다. 들여오는 종이가 비싼 만큼 아무래도 사진집이나 고급 팸플릿 등 고급 시장이 많다. 실제로 이들이 취급하는 인쇄용지 중에는 놀라울 정도로 흑색의 계조를 잘 표현하는 '에어로즈' 같은 인쇄용지도 있다. 대형 장치산업으로의 종이와는 다른 만큼 성장세도 남다르다. 두성종이의 매출은 종이가 사양산업이라는 사실을 무색하게 만든다. '두성종이 2014/2015 CSR 리포트'에 따르면 두성종이의 영업이익과 영

우리가 이 도시의 주인공은 아닐지라도

업이익률은 2013년부터 꾸준히 높아지고 있다. 요즘 같은 불경기에 두성종이는 2015년 13.86퍼센트의 영업이익률을 기록했다.

종이의 미래는 어둡지 않다. 인쇄매체로의 종이의 시대가 끝나고 있을 뿐이다. 인쇄매체로의 종이도 사실은 끝나지 않았다. 양적으로 팽창하지 않을 뿐이다. 종이 기반 아트북 페스티벌인 언리미티드 에디션이 열리면 1만 명이 넘는 젊은이들이 주말 내내 모인다. 올해도 1만6,000명의 젊은이들이 현장을 찾았다. 언리미티드 에디션을 총괄하는 유어마인드 이로 대표의 말을 귀담아들을 만하다. "종이책이라는 '매력적 입체'는 사람들을 계속 끌어당길 거예요. 스마트폰 등의 디바이스도 종이책의 라이벌이 아니에요. 오히려 종이 아트북을 파는 언리미티드 에디션은 트위터 등의 SNS를 통해 전파돼요. 기존의 업계에 비하면 우리는 아주 작은 시장이지만, 여기서 조금 더 성장할 여지는 있다고 봐요."

*

이 원고를 쓰는 틈틈이 니콜라스 A. 바스베인스가 쓴 『종이의 역사』라는 책을 읽었다. "전자책의 인기, 뉴스 판매 부수 감소, 치솟는 에너지 비용, 섬유 재생 증가, 노화된 장비, 외국 경쟁, 불확실한 세계시장, 환경에 대한 관심 고조, 전자 기록 보관으로의 변화". 1998년 미국의 제지사 P. H. 글랫펠터가 직면한 시장의 현주소였다. 하지만 2010년에 저자와 만난 회사 대표 조지 글랫펠터는 훌륭한 통찰력과 용기로, 변한 시장에서 살아남는다. 그가 밝힌 비결이 종이의 미래에 대한 단초가 될 수 있겠다. "첫째, 더이상 가치 창조가 이루어지지 않는 것을 전부 바꾸는 것. 둘째, 우리 가치를 창조해낸다는 기업의 핵심 가치는 굳건히 지키는 것."

낙양지가(洛陽紙價)라는 사자성어가 있다. 진나라의 좌사가 쓴 삼도부가 워낙 명문이라 그걸 베끼기 위해 낙양 사람들이 너도나도 종이를 사서 종이값이 올랐다는 이야기다. 낙양지가의 시대는 오래전에 끝났지만 종이는 아직도 가치 있는 소재이자 훌륭한 인쇄물의 재료다. 기술적으로 발전하는 중이다. 고급 소재로의 성격도 강화된다. 여전히 종이를 좋아하는 젊은 사람이 있다. 그들이 종이의 가치를 계속 새롭게 찾아낸다. 낙양의 지가는 아직 떨어지지 않았다.

우리가 이 도시의 주인공은 아닐지라도

명예와 모객의 서점업

2017년 1월 3일 출판도매상 송인서적이 최종 부도 처리됐다. 송인서적은 한국 2위의 출판 도매 업체다. 반면 독립서점은 2017년 2월 기준 서울에만 40개가 넘는다. 상반되어 보이는 일들이 일어나는 이유는 무엇일까. 출판계와 서점계에 문제라도 있는 걸까?

꼭 그렇지는 않다. 한국의 양대 서점 교보문고와 영풍문고는 지금 엄청난 기세로 사세를 확장하는 중이다. 교보와 영풍 모두 요 몇 년간 전국적으로 지방에 지점을 내고 있다. 이들이 동네서점을 위협한다는 여론이 생길까 봐 우려할 정도다. 물론 그렇지는 않다. 동네서점의 경쟁력 저하와 대형 서점의 증

도시 생활은 점입가경이지만

가 사이엔 별 연관관계가 없다. 대형 서점의 매출이나 수익률도 정체 혹은 하락 상태인 건 마찬가지이기 때문이다.

대형 서점들은 사람들이 책을 안 사는 이 상황에서 무슨 생각을 하고 있을까? 교보문고는 서점을 찾는 사람들의 체류 시간을 늘리는 데 중점을 둔다. 그러려면 공간 자체를 콘텐츠화해야 한다. 교보문고가 서가를 줄이면서까지 사람들의 앉을 자리를 넓힌 이유다. 교보문고에는 은근히 광고가 많다. 하나의 책이 통로 가운데 많이 쌓여 있는 건 광고 서적이라고 봐도 된다(실제로도 한쪽 귀퉁이에 '광고서적입니다'라고 쓰여 있다). 광고 단가를 위해 고객 체류 시간을 늘리도록 공간을 짰을까? "어차피 광고 매출은 교보문고의 전체 매출에서 큰 비중을 차지하지 않습니다. 고객 여러분들이 더 오래 편하게 책을 읽을 수 있도록 한 것이 지난번 리뉴얼의 핵심입니다." 교보문고 진영균 대리의 말이다.

고객 체류 시간이 늘어나면 인당 매출이 증가할 수는 있다. 실제로 교보문고 광화문점은 책 이외에도 다양한 물건을 판다. 핫트랙스에서는 음반과 문구를 판다. 디지털 제품을 판매하기도 한다. 몽블랑처럼 외부 업체가 입점한 경우도 있다. 더 많은 사람들이 더 오래 머무르게 한다. 취향을 보여주는 상품으로

우리가 이 도시의 주인공은 아닐지라도

의 책을 강조한다. 일정 부분은 일본 츠타야의 모델을 참고한 면이 있다.

츠타야는 지금 한국 서점계의 롤 모델처럼 보인다. 츠타야는 일본의 서점 체인 중 하나다. 처음에는 도서와 음반, DVD 대여로 시작했다가 서점으로까지 영역을 넓혔다. 이들은 서점이라는 공간을 다시 정의했다. 고객의 취향에 따라 서지 분류를 달리했다. 커피 안내서와 함께 모카포트를 판매하는 등 취향에 따른 VMD를 강조했다. 얼핏 봐도 좋아 보이는 시도다. 츠타야가 한국에 던진 화두는 취향이다. 취향에 따른 큐레이션이 사람들의 새로운 소비를 이끈다는 이야기다.

츠타야가 한국에 알려진 결정적인 계기는 브랜드 잡지 《매거진 B》의 츠타야 편이다. 해당 호는 다 품절되어 지금은 구할 수도 없다. 츠타야 유행을 불러온 당사자들은 이를 어떻게 생각할까? 현지 취재를 다녀오고 해당 호를 진행한 박은성 디렉터는 말했다. "츠타야의 본질은 서점이 아니에요. 데이터에 입각한 라이프스타일을 구축한 것, 멋진 공간을 만든 게 츠타야의 핵심이에요. 츠타야는 스스로를 서점이라고 말하지만 한국에서도 유명한 다이칸야마 T-사이트에 가보면 묘한 점이 있어요. 그 서점에는 인문, 사회, 정치 등의 딱딱한 책은 없어요. 대신 자동차, 디자인 등 소비를 촉진시킬 수 있는 책이 있죠. 잡지 코너도 엄청나게 키워서 앞에 부각시켜뒀고요."

세상에는 다양한 책이 있다. 어렵고 지적인 책도 있고 쉽게 넘어가는 책도 있다. 지식의 보고이기도 하지만 책 자체가 일종의 액세서리가 되기도 한다. 츠타야는 책이 가진 액세서리로의 특징을 키운 곳이다. 박은성은 그걸 '책의 패션화'라고 불렀다. "츠타야는 책의 패션화를 극대화시킨 곳이에요. 츠타야의 시작은 음반과 도서 대여 사업이었죠. 그 일을 하면서 생긴 고객 데이터가 츠타야의 주력 데이터베이스고요. 츠타야가 서점 비즈니스 이후 진출한 분야가 가전이에요. 고객의 라이프스타일을 파고드는 거죠. 저는 그게 츠타야식 비즈니스의 핵심이라고 봐요." 어떤 한국 사람들은 츠타야가 서점의 미래, 혹은 일본 서점의 모든 것이라고 생각한다. 하지만 츠타야는 일본 서점 중의 하나일 뿐이다. 일본에는 서가밖에 없는 정통 서점이 아직 아주 많이 있다.

*

서점 판타지를 가진 사람들은 츠타야에 대해 몇 가지를 착각하고 있다. 하나. 취향은 쉽게 만들어지지 않는다. 일본은 2차

우리가 이 도시의 주인공은 아닐지라도

세계대전 종전 이후로도 50년에 가까운 호황을 누렸다. 취향은 잉여 시간과 노력의 결과이기 때문에 전 사회적인 취향의 풀이 생기려면 전 사회적인 호황이 반드시 필요하다.

둘. 일본 같은 시장은 전 세계에 일본뿐이다. 일본은 아직도 정보를 얻으려면 출판물을 돈 주고 사야 한다는 사회적 합의가 튼튼한 나라다. 스마트폰의 네이버 앱만 누르면 웬만한 정보를 다 얻을 수 있는 한국과 근본적인 차이가 있다.

셋. 츠타야는 서점이라는 공간도 패션화시켰다. 츠타야는 자리만 차지하는 딱딱한 책이 없다. 이들은 소비를 촉진시키는 카탈로그 같은 책만 판다. 서점이지만 책 이외의 각종 상품을 갖고 싶을 정도로 예쁘게 만들어낸다. 서점이라는 공간과 책이라는 상품을 한없이 팬시하게 만들어 파는 게 츠타야 스타일이다. 츠타야 같은 서점이 하나 있으면 신선하다. 하지만 모든 서점이 츠타야처럼 되면 곤란하다.

영풍문고가 바로 이렇게 생각하고 있다. 교보문고가 리뉴얼할 때쯤 영풍문고도 리뉴얼을 거쳤다. 고객 체류 시간을 늘리는 데 중점을 둔 교보문고와 달리 영풍문고는 손님들이 책 자체에 집중하도록 했다. 요즘의 대형 서점은 책 판매 공간을

도시 생활은 점입가경이지만

줄이고 그 자리에 다른 상업시설을 배치하는 추세지만 영풍 종각 본점은 오히려 책을 파는 공간을 넓혔다. 만화책 팬 같은 사람들의 특징을 고려해 그 사람들만 편하게 볼 수 있도록 서가도 새로 꾸렸다. 새로 만든 영풍문고의 슬로건은 '서점다운 서점'이다. 본질에 충실한 듯 보이나 시류를 거스르는 듯 보이기도 하는 이런 움직임은 창업주의 뜻과 관련이 있다. "회장님도 요즘 기류를 아세요. 츠타야가 유행하는 것도요. 그런데 '우리까지 그럴 필요 있느냐. 모두가 똑같으면 어떡하냐.' 라고 하시더라고요." 영풍문고 김현정 팀장의 말이다.

그런데 잠깐. 수익률이 낮은 걸 좋아할 회사도 있을까? 바로 이 점에 한국 대형 서점의 근본적 특징이 있다. 일본의 츠타야와 한국의 대형 서점의 결정적인 차이는 취향도 고객 성향도 아니고 입지다. 한국의 대형 서점은 모두 지하에 있다. 밖에선 간판 말고는 보이지도 않는다. 브랜드 이미지를 만드는 데는 심각한 제한을 받을 수밖에 없다. 시내 중심 공간의 지하에 있다는 게 한국 서점 시장의 특수성을 상징한다. 서점의 수익률은 많이 낮다. 영풍문고가 밝힌 스스로의 수익률은 1퍼센트대다. 그럼에도 도심지의 지하에 공간을 구축할 수 있는 이유는 교보와 영풍 두 회사 오너의 강한 의지 때문이다.

우리가 이 도시의 주인공은 아닐지라도

이 의지는 현명하다. 교보는 광화문 교보문고 운영으로 인한 빈사이익을 보는 편이다. 교보빌딩 전면에 그럴싸한 글귀도 달고 '노른자위 땅을 통 크게 서점으로 쓴다'는 논조의 언론 기사도 많이 낸다. 영풍도 교보만큼의 공간을 시내에 서점으로 제공하고 있다. 하지만 근처의 다른 대형 건물과 비교했을 때 이게 꼭 자선사업만은 아니다. 책이 돈이 되진 않아도 사람을 모을 순 있다. 즉 한국의 대형 서점은 창업주의 명예 사업이다. 큰 부자들의 세계로 넘어가면 얼마를 버느냐보다 더 중요한 요소들이 생긴다. 다들 돈은 많으니까 돈 이상의 가치를 추구하게 된다. 서점을 운영하며 교보와 영풍은 그 지역의 랜드마크가 되었다. 영풍빌딩 옆 건물의 이름을 아는 사람이 얼마나 될까? 교보와 영풍빌딩 지하에 서점이 아니라면 그 근처 다른 건물들처럼 평범한 식당이나 맞춤 셔츠집 정도만 있는 상가 말고는 굴릴 게 없다. 이들은 서점을 유치하고 수익을 포기하는 대신 명예와 모객을 얻었다.

*

명예와 모객. 서점 비즈니스의 본질이자 미래다. 독립서점에서도 그 사실을 확인할 수 있다. 40개가 넘는 독립서점 중 1세대에 속하는 더 북 소사이어티의 임경용 대표에게서도 그 사실을 확인했다. 그는 2008년에 아트선재 안에서 '더북스'라는 예술서적 서점을 운영하다 2010년에 더 북 소사이어티를 만들었다. 이때만 해도 언리미티드 에디션을 개최하는 유어마인드가 인터넷 서점으로만 있었다. 한국 시장은 정말 역동적이다. 임 대표는 더 북 소사이어티를 운영하며 서점 비즈니스의 본질은 취향 공동체를 만들고 운영하는 일임을 깨달았다. 그는 계속 서점 공간을 이용한 행사를 개최했다. 낭독회, 퍼포먼스, 독자와 작가가 만날 수 있는 기회, 그게 뭐가 됐든 간에.

오프라인 공간에서 일관적이고 세련된 취향이 계속 발신되면 그를 수신하는 사람들이 생긴다. 더 북 소사이어티에겐 훌륭한 취향이 있었다. 그들의 취향에 반응한 사람들은 편집 디자이너였다. 문을 열고 7년이 지난 지금 임 대표는 더 북 소사이어티를 거쳐간 편집 디자이너들이 100명쯤 될 거라 추산한다.

판단력이 있는 사람이라면 데이터가 아주 값진 자료가 될 수 있다. 어디서든 고객 데이터가 쌓이면 다음 수순을 생각할 수 있다. 일본의 예쁘장한 대형 서점 츠타야든 서울의 작은 독립 서점 더 북 소사이어티든 마찬가지다. 더 북 소사이어티는 지

우리가 이 도시의 주인공은 아닐지라도

금까지 해온 서점 운영에 더해 출판으로까지 영역을 넓히려한다. 임 대표는 "서점보다는 출판이 그나마 마진이 나은 것같아서"라고 겸손하게 말했지만 이들에게도 지금까지 쌓은취향이라는 브랜드 가치가 있다. 브랜드 가치가 만들어지면그다음부터는 확장성이 넓어진다. 지금은 작은 서점도 영리한 브랜드 전략을 구축할 수 있다.

서점이 사람을 끌어모은다는 사실만은 모두 안다. 서점과 큰상관없어 보이는 대형 유통사와 건설사까지도. 요즘 많이 생기는 복합 쇼핑몰의 상점 구성에는 꼭 대형 서점이 들어간다. 거기서 더 나아가 대형 서점은 복합 쇼핑몰의 구심점이 되려한다. 합정역 바로 앞에 생긴 딜라이트 스퀘어는 비어 있는지하 2층 전체를 교보문고에 임대했다. 시행사인 대우건설이 문화를 사랑하기 때문만은 아니다. "연세대, 홍익대, 서강대, 이화여대 등의 젊은 층을 집객하고 마포, 여의도, 강남권, 상암DMC로 출퇴근하는 직장인 등 배후수요가 풍부하며 젊은 수요층으로 이루어진 홍대 상권이 합정, 상수, 연남에 이어 망원동까지 확대되는 추세로(중략) 문화콘텐츠 수혜 상권의 중심으로 거듭날 예정"(《글로벌경제》)이라는 게 서점 유치의 배경이다.

독립서점이 늘어나면서 SNS에 이런 말이 돈 적이 있다. "책을 만드는 사람도 사는 사람도 줄어드는데 책을 파는 사람만 늘어나려 한다." 유통이 생산을 압도하고 연구개발비보다 당기순이익을 중요하게 여기는 한국 시장의 특징이 문화산업과 서점에도 드러난다. 서점 경영이 주는 명예와 종이책이라는 콘텐츠가 주는 모객 효과를 어떻게 사용하는지가 한국 서점 시장의 수준이라고 봐도 되겠다. 하지만 책과 독서를 좋아하는 사람들이 작게나마 계속 시도하는 것도 사실이다. 이렇게 한국형 서점 시장의 21세기가 스스로의 색을 띠고 있다.

우리가 이 도시의 주인공은 아닐지라도

해방촌의 독립서점

누군가 현대 서울을 보여달라고 한다면 나는 그를 해방촌에 데려갈 것이다. 해방촌에 가는 여러 방법 중 특히 서울역 근처 갈월동 정류장에서 용산 마을버스 02번을 타고 함께 갈 것이다. 그 버스의 노선과 풍경 안에 해방촌을 둘러싼 서울의 역사가 담겨 있다.

한국인이라면 해방촌이 이름에서부터 해방과 관련이 있다는 사실을 짐작할 수 있다. 대일본제국의 패망이자 한국인에게는 해방인 1945년 8월 15일 이후를 말한다. 해방 이후 해외에서 돌아온 사람과 북한 지역에서 넘어온 사람과 한국전쟁의 피난민 등이 겹쳐 서울의 인구가 급속히 증가했다. 지금의 해방촌은 일본군의 사격 연습장 부지에 사람들이 모여 만들어졌다. 그때부터 지금까지 해방촌은 서울 중심부의 서민적 동네였다.

서울의 다른 서민 동네와 해방촌의 가장 큰 차이점은 외국인이다. 이태원과 가깝고 지리상 서울 중심지에 위치하는데 집값도 별로 안 비싸서 해방촌에는 외국인이 많이 산다. 해방촌의 외국인은 나비효과를 일으켰다. 외국인 밀집지역은 이국적인 느낌이 난다. 도시의 비슷비슷한 이미지와 다른 이국적 이미지는 젊은이를 끌어들인다. 젊은이들이 많아지면 동네에 젊은 기운이 생기고, 그 기운을 형상화한 듯한 젊은 느낌의 가게가 생긴다. 해방촌에도 이런 일이 일어났다. 그리고 신기한 일이 하나 더 일어났다. 오늘의 주인공인 독립서점이 생긴 것이다. 세 개나.

21세기에 독립서점이 생길 법한 동네는 따로 있다. 독립서점에서 파는 책은 특수한 상품이다. 좀 다른 느낌의 소규모 문화상품이라고 부를 수 있다. 그런 물건은 예민한 젊은이들이 자주 오는 동네에서 팔릴 거라 생각하기 쉽다. 서울의 독립서점은 실제로 그런 젊은이들이 즐겨 찾는 홍대 지역이나 시청 근처 지역에 자리 잡았다. 문화시설이나 갤러리가 몰린 곳과 독

우리가 이 도시의 주인공은 아닐지라도

립서점 밀집지역은 어느 정도 비슷한 경향을 보였다.

경향은 고정관념이기도 하다. 경향과 고정관념은 아무렇지도 않게 깨질 수 있다. 테이트 모던처럼 강가의 발전소가 현대 미술관이 되기도 한다. 그 판단의 주체가 누구든, 그 판단의 정황이 어땠든, 의외의 판단은 새로운 흐름을 만들어낼 수도 있다. 2012년 처음 문을 연 해방촌의 '스토리지북앤필름'이 그런 경우다. 스토리지북앤필름은 해방촌에 자리 잡은 첫 독립서점이다. 서점과는 어울리지 않는 경사진 도로 옆에 있다. 주변에 문화시설은 보이지 않는다. 젊은이들을 쏟아내는 대학도 없다. 여기에 차린 이유가 무엇이었을까?

"우연이었어요. 차 타고 지나가다가 봤어요." 스토리지북앤필름 대표 강영규가 회상했다. 그는 은행원이었다. 인기가 많은 고급 직종이다. 하지만 그는 은행 일에서 만족하지 못했다. "그 직장은 너무 미래가 뻔히 보였어요. 좋아하는 점장님이 회사 사정으로 해고당하는 걸 보니까 제 일을 찾아야겠다 싶었어요." 책과 필름이라는 이름처럼 그는 처음엔 책과 카메라를 함께 취급했다. 거기 더해 그는 책 만드는 걸 좋아했는데 자기 책을 팔 곳이 없어서 서점을 냈다. 스토리지북앤필름의 시작이었다.

도시 생활은 점입가경이지만

"제가 책을 팔 곳이 없어서 시작했으니까 저는 최대한 독립서적 만드는 사람들의 책을 다 받아줘요." 독립서점의 매력은 각 서점마다 주제가 다르다는 점이다. 한국은 인터넷쇼핑이 발달한 나라다. 인터넷쇼핑이 발달하자 동네마다 있던 서점이 거의 다 사라졌다. 규모의 경제를 당할 수 없었다. 동네서점이 사라지던 그 시점에 독립서점이 생기기 시작했다. 독립서점은 규모의 경제 대신 취향의 경제에 집중했다. 무엇을 파는지, 아니면 이곳에만 있는 게 무엇인지가 더 중요했다. 스토리지북앤필름의 주제는 독립서적이었다. 강영규의 체험에서 시작된 주제가 이곳만의 주제가 되었다. 실제로 스토리지북앤필름에서는 보통 서점에서는 전혀 볼 수 없는 실험적인 책이 많다. 완성도나 재능이라는 말로는 표현하기 부족한, 끓어오르는 창작 욕구로 가득한 책을 볼 수 있다.

자기 경험에서 취향이 시작된다. 그 취향 따라 책이라는 물건을 들인다. 스토리지북앤필름의 원칙은 독립서점의 중요한 가치를 보여준다. 모두 사정과 취향이 다르다. 대형 서점을 비롯한 대형 유통시설은 그 사정과 취향을 최대한 넓게 펼쳐서 보여준다. 덕분에 최대한 많은 사람이 모이는 대신 개성은 떨어진다. 사람은 개성에 마음이 쏠리기도 한다. 독립서점이 생길 수 있는 이유이자 한 동네에 여러 개의 독립서점이 공존

할 수 있는 이유다. 해방촌에도 스토리지북앤필름이 만들어지고 독립서점이 더 생겼다.

*

스토리지북앤필름에서 책을 계산하다보면 계산대 왼쪽에 A4용지가 한 장 붙어 있다. 이웃 독립서점 '별책부록'으로 가는 지도다. 그 지도를 따라 좁은 골목을 지나 5분 정도 걸어가면 별책부록이 보인다. 독립서점 하나를 다 봤는데 굳이 또 다른 서점에 가볼 필요가 있을까? 뭐가 다를까?

"(여기 있는 책은)제 취향에 좀 더 가깝다고 볼 수 있겠죠." 별책부록 대표 차승현의 말이다. 그의 말처럼 별책부록의 책은 스토리지북앤필름의 책과 좀 다르다. 독립서적이 가장 많은 스토리지북앤필름에 비해 별책부록의 책은 더 계통이 다양하다. 독립서적도 있으나 일반 출판사의 책도 있다. 일반 출판사 중에서도 큰 출판사의 책도 있고 1인 출판사의 책도 있다. 헌 책도 있고 새 책도 있다. 한국 책이 많은 가운데 외국 책도 있다. 경우에 따라 모호해 보일 수도 있는 별책부록의 책 기준은 하나뿐이다. 주인의 취향. 덕분에 별책부록은 서점인 동시에 누군가의 서재를 보는 듯한 흥미를 준다.

도시 생활은 점입가경이지만

별책부록이 해방촌에 자리 잡은 이유 역시 우연이었다. 차승현은 경복궁 쪽에 있었고 지금은 없어진 독립서점 가가린에서 일했다. 가가린을 그만두고 별책부록을 차렸다. 별책부록은 서울의 대표적인 문화상권인 홍대 지역에 있다가 해방촌으로 왔다. 해방촌 말고 고민했던 다른 곳도 있었다. 선택지중에서 차승현은 현실적인 대안을 택했다 "월세가 저렴했던것도 무시할 수는 없어요." 하지만 분위기는 여전히 중요했다. 모든 게 너무 빨리 변하는 서울에서 해방촌의 20세기 후반 주택가 분위기는 고유한 특징이 될 수 있었다. 이러한 동네의 이미지 역시 독립서점이라는 개별 브랜드의 이미지에일조할 수 있다. 차승현 역시 그러한 특징이 가치 있다고 여기는 것 같았다. "언젠가 해방촌을 떠날 수도 있겠죠. 사실 저도 곧 이 자리를 벗어나 이사를 가요. 하지만 해방촌의 중심지인 해방촌 오거리에서 더 가까운 곳이에요."

사실 서울 사람들에게도 해방촌은 익숙하지 않다. 해방촌은 지도상 입지는 좋지만 길이 좁고 주차가 어렵다. 서울 사람들은 가기 어려운 동네에 잘 가려 하지 않는다. 이미지는 좋지만 가기 힘든 동네에 독립서점이 있다는 건 한국의 현실을 보여주는 일이기도 하다. 별책부록의 매출은 자신들의 인터넷 쇼핑몰을 통해서도 많이 이루어진다. 한국은 인터넷 사업 전

우리가 이 도시의 주인공은 아닐지라도

개가 쉬울 뿐 아니라 택배가 굉장히 저렴하고 빠르다. 소규모 사업자도 이러한 사업망을 이용해 인터넷 기반 사업을 전개할 수 있다. 그러니 서점이라는 공간은 책이 팔리는 유통매장일 뿐 아니라 서점이라는 브랜드의 쇼룸이 되기도 한다. 패션 브랜드의 플래그십 스토어는 건축과 입지에 모두 공을 들인다. 서울의 독립서점 역시 공간과 입지 자체를 서점이라는 브랜드의 이미지로 활용하고 있다.

*

이제 '고요서사'에 가볼 시간이다. 별책부록과 비슷한 시기인 2015년에 고요서사도 생겼다. 고요서사는 이 중 가장 문학에 가까운 독립서점이다. 고요서사의 대표는 출판사 편집자였다. 주로 사회과학 책을 편집했다. 그는 자기가 좋아하는 책을 전시하고 팔기 위해 독립서점을 운영하기로 결심했다. '서사'라는 이름에서 짐작할 수 있듯 주로 문학에 집중한다. 고요서사에서 판매하는 800여 종의 책 중 대부분이 소설, 시, 에세이다.

"우연에 가까웠어요." 고요서사 대표 차경희도 해방촌에 자리 잡은 것에 특별한 계기는 없었다고 말했다. 그녀의 다음

말이 흥미로웠다. "다른 서점이 있는 게 도움이 돼요. 해방촌은 (교통이 편한 동네가 아니라서)마음먹고 와야 하니까요. 한번 온 김에 다른 서점도 둘러보고 가는 거죠." 취재를 갔던 날에 마주쳤던 손님들이 증거였다. 스토리지북앤필름에 들렀다가 고요서사에 갔는데 똑같은 손님 팀을 만났다. 그들은 서점에 들를 때마다 책을 한 권씩 사 갔다. 모이는 건 좋은 것이다.

'그런데 사업은 되나?' 당신이 실무를 아는 사람이라면 이런 생각이 들 수도 있다. 사람들이 가기 쉽지도 않은 곳에서, 요즘 전 세계적으로 위기라는 오프라인 서점을 운영하는데, 그것도 소규모로, 잘될까? 차경희의 말이 좋은 답이 될 것 같다. "항상 소수의 독자는 있다고 이야기해요. 한국 문학의 경우는요. 한국 문학이라는 장르가 생겼다고도 하더라고요. 내가 좋아하는 책을 내가 좋아하는 공간에서 판매하는 게 의미가 있어요." '시장조사는 필요 없다'는 스티브 잡스의 선언과 큰 차이가 없다.

각자 다른 개성을 가진 해방촌의 독립서점 셋은 한 달에 한 번씩 늦게까지 문을 연다. 해방촌 심야책방이다. 이들은 약 1년 전부터 매월 첫째 주 수요일은 밤 12시까지 문을 열기로 했다. 셋 중 해방촌에 가장 먼저 자리 잡은 스토리지북앤필름이 제

우리가 이 도시의 주인공은 아닐지라도

안했고 나머지 두 서점도 흔쾌히 수락했다. "저희와 별책부록은 문을 일찍 닫아요. 그래서 직장인들은 오고 싶어도 올 시간이 없었어요. 한 달에 한 번쯤은 늦게까지 일해서 손님들을 만나는 것도 좋다고 생각했어요." 강영규가 떠올렸다. 미술관 야간 개장과 비슷한 개념이다. "한 달에 한 번 정도 늦게까지 일하는 건 부담이 없으니까요." 차경희도 비슷한 생각이었다. "부정기적이지만 이벤트를 하기도 해요. 찾아오시는 분들께 상그리아를 드리기도 하고, 뱅쇼나 커피를 드리기도 해요." 책을 좋아하지 않는 사람들이라면 한번쯤 기억해도 좋을 날이다. 서점도 좋지만 해방촌에서 바라보는 서울의 야경은 무척 훌륭하기 때문이다.

*

해방촌은 그 자체로 서울의 20세기와 21세기라는 시대의 무늬다. 해방과 한국전쟁 이후 저소득자층의 일본군 사격장 부지 무단 점거로 동네가 생겨났다. 그 동네는 한국 최대의 시장인 남대문시장 근처에 있어서 경제성장 초기의 수제 경공업인 봉제업이 이루어졌다. 한국이 중화학공업 위주로 경제 모델을 변경할 때쯤 한강 남쪽을 중심으로 신도시형 아파트단지가 생겼다. 그 과정에서 해방촌의 발전은 정체되어 길이 좁

도시 생활은 점입가경이지만

은 주택가로 머물렀다. 한국이 잘사는 나라가 되면서 세계에 물건을 팔기만 하던 한국 사람들이 세계에 직접 나가서 넓은 세상을 구경하기 시작했다. 선진국형 도시재생 모델을 보고 온 사람들은 '오래된 것도 멋있을 수 있다'는 외국 사람들의 시점을 수입했다. 수입산 시점 덕분에 해방촌은 가기 힘든 서민 동네에서 멋있는 동네로 탈바꿈했다. 누군가가 멋을 찾아내자 건물주들은 그 멋에 비싼 값을 붙였다. 60년 전에 세계에서 가장 못사는 데다가 전쟁으로 폐허가 되기까지 한 나라가, 선진국형 현상인 젠트리피케이션을 고민해야 하는 나라가 되었다. 해방촌의 독립서점은 그 현상의 트로피 같은 공간이라고 볼 수도 있다. 젠트리피케이션이 진행되는 곳이라면 으레 멋진 커피숍과 세련된 식당과 함께 독립서점들이 들어오기 때문이다. 동양을 찾아온 대항해시대의 서양 무역선에 늘 선교사가 타고 있던 것처럼.

서울의 마을버스는 대중교통망의 모세혈관 역할을 한다. 해방촌에 진입할 수 있는 유일한 대중교통수단이기도 하다. 서울역 근처 갈월동에서 용산 02번을 타고 '신일교회'에서 내리면 바로 앞에 스토리지북앤필름이 있다. 스토리지북앤필름에서 시작해 별책부록을 거쳐 고요서사까지 구경한 후 큰길을 지나 해방촌 반대편으로 내려가면 서울에서 가장 유명한 유흥가인 이태원에 도착할 수 있다. 그러니 나는 당신이 서울에 관심이 있다면 용산 02번을 타고 해방촌에 가보시라고 할 것이다. 당신이 한국어를 못하는 외국인이라도 상관없다. 구글 맵에는 마을버스도 표시된다.

도시 생활은 점입가경이지만

힙한 가게의 속사정

"네트워크 장애로 일시적 사용이 되지 않습니다." 070을 쓰는 파크의 전화번호는 모두 연결이 되지 않았다. 파크는 도산 공원 옆 '퀸마마마켓'의 3층에 있던 서점이다. 국내 서적은 땡스북스, 해외 서적은 다른 서점이 맡아 다양한 책을 소개했다. 3년 동안 운영되다 2019년 9월 30일 문을 닫았다. 파크의 마지막 인스타그램 게시물에는 폐점을 아쉬워하는 댓글들이 달렸다. '가보고 싶었는데 못 가게 되어 아쉽다'는 내용들이 많았다. 《에스콰이어》의 김은희 에디터가 이 게시물과 댓글들을 보고 '힙한 가게의 속사정'이라는 원고를 의뢰했다. 인스타그램 명소로 알려진 가게들에 고충이 있는 건 아닌지.

"그렇게 쓰시면 안 돼요." 땡스북스 대표 이기섭이 말했다. 10월 중순 퀸마마마켓은 이미 문을 닫고 다음 입주사를 준비하고 있었다. 이기섭은 마침 파크에 있던 책을 치우러 왔다가 내 전화를 받았다. 그는 10년째 홍대 앞에서 독립서점 땡스북스를 운영하고 있다. 그 역시 건물주와의 관계 때문에 서점 위치를 옮기는 등의 일들을 겪었다. 하지만 파크가 문을 닫은 건 그런 차원의 이야기가 아니었다.

"처음에는 (제안을)거절하려 했어요. 거절하러 (지금의 파크에) 갔어요. 그런데 창밖으로 바라보는 공원 뷰가 너무 좋은 거예요." 그렇게 이기섭은 파크를 시작했다. 그는 나와의 전화 통화 내내 건물주의 호의를 칭찬했다. 건물주가 좋은 조건을 제시한 건 물론 수도나 전기요금 등의 관리비도 요구하지 않았다고 했다. "건물주는 처음부터 상업적인 목적으로 저희를 끌어들이지 않았어요." 오해가 쌓이면 손가락이나 목숨까지 오가는 게 세입자와 건물주다. 이기섭은 정말 건물주와의 관계에 만족하는 것 같았다.

이기섭의 칭찬을 자자하게 받은 그 건물주는 윤한희와 강진영이다. 그들은 90년대와 2000년대 초반 오브제와 오즈세컨을 만든 디자이너 듀오다. 이들은 3년 전 어느 날 퀸마마마켓

도시 생활은 점입가경이지만

을 열며 인터뷰를 진행할 때도 '문화공간을 만든다'는 식의 이야기를 반복해서 강조했다. 3년이나 서점에 좋은 조건으로 임대를 준 걸 보면 이들 역시 자신의 말을 지킨 셈이다. 윤한 희 대표와의 연락도 시도했지만 별도의 루트로 그가 서울에 없다는 사실을 확인했다.

3년을 잘 이어오던 서점이 없어진다면 대표의 마음이 궁금할 수 있다. 하지만 힙한 가게의 속사정이라는 이야기 안에서 건 물주의 속마음은 주된 주제가 아니다. 원래 사람에게는 여러 사정이 있고 부자도 사람이다. 우리의 관심은 부자의 속마음 따위가 아니라 부자의 부동산에 세를 들어 자신의 비즈니스 를 하는 사람들의 사정이어야 한다. 뭔가 괜찮은 걸 하겠다고 자신의 돈과 시간, 꿈과 인생을 거는 사람들의 이야기 말이다.

"(파크가 문을 닫는 게)아쉽지만 모든 일에 끝은 있으니까요. 3년 동안 잘 누렸다고도 생각합니다. 후회는 없어요." 이기섭의 말대로다. 세입자의 고충은 마찬가지다. 서점이든 뭐든, 서울 에서 스몰 브랜드 개념으로 자기 사업을 운영하는 사람들의 리스크는 똑같다. 부동산. 그렇기 때문에 자기 캐릭터가 잡힌 서울 스몰 브랜드의 목표도 똑같다. 건물 구입. 실제로 내 주 변에도 자기 색깔로 성공한 사업가 중 건물 구입을 진지하게

우리가 이 도시의 주인공은 아닐지라도

알아보는 사람이 둘 있다. 이들이 건물을 사려는 이유는 지대 추구가 아니다. 건물주의 방해를 받지 않기 위해서다. 스몰 브랜드의 입장에서는 변치 않는 입지 역시 브랜드 자신의 일부이기 때문이다.

"파크의 건물주는 책을 팔아서 이 공간을 유지하려 하지 않았어요. 핸드폰 케이스 같은 걸 팔려고 하지도 않았고요." 이기섭이 지나가듯 언급한 '핸드폰 케이스'에 현대 서점 비즈니스의 비밀 하나가 있었다. 상품으로의 책이 마진이 높지 않은 건 모두 안다. 그러므로 요즘의 서점은 책으로 사람을 모으고 다른 제품이나 서비스를 팔아 매출을 낸다. 대표적인 게 핸드폰 케이스다.

"몇 년 전에 비해서 굿즈가 엄청나게 늘었어요." 한국만의 이야기도 아니다. 어느 전직 기업 임원은 뉴욕을 대표하는 서점 중 하나인 스트랜드를 다녀온 후 소감을 전했다. 세계에서 가장 지적인 상품에 호의적인 도시에 속할 뉴욕의 전통 서점마저도 책만으로는 장사가 어렵다는 반증이다. 그는 이야기를 마치고 내게도 기념품으로 스트랜드 자석을 주었다. 멋 부리기 좋아하는 사람들은 입버릇처럼 "(다른 선진국은 안 그런데)한국은 왜 이래"라는 말을 내뱉는다. 전혀 그렇지 않다. 서점이

도시 생활은 점입가경이지만

책 판매만으로 살아남기 어려운 건 전 세계가 마찬가지다. 스트랜드의 온갖 굿즈는 지난겨울 나도 봤다. 나도 집에 스트랜드 비니가 있다.

"사진만 찍고 가시는 분들도 계시죠." 이기섭은 예의 그 인스타그래머들의 이야기도 했다. 언젠가부터 사진만 찍고 가는 1회성 방문객이 부정적으로 느껴지는 분위기가 만들어졌다. 하지만 이런 손님들도 서울이라는 도시에서 소비 문화가 쌓이는 과정의 일부다. 원래 책은 뭘 사야 한다는 나만의 기호가 만들어지기 쉽지 않은 분야다. 한국은 왜 이러냐고 나불거리는 사람들 역시 막상 깊이 이야기해보면 자기만의 기호가 없는 경우가 태반이다. 음악이나 옷처럼 책 역시 절대적인 경험의 양이 쌓여야 그 경험 사이에서 나만의 기호가 생긴다. 한국에서 살다보면 경험을 쌓을 기회가 많지 않을뿐더러 남과 다른 개성을 가다듬을 분위기도 만들어져 있지 않다. 이런 상황 속에서 멋진 공간을 만들어야 하는 사람들 역시 나름의 방식으로 대응한다.

"사진만 찍고 가셔도 괜찮도록 세팅을 했죠." '사진 찍고 가는 사람들'에 대한 이기섭의 말은 아주 중요하다. 그는 사진만 찍고 가는 손님들을 아쉬워하지 않았을뿐더러 사려 깊게 이해

우리가 이 도시의 주인공은 아닐지라도

하기까지 했다. "책을 사고 싶지만 못 살 수도 있잖아요. 저도 그런 시절이 있었고요." 백번 맞는 말이다. 사진 찍고 가는 사람들을 비난하는 것이야말로 '난 사진 찍고 가는 애들이랑 다르다'는 알량한 자기 합리화일지도 모른다. 질문은 남는다. 책이 많이 안 팔려도 괜찮고, 사람들이 사진만 찍고 가도 된다면, 땡스북스는 뭘로 먹고사나? 비즈니스 모델은 무엇인가?

"좋은 책 공간을 꾸미고 싶어 하시는 분들이 많아요"라는 이기섭의 대답이 그가 찾은 비즈니스의 답이다. 이 말이 뜻하는 건 B2B 사업이다. 어쩔 수 없다. 서울은 임대료가 요동치고 건물주의 변심이 심하며 부동산자본의 문화적 수준이 높지 않다. 그런 공간적 배경에서 세입자의 형편에 놓인 사업자들이 고를 수 있는 선택지는 결국 B2B 비즈니스다. 개인 소비자들이 취향을 쌓아서 동네서점이나 동네빵집 같은 공간의 충성 소비자가 되는 데에는 시간이 걸린다. 시간은 비즈니스의 세계에선 현금이다. 시간을 소비하려면 어딘가에서 현금이 들어와야 한다. 땡스북스의 B2B 비즈니스는 기업 고객을 상대로 하는 책 큐레이션이다.

그 관점으로 보면 "후회는 없어요"라는 이기섭의 말은 사업적으로도 적절하다. 땡스북스는 파크라는 서점 공간을 통해

도시 생활은 점입가경이지만

3년 동안이나 다른 잠재 기업 고객에게 자신들의 '책 공간'이라는 쇼케이스를 보여준 셈이다. 그렇다면 손님이 책을 사지 않고 사진을 찍어도 상관없다. 여기서의 손님은 면적당 매출을 만들어내는 매출의 주체가 아니라 '트래픽'으로 기능하기 때문이다. 서점이 트래픽을 불러일으킨다는 사실만으로도 한국의 서점 공간들은 여러 부동산자본의 제안을 받고 있다.

사업자 입장에서 사업 모델을 만드는 건 당연한 의무다. 다만 조금 허탈해지기도 한다. 우리의 환상 속에 있는 '좋은 동네가게'란 그저 허상일까? '좋은 동네서점이 만들어지기 위한 실질적 조건'을 묻자 이기섭도 이런 말을 했다. "생계형 직장으로 서점을 하면 조금 곤란할 수도 있을 것 같아요. (생계를 해결한 사람들이) 자기 에너지를 쓰면서 지속가능성을 생각하는 게 좋을 것 같아요."

"B2B가 돈은 된다고 하는데… 저는 어떻게 하는지 모르겠어요." 날씨 좋은 어느 가을 해질녘의 야외 테이블에서 정현주가 말했다. 정현주는 20년 차 방송작가이자 『우리들의 파리가 생각나요』를 쓴 베스트셀러 작가다. 연남동에 독립서점 '서점, 리스본'을 열어 열심히 일하고 있다. 저자로서의 인지도, 성실성과 행동력, 남다른 이벤트, 무엇보다도 좋은 책들이 들

우리가 이 도시의 주인공은 아닐지라도

어와 있으니 독립서점 중에서는 손에 꼽힐 정도로 멋지게 성공했다. 정현주는 정말 부지런해서 2019년에는 서점 리스본 근처에 두 번째 서점인 '포르투'도 냈다. 이기섭과 정현주에게는 공통점이 있다. 서점업에 있다는 점, 의미 있는 생존을 위해 열심히 일한다는 점, 그리고 유행에 시달린다는 점. 동시에 정현주의 고민은 조금 결이 다르다.

예의 그 '사진 찍고 가는 사람'은 정현주에게도 신경 쓰이는 요소다. "셔터 음이 공격적으로 느껴졌어요. 사진 찍으시지 말라고 해도 안 들어 안 들어(웃음)." 하지만 정현주도 그들을 직접적으로 비판하지는 않았다. "요즘 젊은 분들은 작은 서점을 겪어본 적이 없잖아요. 그래서 아직 작은 서점에서의 매너를 모를 수 있다고 생각해요. 교보문고나 대형 서점에서는 안에서 사진을 찍는 게 당연하죠. 대형 서점이 만든 문화가 우리에게까지 도는 거라고 생각해요. 다행히 요즘은 큰 서점에도 '책의 글귀를 찍는 건 저작권 침해'라는 팻말이 붙어 있더군요." 그러게 말이다. 취향이든 매너든 시간이 지나야 쌓이는 법이다. 아울러 정현주도 나름의 방법과 타협을 익혔다. 상대적으로 책을 많이 판매하는 1호점에서는 다른 손님을 위해서라도 사진 촬영이 금지되어 있다. 대신 2호점에서는 자유롭게 사진을 찍을 수 있도록 공간을 설계했다.

도시 생활은 점입가경이지만

정현주의 진짜 고민은 손님이 아니라 자신의 아이디어를 표절하는 사람들이다. "자신과 생일이 같은 작가의 책을 서점에서 선물로 판매하거나 하는 건 다른 나라 독립서점에서도 해요." 정현주는 자신과 거의 비슷하게 큐레이션을 해둔 서점을 본 적이 있다. "특정한 책을 제가 진열해둔 곳과 똑같은 위치에 진열했다면…" 거의 똑같은 개념의 책 패키지를 만든 서점도 본 적이 있다. 개인사업자들끼리의 표절은 딱히 막을 방법도 없다. 정현주가 쓴웃음을 지을 뿐이다.

"베끼는 건 같이 망하는 거예요." 정현주의 말은 업종을 넘어서 멋있는 걸 해보고 싶어 하는 모든 사람들이 귀담아들을 필요가 있다. "자기만의 것을 만들고, 그걸로 사람들에게 승부해야죠. 그렇지 않으면 서적 도매상 좋은 일을 할 뿐이에요." 실제로 서적 도매상의 소형 서점 공급가가 높아지고 있다고 한다. 예전에는 서점이 도매상에 책 정가의 70퍼센트를 내면 책을 공급받을 수 있었다. 요즘은 그게 85퍼센트까지 치솟았다고 한다. "그렇게 되면 책을 팔아도 남는 게 없어요." 정현주의 말처럼 자기 것 없이 시장에 뛰어드는 건 시장의 모두에게 손해를 입힐 수 있다.

그래도 멈출 수는 없다. 정현주는 재빠른 유행과 몰래 베껴가

우리가 이 도시의 주인공은 아닐지라도

는 사람들 사이에서도 자신의 것을 만든다. "저는 외로움이 앞으로 점점 큰 소비의 동력이 될 거라고 생각해요. 마포구에는 1인 가구가 많은데, 서점 리스본에서 진행하는 일종의 멤버십인 '독서실'을 이용하는 사람들도 그 사람들이에요." 그 사람들은 혼자 사는 사람들이기도 하지만 각자의 전문성이 있는 도시인들이기도 하다. "그렇게 콘텐츠를 만드는 사람들이 모이길 바라죠. 그런 공간을 만들고 있다는 게 제게 힘이 되기도 하고요." 정현주는 그렇게 자신의 정도를 걷고 있다. 천천히, 여기저기 시달리면서, 그래도 멋진 방향으로.

*

"힙한 곳이 되고자 했던 적은 한 번도 없습니다. 밖에서 저희를 어떻게 보는지 몰라서 입사하시는 직원들께 물어봅니다"라고 말하는 사람은 서울을 대표하는 카페 중 하나가 된 프릳츠의 대표 김병기다. 그의 말은 '국영수 위주로 공부했더니 명문대에 갔다'는 말처럼 들리지만 그게 사실이다. 김병기는 좋은 커피를 만들고 좋은 직장을 만들려 했을 뿐인데, 그걸 잘했기 때문에 프릳츠는 서울의 명소가 되었다. "요즘은 캐리어를 끌고 오는 외지인과 외국인도 많아요. 어떻게 알고 오시는지 모르겠습니다." 부러운 건 둘째 치고 궁금해지는 이야기였다.

도시 생활은 점입가경이지만

그렇게 인기가 생긴다면 원래의 색을 잃지는 않을까? 자기 자신은 잃지 않는다고 생각해도 단골들이 발길을 끊는 건 아닐까?

"놓치지 않는 부분이 있습니다." 김병기의 답 역시 모범적이었다. "도화동 매장을 열던 초기부터 매일 오시는 중년 여성 단체 손님들이 계십니다. 아이들을 학교에 보내고 들르시는 것 같아요. 매일 옵션도 똑같습니다. 어떤 분은 바닐라 라테 시럽 반, 어떤 분은 4분의 1 같은 식이에요. 이런 단골들의 취향을 모든 바리스타가 공유합니다. 점포별 순환근무를 한다 해도요. 그러다보면 단골들 사이에서의 교류가 시작됩니다." 결국 답은 감각에 더한 꾸준함과 성실함이다. 좋은 걸 하면서 버티다보면 사람들이 그 공간에 모인다. 그러다보면 공간 자체에 힘이 생겨서 그 공간이 취향의 구심점이 된다. 시간이 걸리고 변수가 많고 억울한 일이 생길 수 있다. 하지만 결국엔 그 방법뿐이다.

대부분의 음모론이 사실은 없는 이야기이듯 힙한 가게의 속 사정 같은 건 없다. 시장의 움직임에 대응하며 점차 진화하는 부동산 사업자들과 세입자 사업자들이 있을 뿐이다. 다만 그 진화의 방향과 저의는 의미가 있을 수 있겠다. 지금은 좀 부

우리가 이 도시의 주인공은 아닐지라도

족하더라도 좋은 걸 놓치지 않는 사업자가 있다. 반면 처음엔 그럴듯했는데 알고 보니 싸구려 장사꾼이었던 사람도 있다. 그걸 열심히 생각하고 분별해서 좋은 곳을 좋아하는 것도 소비자의 몫이다. 공간을 만드는 건 사장님이지만 그 공간을 살리고 죽이는 건 결국 손님이니까.

4부
어쩔 수 없이
여기 사람이니까

도시의 낮과 밤

낮에 자고 밤에 깨어 있는 채로 10대와 20대를 보냈다. 낮에 하는 일 중에 재미있는 건 하나도 없었다. 낮에 잠을 자도 내 생활에는 별 문제가 없었다. 감사하게도 대학에 갔기 때문이었다. 낮에 하는 수업 시간에 잠을 잤지만 성적에 큰 신경을 쓰지 않았으니 그것도 별로 중요하지 않았다. 낮에 잔 덕분에 밤에는 졸리지 않았다. 그때는 책을 읽었다.

밤에 하는 일을 해본 적도 있다. 편의점 야간근무 아르바이트를 한 달 정도 했다. 세상의 신기한 사람들은 낮을 피해 숨어 있다가 밤에 나온다는 사실을 편의점에서 깨달았다. 내가 일하던 편의점은 특별할 것 없는 아파트단지 앞에 있던 곳이었다. 그런 곳에서 밤 10시부터 새벽 6시까지 깨어 있기만 해도 별 사람이 다 온다. 나보다 덩치가 큰 남자가 머리부터 발끝까지 여장을 하고 와서 물건을 산 적이 있었다. 평범한 아파트단지 앞인데 트럼프 세트 20개를 사 가던 사람도 있었다. 낮에 깨어 있다면 그런 사람들을 만날 수 없었다.

재미있는 일은 다 밤에 일어난다고 생각했다. 좋은 음악이 나오는 클럽이 문을 여는 시간, 술을 마시지 않으면 일어나지 않을 일들이 생기는 시간, 못생긴 도시를 어둠이 가려주는 시간, 모두 밤이었다. 음악과 술기운과 어둠이 사라진 아침과 낮을 보면 늘 고개를 돌리고 싶었다. 그렇게 시간을 보냈다.

지금 하는 일은 딱히 낮과 밤이 없다. 페이지의 사정이 내 생활 리듬을 결정하는 삶을 살게 됐다. 촬영이 밤이라면 밤까지 일해야 한다. 내일 아침까지 내야 하는 원고가 있다면 밤늦게까지 깨어 있어야 할 수도 있다. 낮에 만나서 이야기를 들어야 할 사람이 있다면 아침에 일어나서 낮에 그곳으로 가야 한다. 가끔 외국으로 출장을 나가다보면 시차 때문에 몸이 기억하는 낮과 밤이 실제의 낮과 밤과 조금 달라지기도 한다. 건강에 좋은 삶이 아닌 건 확실하지만 용케 이런 식의 일을 몇 년째 하고 있다.

어쩔 수 없이 여기 사람이니까

낮과 밤이 따로 없는 삶을 살아도 딱히 달라지는 건 없다. 서울에 살기 때문에 그렇게 느끼는 것 같기도 하다. 스마트폰과 택배 시스템과 24시간 편의점 덕분에 서울은 도시 전체가 연중무휴 쇼핑센터 같은 곳이 되었다. 새벽에 들어가면서도 스마트폰으로 세제를 살 수 있다. 집 앞 GS25에서는 유라 머신*으로 내린 아메리카노를 1,200원에 판다. 어느 음식 평론가는 이 커피의 맛을 혹평했지만 나는 집 앞에서 이 정도의 커피를 미화 1달러 수준에 마실 수 있다는 것에 만족한다. 새벽까지 일하다 집에 들어갈 때 여기서 커피를 한 잔씩 사서 들어가면 새삼 도시인이라도 된 듯한 기분이 든다. 거의 평생 이 도시에 살았는데도.

그 GS25에서 일하던 사람과 얼굴을 알 정도로 가까워지기도 했다. 커피를 사러 가서 그와 이야기를 한 적도 몇 번 있다. 여자친구가 다쳤다던 이야기, 이상한 손님 이야기, 장사가 잘 안된다는 이야기. 그러다 지난달쯤 그 남자가 이제는 그만둘 거라고 했다. 다른 도시에서 낮에 하는 일이 들어왔다고. 거기서 다시 대학도 다니면서 일을 해야겠다고. 여자친구와 결

* 스위스의 커피머신 브랜드. 스위스 물건들이 그렇듯 생김새가 매끈하고 기능이 견고하고 깜짝 놀랄 만큼 비싸다. 유라 역시 같은 기능을 가진 에스프레소 머신보다 더 가격이 높다.

우리가 이 도시의 주인공은 아닐지라도

혼할 생각도 있고, 언제까지 이렇게 살 수는 없다고. 어른이 되는 건 밤의 세계를 떠나 낮의 세계에 뿌리를 내리는 건지도 모르겠다.

나도 어른이 되긴 했다. 낮과 밤이 흐려지고 시간이 불규칙한 일을 하니 낮의 세계에 뿌리내렸다고 볼 수는 없지만, 신체와 정신의 노화를 생각하면 어른이라고 하지 않기가 좀 머쓱하다. 다만 일상이 규칙적이지 않으니 사람 만나기는 조금 힘들다. 록그룹 레드 핫 칠리 페퍼스의 노래 〈언더 더 브리지 (Under the bridge)〉에는 "때로 난 파트너가 아무도 없다고 느껴/ 내 하나뿐인 친구는 내가 사는 도시 자체야"라는 가사가 나온다. 나이가 들수록 그 가사가 자주 생각난다. 낮도 밤도 없는 도시 자체가 지금의 내 친구인 거겠지.

어쩔 수 없이 여기 사람이니까

서울의 습관

오래된 영국 차를 탄 적이 있다. 그 차에는 사람들이 떠올리는 영국의 특징이 다 들어 있었다. 우아하고 경쾌하고 소탈하며 개성 있었다. 동시에 안일했고 괴팍했고 불친절했고 뻔뻔했다. 특히 U턴할 때. 큰 차도 아니었는데 회전 반경이 너무 넓었다. 대형 세단이 한 번에 돌아 나가는 길도 그 차로는 몇 번씩 전진과 후진을 반복해야 했다. 그 차로 U턴을 할 때마다 중얼거렸다. 멍청한 영국인들.

영국에서 운전할 때 깨달았다. 영국에는 U턴 차선 대신 회전 교차로만 있었다. 그런 곳에서라면 굳이 회전 반경을 좁히려 노력할 필요가 없을 것 같았다. 서머싯주의 캄캄한 밤에 회전

우리가 이 도시의 주인공은 아닐지라도

교차로에서 방향을 돌리며 고향의 내 차를 생각했다. 이런 환경이라 그 차가 그랬던 거구나.

모든 지역에는 각자의 생활 방식이 있다. 인터페이스, 혹은 21세기 분위기에 맞춰 OS라고 불러도 좋다. 그 OS는 다 비슷하다. 규격 봉투에 편지를 넣고 우체국에 가면 국제우편을 부칠 수 있다. 매표소 앞에서 조금만 관찰하면 대중교통을 이용할 수 있다. 안드로이드 스마트폰을 써도 iOS에서 메시지를 보낼 수 있는 것과 마찬가지다. 각자의 생활 환경은 조금씩만 다르다. MS워드와 아래아한글의 단축키 수준으로.

개의 코나 박쥐의 귀만큼은 아니어도 인간의 감각은 예민하다. 적지 않은 사람들이 단축키 정도의 미세한 차이 앞에서 잠깐 멈춘다. 우편물을 보낼 때 어느 나라는 우표를 쓰고 어느 나라는 창구에서 계산한다. 홍콩은 충전한 교통카드를 인식시켜서 대중교통을 탄다. 스위스에서는 티켓을 사서 트램을 탄다. 일본에서는 버스를 탈 때 번호표를 뽑고 내릴 때 그 번호에 맞춰 동전을 낸다. 동전이 없으면 앞에서 버스 기사가 지폐를 동전으로 바꿔준다. 시간이 걸려서 뒤에 기다리는 사람이 많으면 머쓱하다. 그 정도의 차이 앞에서 우리는 뭔가를 조금씩 깨닫기 시작한다.

먼 곳이나 다른 나라만의 이야기도 아니다. 서울에서 오래 산 내 눈에 부산의 지하철은 놀라울 정도로 빠르고 시끄럽게 들어온다. 처음에는 사고 난 차가 들어오는 줄 알았다. 서울 지하철이 평온한 '지금 열차가 들어오고 있습니다'라면 부산 지하철은 박력 넘치는 '차 옵니데이!' 같다.

몇 번 가본 충청북도 어딘가의 기차역 앞에는 늘 택시가 두어 대쯤 대기하고 있었다. 그 택시 안에 누워 있던 기사님은 깨워도 일어나지 않았다. 어쩔 수 없이 역 앞에 붙어 있던 콜택시 번호를 눌렀다. 택시가 연결되자 누워 있던 그 기사님이 일어났다. 그는 목적지까지 가던 내내 한 마디도 없었다. 충청풍 침묵이었다.

*

나는 대부분의 인간이 환경의 산물이라고 생각한다. 그 환경은 지리나 기후 등의 물리적 환경일 수도, 문화권의 분위기처럼 눈에 안 보일 수도 있다. 그게 뭐든 사람은 환경에 맞춰 삶의 모양을 만들어나간다. 지금은 거의 모든 도시나 국가가 일정 부분 국제 표준적인 생활 양식을 받아들였다. 하지만 표준 양식 역시 구체적 환경에 맞춰서 수정된다. 그 공간에서 사는

우리가 이 도시의 주인공은 아닐지라도

사람들은 자신도 모르는 사이에 환경이 만든 인터페이스에 맞춰 자신의 몸과 마음과 매일의 습관을 조금씩 바꾼다.

서울적 일상의 배경 환경도 있다. 여기는 동북아시아의 급조된 첨단 대도시다. 20세기 후반에 엄청나게 면적을 넓혔다. 홍수가 나던 강가 모래톱을 메꿔서 강남이라는 신흥 부촌을 만들었다. 전통이 있다고 자랑하지만 도시 인구의 절대다수가 서울에서 3대도 살지 않은 뜨내기다. 사회에서 가장 비혁신적인 대기업과 관료 조직이 말로만 혁신하자고 하면서 혁신적인 불편을 만든다. 그 결과 버스에서 돈을 보내기 위해 초고속 인터넷의 힘을 빌려 스마트폰 은행 앱에 접속한 후 디젤 엔진의 흔들림에 몸을 맞춰 은행 보안카드를 꺼낸다. 진짜와 가짜와 인내와 허세와 우아함과 천박함 등의 모든 요소가 뒤섞여 서울만의 습관적인 일상이 완성된다.

내 도시의 습관도 다른 도시를 겪어봐야 알 수 있는 것 같다. 그 습관은 겨울용 검은 스타킹에 난 구멍처럼 크기는 작아도 눈에 잘 띈다. 올여름에 일 때문에 간 파리의 버스 기사는 아이폰4를 아무 불편 없이 쓰고 있었다. 토리노에서 에어비앤비를 빌렸을 때는 60년은 된 듯한 열쇠 뭉치를 받았다. 일본에 도착해 '여기가 일본이구나'라고 느낄 때는 수많은 사람이

어쩔 수 없이 여기 사람이니까

얼굴을 다 덮은 마스크를 쓴 걸 볼 때다. 그런 습관들을 보다보면 반사적으로 내 도시의 습관이 떠오른다. 내 지갑에 달려 있는 아파트 카드키. 내가 사는 집과 그녀의 집 비밀번호. 카카오 택시, 푸드플라이, 경복고등학교 근처에 있는 단골 미용실과 나의 단골 인터넷 서점.

서울의 습관이 좋지만은 않다. 부촌이라는 동네의 품위 없는 사람들, 멋 부린 레스토랑의 값비싼 음식과 코웃음 나는 접객 태도, 싼 음식도 예쁜 얼굴도 큰 가슴도 '착하다'고 칭하는 수식어 감각. 이런 걸 보다보면 도망치고 싶어질 때도 있다. 그럴 때 한번씩 외국에 나가면 좀 환기가 되는 듯도 하다. 깔끔한 인테리어와 적절한 비례감, 서로의 친절과 노력을 거래하는 자세, 훌륭한 레스토랑의 정중한 서비스, 길거리 식당의 솔직한 조미료 맛, 제대로 만든 옷에 적당히 붙은 마진. 그걸 사볼까나 하는 마음으로 옷을 입어볼 때 옆에 서 있는 사람의 적당한 거리감. 근대 혹은 속물 세계의 룰이 지켜지는 현장. 그 현장에 있다는 속물적인 쾌적감.

그럴 때 문자가 온다. "5000원/운전잘하는/기사님대리중/위험~빗길운전 몇잔드셨습니까?" 영화 〈블루 재스민〉에서 주인공 재닛 재스민 프랜시스(케이트 블란쳇 분)는 좋은 남자를 만나 재혼에 성공할 뻔하다 동생의 전남편과 마주치고 모든 꿈이 부서진다. 모국에서 온 문자도 내게 모국을 상기시킨다. 재스민 정도는 아니겠지만.

*

돌아온 인천공항에서 깨닫는다. 내 몸은 이 도시에 맞춰져 있다. 여권만 대면 바로 나가는 자동 출입국 시스템을 거쳐 짐 찾는 곳으로 나간다. 짐을 가지러 가는 길에는 소녀시대가 나온 광고가 붙어 있다. 나는 그들의 팬은 아니지만 그 사진 속 9명 중 누가 탈퇴했는지도 알고 있다. 서울 가는 공항버스를 타려고 따로 표를 살 필요도 없다. 후불제 교통카드를 찍으면 되니까. 나는 그 사실을 몸으로 안다. 여기 사람이니까.

서울의 대중교통망은 세계적인 수준이다. 지하철과 버스 모두 싸고 빠르고 깨끗하고 고장률도 놀라울 만큼 낮다. 영종대교 하부도로를 지나 육지로 돌아가는 리무진 버스의 시트를 눕히며 생각한다. 나는 어쩔 수 없이 이 도시에 속해 있는 사람이구나. 적어도 여기의 내가 이방인은 아니구나. 그 기분은 내 바이오리듬에 따라 달라지는 모양인지 어떨 때는 안겨 있는 것 같고 어떨 때는 묶여 있는 것 같다. 나중에 어떤 사정이 생겨서 어떤 도시에 살게 되더라도 내게 이 도시의 습관은 계속 남아 있을 것 같다. 편의점과 순대국밥과 사우나와 퀵서비스가 있는 이 도시만의 기억이.

우리가 이 도시의 주인공은 아닐지라도

야생 고양이와 도자기 그릇

우연히 고양이 사료가 생겼다. 살다보니 우연히 고양이 사료가 생기기도 하더라구. 우연히 파텍 필립*이 생겼다거나 우연히 메리어트 피트니스 평생 회원권을 얻었다거나 이런 자랑을 해도 좋겠지만 박찬용 씨 인생에 그런 일은 안 생긴다. 아무튼 우연히 고양이 사료가 생겼으니 고양이 줘야지. 내가 먹을 수도 없고. 그래서 고양이에게 사료를 주기로 했다.

* 스위스의 최고급 시계 브랜드. 수많은 고가 시계 브랜드 중에서도 독보적인 명성과 인지도와 완성도를 갖고 있다. 파텍 필립에서 가장 저렴한 남성용 시계가 3,000만 원 안팎인 걸로 알고 있다. 누가 준다고 해도 마다할 정도로 부담스러운 가격이다. 요즘은 잘나가는 한국 래퍼가 파텍 필립을 차기도 한다. 세상이 이렇게 변했구나. 감개무량하다.

어쩔 수 없이 여기 사람이니까

나는 집에서 요리를 전혀 안 한다. 접시도 없다. 커피 마시는 종이컵에 주자니 너무 깊고. 뒤지다보니 접시가 딱 하나 나왔다. 초를 얹으려 샀다가 쓰지 않고 있는 접시였다. 아마 저렴한 아리타산이었나 그랬을 거야. 일본산이지만 동네의 도자기 할인매장에서 샀던 거였다. 거기 고양이 사료를 두었다. 무슨 고양이가 오든 말든 보든 말든. 한국에 있는 한은 거의 매일 그릇을 씻고 새로운 사료를 주었다.

'고양이가 귀여워서' 같은 그런 이유가 아니었다. 귀찮은 게 더 많았다. 매일 치워주고 닦아주고. 자고 일어나면 그릇만 싹 비어 있고 쥐 한 마리 안 갖다 두는 고양이들이 괘씸하기도 했다. 도시의 독거 포유류끼리 이렇게 기브 앤드 테이크가 없어서야 쓰나. 그래도 새벽에 집에 가는 길에 본 고양이들을 생각했다. 동네에 유독 고양이가 많은데 새벽에는 그냥 골목길에 앉아 있기도 한다. 겨울 같은 때는 꽤 추워 보인다. 적어도 내가 저 동물들보다는 쾌적하게 살고 있지 않나 싶었다. 마침 고양이 사료도 생겼고.

고양이 사료를 놓기 시작했을 때 인스타그램 라이브에 '일요 질문 시간' 시리즈를 시작했다. 복수의 사람들에게 '고양이에게는 물이 더 필요하다'는 답이 오기 시작했다. 아니 내가 물까

우리가 이 도시의 주인공은 아닐지라도

지 줘야 하나… 그 정도로까지 고양이를 좋아하지는 않는데. 이런 이야기를 일요 질문 시간에 적었다가 일대일 메시지로 몇 번 혼났다. 나도 모르게 네티즌의 예민한 잠재의식인 '고양이 사랑'을 건드렸다는 걸 깨달았다. 물그릇이 있어야 했다.

마침 그때 일본으로 출장을 갔다. 출장 마지막 날 비행기 시간이 조금 남아서 히비야 공원 근처에서 열리는 벼룩시장에 들렀다. 어떻게 아는 사람들인지 모를 여성 둘이 저렴한 도자기를 더 저렴한 값에 팔고 있었다. 칸이 두 개인 작은 접시가 보였다. 하나에 200엔. 망설이지 않고 샀다. 도자기 뒤에는 한자로 '이상문'이라고 적혀 있었다.

그 그릇에 매일 사료를 담아 주었다. 오른쪽엔 사료, 왼쪽엔 물. 매일 그릇을 닦고 사료와 물을 채우고 전후 사진을 찍어서 SNS에 올리는 게 루틴이 되었다. 왠지는 몰라도 그걸 해야 하루의 눈금이 잡히는 것 같았다.

*

씻고 만지고 새삼 볼수록 예쁜 그릇이었다. 백자 특유의 투명한 백색은 햇빛을 받으면 묘하게도 푸른 반사광을 냈다. 볼수

273
어쩔 수 없이 여기 사람이니까

록 궁금해졌다. 이상문이 누굴까. 임진왜란이 끝나고 한국의 도공들이 끌려갔다는데 혹시 끌려간 도공의 후손일까. 200엔짜리 그릇이 사실은 뭔가 보물이었던 것 아닐까. 드디어 며칠 전 참지 못하고 한자를 검색해봤다. 서로 상에 문 문. 검색 결과가 바로 나왔다. 그는 놀랍게도 KBS1의 〈TV쇼 진품명품〉에 20년 넘게 나온 이상문 감정위원이었다. 도공은 무슨 임진왜란은 무슨. 내가 늘 그렇지. 어디 가서 큰 사기 안 당한 게 새삼 다행이다 싶었다.

이상문 감정위원의 삶도 재미있어 보였다. 이 위원은 도자기가 좋아서 평생 사람들이 반대하든 말든 도자기를 사서 즐겼다고 했다. 본인도 이리저리 속아서 집 한 채 값쯤 날렸을 거라고도 하고. 그의 인터뷰 중에서 특히 기억나는 게 있다. "무조건 아름다운 걸 사라"라고. 그러게. 예쁜 걸 사야지.

200엔이면 어때. 나는 중원당 이상문의 고양이 사료 그릇이 마음에 든다. 오늘도 깨끗이 씻어서 오늘 치의 사료와 물을 넣어 주었다. 물을 넣어두는 왼쪽 칸 바닥이 더 많이 긁혔다. 고양이 혀가 거칠긴 한 모양이다.

우리가 이 도시의 주인공은 아닐지라도

빨래와 세제

세탁은 내 일상의 몇 안 되는 즐거움이다. 세탁물은 흰 빨래와 색 빨래와 수건으로 분류한다. 세탁은 늘 쾌속 모드로, 세탁물 양에 따라 물 양만 조금씩 바꾼다. 세탁이 끝나고 헹굼 시간이 되어 물이 차오르면 뚜껑을 열고 섬유유연제를 넣는다. 세탁이 끝나고 알림음이 울리면 빨래를 갖고 나와서 세게 털어 건조대에 넌다.

세탁의 모든 과정에는 어떤 불확실도 없다. 헛된 기대도 무의미한 고민도 없다. 맑은 날 (지난 동파 때 수리한 덕에) 따뜻한 방바닥 위에서 오아시스의 〈돈 룩 백 인 앵거(Don't look back in anger)〉 같은 걸 틀어두고 빨래를 탈탈 털면 해탈이라도 하는 기분이다. 일상의 찌든 때 같은 일들도 용서할 수 있을 것 같다.

이런 기분을 위해 나도 나름대로 준비한다. 쾌적한 빨래를 위해 늘 옷을 살 때 섬유 함량을 본다. 면 100퍼센트 혹은 그에 가까운 것, 편하게 세탁할 수 있는 옷만 산다. 섬유유연제도 신경 쓴다. 모 백화점에서 파는 서양 모 국가의 시더우드 향 섬유유연제를 가장 좋아한다. 그건 누가 사나 싶은 모양새로 늘 매대 가장 아래쪽에 초라하게 놓여 있다. 한번은 단종될 것 같아서 다섯 개를 다 사 오려 했다. 점원께서 "그거 단종 안 되고 재입고될 거예요"라고 말씀해주신 후에야 장바구니에서 몇 개 뺐다.

세제는 그렇지 않다. 집 앞 슈퍼에서 세제를 살 때마다 고민했다. 가루 세제와 액체 세제 중 뭐가 더 좋을까? 무궁화 브라이트와 스파크와 비트와 하이타이는 무엇이 다를까? 왜 가격에 조금씩 차이가 날까? 왜 뒤를 봐도 무엇이 다른지 제대로 나와 있지 않을까? 빈혈이 날 때까지 마트 세제 코너에 쪼그려 앉아 성분을 들여다봐도 뭐가 다른지 알 수가 없었다. 지금까지는 가장 용량 적고 폰트도 고전적으로 생긴 하이타이를 샀다. 이게 세탁 세제계의 니베아 같은 게 아니겠나 싶어서.

우리가 이 도시의 주인공은 아닐지라도

세제뿐 아니다. 집이 오래돼서 '펑크린' 등의 배수구 세정제를 주기적으로 사는데 이것도 마찬가지다. 엘지생활건강의 그 남자 캐릭터 있는 건 왜 더 비싸지? 원료가 더 좋은가? 캐릭터 비용인가? LG의 브랜드 값인가?

오늘 문득 이 악순환을 끊고 싶었다. 그래, 인터넷으로 사자. 나는 스마일페이 회원도 가입했고 모바일로 물도 주문해 먹을 수 있는 사이버 중년이니까. 이런 생각으로 호기롭게 옥션 닷 씨오닷 케이알에 '가루 세제'를 입력했는데….

세상에 가루 세제가 이렇게 많다니. 세제에도 노 브랜드 상품이 있다. 스파크가 있고 스파크 클래식이 있는데 인터넷상 둘의 차이는 이름과 포장뿐이다. '때가 쏙 비트'에 대해 기억나는 건 그 CM송의 멜로디뿐인데 "세상에 친구들아 때가 쏙 비트 종류가 얼마나 많은지 아니?"라고 하소연하고 싶을 정도로 종류가 많다. 가루 세제 일반, 가루 세제 1킬로그램, 가루 세제 2.75킬로그램, 드럼 세제도 용량별로. 수퍼타이는 진드기 제거와 일반 수퍼타이가 있는데 일반 수퍼타이는 진드기 제거가 안 된다는 걸까. 세제 브랜드와 용량과 그 조합에 따라 가격은 계속 달라진다. 1킬로그램짜리 9개, 10킬로그램짜리 하나, 아니 용량은 둘째 치고 무궁화 스카치 브라이트와 스파크와 때가 쏙 비트와 수퍼타이와 하이타이 중 대체 뭐가 제일 좋냐고.

어릴 때 비슷한 기분을 느낀 적이 있었다. 용산 전자상가에 워크맨을 구경하러 갔을 때였다. 어디서 어떻게 해도 손해를 보는 것 같은 기분이 온 상가에 깔려 있었다. 더 내는 건 둘째 치고 뭐가 어떻게 돌아가는지 모르는 채로 돈만 넣고 나오는 게 찜찜하지만 고도 자본주의 체제에서의 결제라는 게 다 그런 건지도 모른다.

아무튼 샀다. 며칠 전 뵌 분의 모회사가 생각나서 애경 스파크 3킬로그램짜리 두 봉지를 사기로 했다. 생각해보니 '며칠 전에 뵌 분의 모회사 때문에 제품 구입을 결정한다'면 마케팅이라는 게 무슨 소용이 있는 걸까 싶기도 하고. 스파크와 스파크 클래식의 차이는 아직도 모르겠다. 세제 팟캐스트 같은 거 있으면 잘될 것 같다.

오늘 가장 인상적이었던 세제는 말표 '희드라'였다. 세탁 세제에 희드라라니 대단한 작명이다. 사랑 노래 이름인 〈최고의 선물〉만큼이나 대단하다.

우리가 이 도시의 주인공은 아닐지라도

*

"지난번 세제 게시물 잘 봤어요. 답글 달까 하다 말았습니다"
라고 이야기해주신 분과 저녁을 먹었다. 낮말은 새가 듣고 밤
말은 쥐가 듣고 내 인스타그램 게시물은 누가 볼지 상상도 못
하겠다. "저도 관련 업무를 잠깐 맡았던 적이 있었거든요." 아
무튼 이분께서 재미있는 이야기를 많이 들려주셨다. 누군지
밝힐 필요는 없지만 호칭이 있어야 문장 만들기 편하니까 편
의상 학 선생님이라고 부르기로 하자.

"원재료는 사실 큰 차이가 없어요. 일본 회사 제품이 조금 더
좋을 수는 있겠지만요." 세제계에 일본 회사가 있다는 이야기
도 처음 들었다. "때가 쏙 비트 있죠? 그게 일본의 라이온사
제품이에요. CJ 라이온이라고 쓰여 있는데, CJ는 이름만 빌
려준 거예요." 호오 그렇군요. "그래도 세탁 성능 차이는 별로
없다고 보셔도 돼요." 나는 혼자 되뇌었던 질문을 반복했다.
그러면 가격 차이가 왜 나는 걸까요. "브랜딩이죠." 간판값에
돈을 낸다는 이야기려나.

"사실 세제 가격은 용제의 형태와 더 상관이 있어요." '용제의
형태'라니 왠지 수준 있는 어감이다. 학 선생님이 새삼 권위자

처럼 보였다. 나는 전문용어 앞에서 어깨를 움츠렸다. "가루 세제보다 액체 세제가 조금 더 비싸요. 가루보다 제조 공정이 하나 더 들어간 거니까요."

궁상맞은 나는 학 선생님의 말을 들으며 생각했다. 그렇다면 세제가 완전히 녹을 만큼 더운물에 가루 세제를 녹여서 쓰면 되겠군. 이거야말로 궁상스러운 생각이다. 그걸 하겠다고 그릇을 꺼내서 온수를 받아서 세제를 풀어서 녹이겠다고 저어서… 아유 됐다 됐어. 그 값이 반영된 게 액체 세제라고 생각하면 살 만하다 싶기도 했다.

"요즘엔 캡슐형 액체 세제가 대세예요." 아니 뭐 이렇게 대세가 많을까. '세제의 대세'까지 있을 줄이야. "액체 세제를 쓰는 것도 귀찮을 수 있으니까 그냥 캡슐 하나만 던져 넣으면 빨래가 되게끔 만드는 거예요. 대신 이러면 세제의 양에 맞춰 빨래를 해야겠죠. 그래서 빨래를 많이 해야 하는 사람들은 캡슐 세제를 좋아하지 않아요." 그러게, 당연히 그럴 것 같다. 캡슐 세제 같은 걸 누가 쓰지? "1인 가구죠. 1인 가구가 늘어나고 있으니 이런 식의 스핀오프가 나오는 거예요." 시대와 상품이 톱니바퀴처럼 움직이는 광경을 본 것 같았다.

우리가 이 도시의 주인공은 아닐지라도

찾아보니 정말 그렇다. CJ는 1990년 라이온과 제휴를 맺고 생활용품사업부를 만들었다. CJ는 2007년부터 차차 주식을 넘기기 시작해 2017년 12월 마지막 1퍼센트를 라이온에 넘겼다고 한다. 그러고 보니 지금은 때가 쏙 비트에도 CJ 없이 라이온이라고만 쓰여 있다. 세제의 세계에도 여러 일이 일어나고 있군요.

결국 소비자 입장에서 질문은 하나뿐이다. 시대의 흐름과 기업의 소유구조 변화를 거쳐 아무튼 우리는 무슨 세제를 써야 할까. 학 선생님은 무슨 세제를 쓸까. "저도 액체 세제를 써요. 가루 세제는 어쨌든 조금이라도 가루가 남아요. 액체 세제는 조금 비싼 대신 가루가 남을 일이 없겠죠." 나는 물었다. 이 이야기 공개해도 되나요. "그럼요. 기대되는데요." 학 선생님의 기대에 부응하길 바란다.

*

뒷이야기. 나는 어떤 세제를 쓸까? 학 선생님의 이야기를 듣고 나서 계속 가루 세제를 쓰기로 했다. 어차피 성분이 똑같다면 상관없지 않나. 나는 어차피 빨래를 잘 털어서 말린다.

어쩔 수 없이 여기 사람이니까

브랜드는? 지금 쓰는 애경 스파크 클래식을 다 쓰면 무궁화 브라이트나 더 싼 것도 한번씩 써볼 생각이다. 듣도 보도 못한 것들을 인터넷에서 살 수 있다. 소비자가격 차이가 브랜드인지도 차이라면 무명 상품을 써도 편차가 크지 않겠지.

군이 브랜드를 골라야 한다면? 애경이다. 비누 사업을 줄곧 해왔다는 일관성이 좋다. 경천애인 같은 구호를 회사 이름으로 쓰는 정서도 멋지다. 현대 삼성 선경 등등에 비하면 애경은 아무래도 어감이 귀엽다.

생활용품의 세계는 너무 넓다. 세제 다음에 면도기를 찾을 때도 비슷한 고민을 했다. 그 이야기는 언젠가 빨래가 다 마르면. 이제 탈수가 거의 다 됐다.

우리가 이 도시의 주인공은 아닐지라도

국립극장 가는 길

국립극장으로 가는 길은 길고 멀다. 3호선 동대입구역이든 6호선 버티고개역이든 내려서 한참 걸어야 한다. 여름에 공연을 봐야 한다면 셔츠의 등이 다 젖어버릴지도 모른다. 셔틀버스를 탄다 해도 번거롭다. 가기도 힘든데 이름도 국립극장이다. 차려입고 가야 하는 식당처럼 무게감이 느껴진다. 일개 문화 소비자 입장에서 주눅 드는 기분이 들 때도 있다. 템스강가 시내에 바로 자리한 영국의 국립극장 같은 곳과는 다르다.

국립극장을 탓하려 하는 말은 아니다. 국립극장이 자리한 남산의 다른 쪽에 최근 새로 생긴 미술관이 하나 있다. 가기 힘든 건 거기도 마찬가지다. 대신 몇 가지 차이점이 있다. 전시

어쩔 수 없이 여기 사람이니까

가 참신하다. 인테리어가 멋지다. 로고도 예쁘다. 인스타그램 사진 찍기도 좋다. 결과적으로 그 미술관은 "20대가 너무 많이 와서 고민"이라고 할 정도로 성공을 거뒀다. 지리적 입지의 사소한 불편함은 별로 중요하지 않은 세상이 되었다. 이제 서울 사람은 멋있는 곳에 인증을 하러 갈 수 있다면 도시의 어디든 간다. 서울의 대중교통망과 스마트폰과 초고속 인터넷과 해시태그가 뒤섞여 만들어진 현상이다.

잡지사의 편집자로 사회생활을 하다보니 잡지와 박물관과 극장의 공통점을 깨닫게 되었다. 이 셋은 모두 일종의 가교다. 잡지는 정보와 사람들 사이의 가교다. 박물관은 역사와 사람들 사이의 가교, 극장은 공연예술과 사람들 사이의 가교다. 그리고 지금은 스마트폰이라는 하드웨어와 SNS라는 소프트웨어가 새로운 시대의 가교 역할을 하고 있다.

극장 같은 공간에는 더 좋은 상황이다. 이제 중요한 건 편리함이나 난이도가 아니라 체험 그 자체다. 편리성을 높여주고 난이도를 낮춰주는 것 역시 스마트폰으로 꽤 많이 할 수 있는 일이기 때문이다. 지리정보와 업체 평점정보를 실시간으로 볼 수 있기 때문에 사람들은 스마트폰을 들고 여행을 간다. 미술관이나 박물관, 극장도 마찬가지다. 기술이 문화를 바꾸는 중이다.

우리가 이 도시의 주인공은 아닐지라도

*

나는 요즘 세상에 가장 큰 문화적 자산은 공간이라고 생각한다. 공간이 있다면 그 공간으로 무엇이든 할 수 있다. 콘텐츠라는 말을 좋아하지는 않지만 공간이야말로 콘텐츠의 시작이자 끝이다. 극장의 무대에서 공연이라는 콘텐츠가 사람들을 끌어들인다. 사람들은 극장으로 가는 체험의 모든 과정을 콘텐츠화할 수 있다. 가는 길까지 콘텐츠다. 그런 면에서 국립극장의 불편한 입지는 오히려 더 매력적일지도 모른다. 좋은 공연을 보러 숲속의 큰 극장에 가는 거니까. 요즘 세상엔 그런 기분을 주는 게 어느 때보다도 중요하다.

나도 국립극장 가는 길을 좋아한다. 특히 새로 나뭇잎이 나기 시작하는 계절에 걸으면 무척 즐겁다. 넉넉하게 시간을 두고 동대입구역에 내린다. 완만하게 구부러져 올라가는 오르막길을 20분쯤 걸어 올라간다. 모든 것이 헐리고 덧칠되는 서울이지만 국립극장 올라가는 길은 신기할 정도로 변한 게 없다. 리틀 야구장도 자유총연맹 건물도 그대로라 왠지 안심이 되는 기분이다. 길 오른쪽에 있는 국립극장 안내판을 보면 '오늘도 재미있는 공연을 보겠지' 싶어서 왠지 기뻐진다. 조금 부담스러운 느낌도 싫지 않다. 살다보면 차려입고 가야 하는 식당 같은 곳도 필요하다는 걸 알게 된다. 내게 국립극장은 그렇게 기분 좋은 무게감을 주는 곳이다. 그 기분을 계속 느낄 수 있었으면 좋겠다.

우리가 이 도시의 주인공은 아닐지라도

이코노미 클래스에서의 글쓰기

모처럼 아껴 쓰던 내 소중한 필기구에 대해 이야기해볼까 한다. 서랍 속 깊숙한 곳에서 아버지가 쓰던 펠리칸 만년필과 만년필 잉크가 잘 먹는 벨기에산 종이로 만든 노트를 꺼낸다. 아날로그 분위기에 맞춰 음악도 LP로 들어볼까. 책장 옆 LP장에서 빌 에반스의 〈왈츠 포 데비(Waltz for Debby)〉를 턴테이블에 올린다. LED 조명도 오늘은 끄고 옛날 분위기의 백열등 스탠드를 켜볼까. 이제 글을 제대로 쓸 분위기가…

거짓말이다. 지금도 늘 쓰던 세팅인 마이크로소프트 오피스 워드의 폰트 크기 10, 맑은 고딕에 맞춰 키보드를 두드린다. 요즘은 엑셀이나 파워포인트로도 원고를 만든다. 문단별 글자 수를 볼 때는 엑셀을 쓴다. 문단을 앞뒤로 배치해서 리듬을 만들 때는 파워포인트를 쓴다. 글상자 하나당 한 문단으로 맞춰두고 이리저리 앞뒤로 돌려본다. 지금 원고의 배경음악은 인터넷 라디오 앱으로 듣는다. 캘리포니아에서 송출하는 70년대의 일본 가요다. 이 집의 모든 조명은 LED 전구다. 아버지가 물려준 만년필은 없다. 내가 사는 집에는 서랍도 없다.

'쓴다'는 단어 자체가 머쓱하다. "(사람이 글씨를)연필 등으로 획을 그어 모양을 이루다."『고려대 한국어대사전』에 나온 쓰기 항목의 첫 정의다. 누가 요즘 이렇게 '쓰기'를 할까? 종이 위에 필기구로 획을 그어 모양을 적을 때는 전화하면서 낙서할 때뿐이다. 지금 우리가 만드는 거의 모든 문자나 활자 텍스트는 키보드를 입력해 스크린에 띄우는 글자 모양의 그래픽이다.『고려대 한국어대사전』은 현대 쓰기의 정의도 내리긴 했다. "(사람이 글을)작성하여 이루다." 하지만 저장 항목에 표시된 플로피 디스크 모양처럼 상징적인 뜻이다. 엄밀히 말해 우리는 엄격한 의미의 쓰기를 하지 않는다.

기술이 바꾼 삶의 여러 요소에는 의사소통 방식도 포함된다. 인류는 쓰기를 버리고 초고속 입출력 전달 체제로 들어섰다. 몇십 년 전만 해도 멀리 떨어진 사람들이 실시간으로 의사소

통할 방법은 모스 부호 정도였다. 조금 전에 당신이 무심코 눌러본 단체 카톡방 속 동영상은 정말 대단한 기술적 성취다.

정보의 모양뿐 아니라 속도까지 변했다. 홍콩의 초기 총독은 멀리 떨어진 런던의 뜻과 달리 움직일 수 있었다. 왕실의 명령이 우편 선박을 통해 왔기 때문이었다. 이런 식이었다. 본국에서 무역 시설을 확충시키라고 명령을 보낸다. 그런데 그 명령은 몇 달 후에야 홍콩에 도착한다. 현지 책임자는 그 시간 동안 자신이 판단해 치안을 확충하거나 본국에 보고하지 않고, 영국인 관리 대신 현지인 관리를 뽑을 수 있었다. 트럼프가 트위터에 올린 말이 전 세계에서 바로 분석 대상이 되는 지금과는 다르다.

*

기술은 결코 물러나지 않는다. 일단 초고속 인터넷에 접속하면 느린 인터넷을 쓰고 싶지 않다. 인터넷에 접속할 수 있는 지역도 점점 늘어난다. 문명권이라면 인터넷에 접속할 수 없는 지역이 거의 없다. 디지털 디톡스가 필요하지만 출구는 많지 않다. 인류 역사상 이렇게 많이 모여 산 적도, 이렇게 엄청나게 많은 정보에 노출된 적도 없다. 영장류학자 김산하는 나와 만나서 진행한 인터뷰에서 지금을 '초자극' 상태라고 표현했다. 초자극. 정보의 초자극에서 벗어날 안전지대가 없다. 그 덕에 늘 피곤하다. 우리는 이동통신사에 한 달에 몇만 원씩 주고 피로해질 권리를 자청해서 구매한다.

비행 중의 기내는 몇 안 되는 인터넷 안전지대다. 유료 와이파이 서비스를 제공하는 항공사가 생겼지만 아직은 사용 비율이 낮다. 기내 인터넷이 안 되어서 기분이 좋을 때도 있다. 공항버스와 면세점을 지나 게이트 직전에서까지 소모적인 업무 연락을 하다가 "저 이제 비행기 탑니다"라는 말과 함께 노트북을 닫아버릴 때 상쾌함을 느꼈던 사람이 나뿐일까.

비행기에서 엽서를 주던 때가 있었다. 보통 엽서보다 조금 더 뻣뻣한 종이에는 각 항공사의 비행기 사진이 인쇄되어 있었다. 2010년대 초 루프트한자 비행기 엽서는 특히 훌륭했다. 그들이 엽서에 찍은 건 단순한 자사 비행기가 아니었다. 격납고 속의 항공 설비, 프레임 안에 가득 찬 보잉 747의 제트 엔진, 활주로를 돌아 나가는 A380의 앞모습, 비행기라는 현대 문명의 성취에 대한 아름다운 묘사였다. 여전히 승무원에게 요청하면 대부분의 항공사에서 엽서를 주지만 이 서비스 자체를 모르는 승무원도 있을 수 있다. 세상이 그만큼 변했다.

물론 우리는 여전히 쓸 수 있다. 지금이라도 종이에 손으로 편지를 쓰면 된다. 다만 편리한 대체품이 있을 때는 절실해지지 않는다. 편지를 쓰다 스마트폰을 들고 "나 지금 너한테 편지 써. 궁금하지?"라고 메시지를 보낼 수 있는 세상이다. 기내 편지가 특별한 이유는 거기선 정말 손으로 쓰기밖에 할 수 없기 때문이다. 축구의 아름다운 발기술은 손을 쓰지 못하기 때문에 생겨났다. 손으로 쓴 편지의 절실한 아름다움도 의사소통 수단이 그것뿐일 때 온다. 식탁도 되고 책상도 되는 이코노미 클래스 안의 작은 공간이야말로 21세기의 글쓰기에 가장 적합한 공간일지도 모른다.

비행기 안에서 편지를 많이 써봤다. 장거리 비행의 이코노미 클래스에서는 독서등을 켜기도 눈치 보일 때가 있다. 그럴 때는 뒤로 가서 벽에 대고 편지를 썼다. 종이가 없을 때는 구토 봉투에도, 보잉 737 비상 탈출 안내문에도 편지를 썼다. 하늘 위에서 떠오른 그 말을 까먹기 전에 너에게 하고 싶어서. 얼마나 보고 싶은지, 우리는 얼마나 더 잘할 수 있을 것인지에 대해서. 그때의 나는 정말 썼다. 종이에 볼펜으로 획을 그어 문자 모양을 만들며 남에게 보일 수 있는 마음의 기록을 만들었다. 그렇게까지 편지를 썼던 여자들과는 다 잘 안됐다. 하지만 그렇게 절실하게 썼던 기억이 있는 게 어디냐고 생각한다.

종이에만 낭만이 있다는 말은 더러운 거짓말이자 완전한 오류다. 그렇게 말하는 사람과는 친하게 지내면 안 된다. 그 말은 종이 이전의 문자 매체였던 양피지와 석판에게도 큰 실례다. 사람은 어디에서든 낭만을 찾아낼 수 있는 재능이 있다. 낭만은 어디에나 있다. 페이스북 댓글에도, 읽지 않은 카톡 메시지 옆의 1에도 낭만이 있다.

하지만 종이에만 있는 낭만이 있다는 말은 너무 맞다. 빈 종이에 필기구를 들고 팔을 움직여 여백을 줄여나갈 때만 생기는 자극이 있다. 그 자극에 대한 반응처럼 드는 이런저런 생각이 있다. 인터넷이 안 되니 인스타그램도 네이버 최신뉴스도 볼 수 없이 손바닥만 한 저해상 모니터만 있는 이코노미 클래스 테이블에 빈 종이를 펴보면 알게 된다. 쓴다는 행위가 어떤 자극이 되는지. 손을 움직여 문자를 만들어낼 때 얼마나 내밀한 속마음이 딸려 나오는지. 믿기 어려우시다면 다음에 비행기를 탈 때 한번 종이 위에 뭔가 써보시길. 누군가에게 쓰는 편지든, 자기 자신에게 쓰는 말이든.

우리가 이 도시의 주인공은 아닐지라도

엄마의 드라마, 불어라 미풍아

50대 후반의 엄마가 보는 드라마가 내가 보는 드라마다. 그녀는 올드스쿨형 TV 시청자다. IPTV, 온디맨드, 유튜브, 넷플릭스 등등과 전혀 상관없다. TV를 켜고 리모컨을 돌려서 보던 채널의 정해진 시간대 드라마를 본다.

엄마를 보면 전통적 방송 편성의 힘을 알 수 있다. 엄마는 익숙한 시간대의 익숙한 이야기를 좋아한다. 들도 보도 못한 외국 드라마를 보는 내 주변 친구들과 엄마의 세계는 아주 멀다. 힙스터가 살모넬라균처럼 가득한 곳에서 일하는 내 눈엔 엄마의 드라마 앞에서 두 세계가 겹쳐진다. 신세계백화점 본점 옆 남대문시장 노점상이 떠오른다.

주말에 가끔 엄마 옆에 앉아 뭘 보는지 살핀다. 엄마는 요즘 〈불어라 미풍아〉를 본다. 만둣집에서 일하는 여자가 〈삼시세끼〉 나온 남자에게 어색한 말투로 말한다. "우리 이혼혀유." 저게 뭐지? 무슨 상황이지? 저건 어디 말이지? 나는 엄마에게 묻는다. "저게 무슨 상황이에요?" "모른다." 응? 매번 본다면서 왜 모르지?

〈불어라 미풍아〉는 한국형 익스트림리 드라마틱 페이소스 드라마('막장 드라마'라고도 한다)에 속한다. 탈북녀 미풍(임지연 분)과 인권변호사 장고(손호준 분)가 천억 원대 유산 상속을 둘러싼 갈등 속에서도 사랑에 성공한다. 아직은 성공하지 않았지만 종영이 가까워지니까 곧 미풍이가 이길 것이다.

나는 엄마의 세계를 이해하려 〈불어라 미풍아〉를 본다. 이런 드라마의 엉성한 전개에도 이유는 있다. 회상 장면이 많은 이유는 엄마 같은 사람들이 드라마를 열심히 보지 않기 때문이다. 엄마는 자신의 드라마 시청 행태를 "그냥 틀어둔다"는 말로 표현했다. 마늘을 빻으며 TV를 보는데 멸칫국물이 다 우려

---

* 시청자층의 TV드라마 시청 행태에 대한 관찰보다 '에 저것 봐라'라는 조롱이 앞선 작명. 탐구 없이 평가하고, 해석의 자리에 궤변을 집어넣는 일부 한국인의 구습이 사라지지 않았음을 보여주는 사례.

우리가 이 도시의 주인공은 아닐지라도

졌으면 가스레인지를 끄러 가야 한다. 〈불어라 미풍아〉는 장면을 놓쳐도 걱정 없다. 등장인물이 계속 지난 일들을 말해준다. 회상도 친절하게 반복된다. 젊은 시청자들은 이걸 '고구마'라고 부른다.

이런 드라마에서는 답답하고 고생하는 여자 주인공과 악역이 있다. 〈불어라 미풍아〉에도 미풍이를 엄청나게 괴롭히는 신애가 있다. 갈등 구조가 익숙하면 보기에도 편하다. 바보처럼 당하는 여자주인공은 드라마의 종영쯤엔 확실히 복수한다. 신애도 분명히 나락으로 떨어진다. 엄마에게는 서사의 디테일과 치밀한 묘사보다는 어렴풋이 아는 이야기가 나오는 게 더 중요하다.

〈불어라 미풍아〉를 보며 깨달은 게 많다. 엄마에게 막장 드라마는 일종의 엘리베이터 음악이다. 집 안의 공백을 메우는 시청각 콘텐츠다. 아들은 자기 일과 자기 여자 만나기에만 바빠서 집을 비운다. 평생 애들 키우고 일만 하다 거실에 혼자 남은 엄마는 뭐가 좋고 나쁜지를 떠나 뭘 골라야 하는지에 대한 취향의 선택지 자체가 없다. 그때 가장 눈에 띄는 건 가장 익숙한 줄거리와 가장 자극적인 전개다.

어쩔 수 없이 여기 사람이니까

의아했던 장면의 맥락은 이랬다. 탈북녀 미풍이는 우여곡절 끝에 장고와 결혼한다. 장고는 미풍이와 살려고 런던 연수 기회까지 마다한다. 장고 엄마는 미풍이를 찾아가 "내 아들 앞날 막지 말고 이혼하라"고 일갈한다. 미풍이는 그 말을 듣고 장고에게 순순히 이야기한다. "우리 이혼혀유." 나는 뭔가 싶었던 이야기인데 엄마에게는 큰 위화감이 없다. 엄마와 나 사이엔 그 정도의 거리감이 있다.

마지막으로 이 드라마의 아주 흥미로운 지점은 탈북자 여자 주인공이다. 탈북자 여주인공이 전면에서 로맨스 서사를 이끄는 건 내가 알기로는 〈불어라 미풍아〉가 처음이다. 런던에서 막스 앤 스펜서의 단골로 지냈던 북한의 엘리트 계층 태영호 전 공사도 〈불어라 미풍아〉를 열심히 봤다고 했다. 그저 그래 보이는 막장 드라마에도 중년의 취향이나 미묘한 남북 정세 같은 동시대적 징후가 들어 있다. 시대를 읽는 재미와 엄마 옆에 있어야 한다는 알량한 의무감에 〈불어라 미풍아〉를 본다. 미안하지만 오래 곁에 있지는 못한다.

우리가 이 도시의 주인공은 아닐지라도

독립출판, 보도블록, 김치전

지난 주말 북서울시립미술관에 다녀왔다. 언리미티드 에디션* 기간이었다. 세상 돌아가는 구경도 할 겸 매년 간다. 잡지 만드는 게 직업이니 함께 작업할 아티스트를 찾으러 간다는 기대도 있다. 실제로 여기서 뵙고 작업을 의뢰한 분이 있기도 하다. 이번에도 현장에서 그분을 만나 안부 인사를 나눴다.

갈 때마다 내가 늙나 싶다. 새로운 분들이 새로운 걸 냈을 텐데 내가 받는 자극은 점점 줄어든다. 옛날 인쇄 방식, 영화 이야기, 손그림풍 그림, 폭발까지는 아니어도 변비 정도로 불만

* 매년 서울에서 열리는 독립출판물 박람회. 나의 기호와 상관없이 늘 응원하고 있다. 뭔가를 해보겠다는 마음은 굉장히 소중한 것이다.

에 찬 태도, 이런 게 반복되나 싶은데 내가 잘못 본 거겠지. 그 안에서도 미세한 변화가 있을 것이다. 내가 이제 그 미세한 변화까지는 못 보는 나이가 된 거고. 젊음이라는 종목의 코트에서 밀려나는 느낌과 함께 정신을 차려보니 이미 지하철역으로 걸어가고 있었다.

미술관을 나와 지하철역으로 걸어가는 길에 바닥 타일에서 잠시 멈췄다. 폭이 다른 두 종류의 타일이 마주치는 부분이었다. 어두운색 A 타일이 밝은색 B 타일보다 폭이 좁다. 폭이 좀 미묘하게 달라서, A 타일 3장의 폭과 B 타일 2장의 폭이 같다. 심지어 A 타일과 B 타일이 직각으로 잘려 있지도 않다. 그런데도 멀리서 봤을 때 타일들은 몇 개의 큰 일직선을 이루고 있었다.

폭이 다른 타일의 줄을 맞추는 건 보통 일이 아니다. A 타일 3장 안에 B 타일 2장이 들어가게 하려면 타일 라인 전체를 맞췄을 때 작은 틈새들이 생긴다. 작은 틈새들은 크기뿐 아니라 모양도 다 다르다. 틈에 맞는 크기의 타일을 일일이 타일 그라인더로 잘라서 각도에 맞춰 넣어야 한다. 말이 타일 그라인더지 돌덩이를 잘라내는 것이다. 시끄럽고 가루 튀고 귀찮고 위험하고 실수가 허용되지 않는다.

우리가 이 도시의 주인공은 아닐지라도

나는 2017년 최고의 바보짓이었던 월세방 화장실 공사를 하며 타일 시공 기술자의 일을 옆에서 지켜본 적이 있다. 그때 가장 많은 시간이 걸리고 신경이 쓰이는 건 마지막 귀퉁이라는 걸 알게 됐다. 타일의 규격과 현장의 규격이 같은 경우는 거의 없다. 타일을 붙여나가다보면 분명히 어딘가의 마지막 점에서는 규격에 맞지 않는 틈이 생긴다. 그 틈새를 얼마나 깔끔하게 마무리하는지가 타일 시공자의 역량이자 급수다. 전문가의 기술이자 윤리라 표현해도 좋다.

이 현장의 타일 시공자는 고급 인력이었음이 분명했다. 틈새마다 타일들이 다 정확한 크기로 잘려 들어가 있었다. 어떤 타일은 타일 반만 한 크기의 사다리꼴, 그 옆에 있는 건 손바닥만 한 크기의 직각삼각형, 그 옆으로도 타일들이 마주치는 선을 맞추기 위해 계속 다른 모양으로 잘린 타일이 박혀 있었다. 타일 시공 기술자가 그만큼 공을 많이 들였다는 의미였다.

어떤 사람들은 창작이나 예술을 우발적인 일이라 여긴다. 소나기처럼 갑자기 떨어지는 영감을 받아야 뭔가가 되는 것처럼 보일지도 모른다. 실제의 창작은 A 타일과 B 타일이 만나는 면을 매끄럽게 마무리하는 일에 가깝다. 지루하고 열악하고 당장은 잘 티도 나지 않는 일을 계속해야 뭔가가 완성된다.

어쩔 수 없이 여기 사람이니까

공예적 완성도는 생각보다 훨씬 중요하다. 지루한 미세 조정이 창작이나 예술의 전부라고 하려는 게 아니다. 다만 어느때에 이르면 분명히 지루하지만 기술적인 미세 조정을 해줘야 한다. 지루한 미세 조정을 잘하려면 기술과 윤리와 역량과급수가 모두 필요하다. 그 재미없어 보이는 역량 위로 가끔계시 같은 영감이 떨어질 때 좋은 게 만들어지는 것 같다. 영감도 재미없는 일들을 꾸준히 해야 한번씩 나타나는 거고.

…까지 생각하고 있자니 진짜 늙었구나 싶었다. 아유 타일 보고 별생각을 다 하네. 타일 사진을 좀 찍고 엄마를 보러 갔다. 언리미티드 에디션을 보러 갔는데 그날 기억나는 건 하계역가는 길의 타일과 엄마가 해준 김치전뿐이다. 타일과 김치전은 정말 훌륭했다. 엄마는 김치전을 왜 그렇게 잘할까?

우리가 이 도시의 주인공은 아닐지라도

함부르크의 랜덤 케이팝 댄스

2019년 함부르크의 어느 여름볕이 좋은 토요일 오후에 나는 뭔가를 잘못 본 줄 알았다. 미술관 앞 광장에서 여학생들이 몇 시간이고 케이팝 댄스를 추고 있었다. 처음에는 그 노래가 한국의 노래인지도 몰랐다. '유럽에서 유럽인 소녀들이 한국 노래에 맞춰 춤을 춘다'는 실감이 나지 않았다. 실제로 저 친구들이 케이팝에 맞춰 춤을 추고 있다는 걸 깨닫고 나서도 그 사실을 받아들이는 데에는 조금 더 시간이 걸렸다.

한국 노래도 꽤 유명해졌으니까 케이팝 댄스도 한두 곡 추다 말 줄 알았다. 그것도 아니었다. 온갖 케이팝 노래의 후렴구가 무작위로 계속 나왔고, 그 후렴구를 아는 사람들은 광장 가운

데로 뛰어가 춤을 추는 것이 그 게임의 규칙 같았다. 나는 다음 목적지도 잊은 채 계속 그 친구들을 바라보다가 몇 가지를 깨달았다.

우선 대부분의 케이팝 곡에는 후렴구에 맞춘 '포인트 안무'가 있다. 한국 학원의 요점 정리처럼, 한국 발라드의 고음처럼, '저건 따라 하기 좋겠다' 싶은 부분이 반드시 있었다. 누가 만들었는지 모를 노래 리믹스 역시 그 포인트 안무가 있는 부분들만 발췌되어 있었다.

그리고 그 포인트 안무의 난이도가 적절했다. 여기에서 적절함은 따라 추기 쉽다는 이야기가 아니다. 적당히 어렵다는 이야기다. 케이팝 안무는 마카레나처럼 한눈에 보고 따라 할 수 있을 정도보다는 어렵고, 팝핀처럼 어떤 장르에 따라 몸이 익어야 출 수 있을 만큼의 춤보다는 쉽다. 케이팝 댄스는 곡, 가수, 시대 등의 변수에 따라 난이도의 편차가 있을 수는 있어도 열심히 연습하면 따라 출 수는 있는 춤이다. 그 이유로 여러 사람이 우르르 모여서 춤을 출 수 있었다. 블랙핑크의 〈킬 디스 러브〉가 나올 때는 40명쯤 되는 소녀들이 뛰어들었다. 2열로 모여들어 춤을 췄다.

우리가 이 도시의 주인공은 아닐지라도

그렇게 다 같이 춤을 출 수 있는 곡이 굉장히 많았다. 그날 들었던 노래 중에는 소녀시대의 2003년작 〈지〉부터 블랙핑크의 2019년작 〈킬 디스 러브〉나 청하의 〈벌써 12시〉까지 있었다. 군무로 이루어진 케이팝 댄스 레퍼토리도 이제 20년 가까운 역사가 쌓였고, 그걸 유튜브로 볼 수 있게 되었으니까 유럽의 어느 도시에서 그런 식의 작은 이벤트가 일어날 수 있게 되었다. 케이팝을 이루는 여러 요소가 있고, 그 요소 중에는 춤도 있으며, 춤을 즐기는 방법 중에는 그렇게 다 같이 모여 각 곡의 포인트 안무만 끝없이 추는 놀이도 생겨난 것이다.

한국산 문화상품이라고도 볼 수 있는 케이팝 댄스의 시발점은 역시 SM엔터테인먼트라고 봐야 한다. 한국에서 처음으로 성공한 전략적 보이 밴드는 SM엔터테인먼트의 H.O.T.이고, 이들이 내세운 주요 퍼포먼스 역시 일사불란한 군무였다. 데뷔한 지 20년이 넘은 H.O.T.의 군무에서 지금까지 드러나는 케이팝 댄스의 특징을 찾을 수 있다. 포인트 안무가 있다. 연습하면 어느 정도는 따라 할 수 있다. 여럿이 추면 효과가 더해진다. 이런 SM엔터테인먼트풍의 군무는 재즈 음악이 시간이 갈수록 어려워지는 것처럼 점점 보기에 멋지고 따라 할 엄두가 안 나는 방향으로 발전했다. 동방신기나 샤이니의 최전성기 작품은 기예단에 가까운 수준이다. 이렇게 SM엔터테인먼트는 SMP(SM+POP)라는 별도의 퍼포먼스 장르를 만들기에 이른다.

SMP가 케이팝 댄스의 전부는 아니었다. 1990년대까지 댄스 가수로 활동한 사람들이 레이블을 차리면서 케이팝 댄스에도 새로운 흐름을 만들어냈다. 박진영은 JYP에서 일관적으로 따라 하기 쉬운 포인트 안무를 만들었다. 비, 원더걸스, 2PM의 초반 히트곡에는 거의 예외 없을 정도로 쉽게 따라 할 수 있는 포인트 안무가 있다. 양현석 역시 힙합 음악을 기조로 하는 일련의 케이팝 보이 밴드를 만들었지만 안무의 방향은 조금 달랐다. 그는 케이팝의 포인트 안무라기보다는 흥얼거리면서 적당히 추는 춤 느낌의 안무를 만들었다. 둘은 모두 춤에 전문성이 있었으면서도 안무의 난이도를 낮췄다는 점에서 흥미롭다.

그래서 지금이라는 케이팝 댄스의 중흥기가 찾아왔다. 빅스처럼 고난도 군무를 계속하는 팀이 있는가 하면 한때의 크레용팝처럼 쉬운 춤으로 승부를 보는 팀도 있다. 지금 케이팝을 대표하는 방탄소년단의 춤은 케이팝 댄스가 약 20년의 현장 실습을 거쳐 찾아낸 균형이라고 할 수 있다. 이들의 춤에는 고난도 군무가 있고, 따라 하기 쉬운 포인트가 있고, 흥얼거

우리가 이 도시의 주인공은 아닐지라도

리면서 적당히 몸을 흔드는 부분이 있다. 〈DNA〉가 좋은 예다. 포인트 안무가 있고 다 같이 손을 잡고 진행하는 고난도 댄스 브레이크가 있다. RM이나 제이홉의 랩 파트에서는 적절히 몸을 흔들면 된다.

*

한 번에 태어나는 장르성은 없다. 케이팝 댄스 역시 일련의 과정을 거쳐 한반도 댄스 음악 특유의 개성을 갖게 됐다. 미국이나 일본의 댄스 퍼포먼스와 비교하면 알 수 있다. 미국과 일본의 팝 댄스는 너무 쉬워지고 있다. 퍼렐 윌리엄스의 〈해피(Happy)〉나 저스틴 팀버레이크의 〈캔 스톱 더 필링(Can't stop the feeling)〉을 생각하면 쉽게 알 수 있다. 몸을 흔들기엔 좋지만 다 같이 출 약속된 춤동작은 없다. 일본은 한정된 팬만 즐길 수 있는 춤 혹은 율동에 가까운 춤만 유행한다. 케이팝은 그보다 조금 더 난이도가 높기 때문에 오히려 젊은이들의 도전정신을 자극하는 걸까? 적절히 몰입해야 몸에 익을 정도로 적당히 어렵다. 그렇게 익힌 걸 스마트폰으로 찍고 올리고 나눌 수 있다. 케이팝 댄스가 스스로 무한히 증식하는 콘텐츠의 원천이 될 수 있다.

실제로 그런 세상이 온 것 같다. 유튜브에 '랜덤 케이팝 댄스'를 쳐보면 그런 세상이 왔음을 알 수 있다. 타이완에서, 툴루즈에서, 단치히에서, 밀라노에서 모두 플래시몹처럼 모여 단체로 케이팝 춤을 춘다. 어떤 한국 사람들은 이름을 읽을 수 없을 정도로 낯선 도시 어딘가에서도 지금 이 순간 누군가 케이팝 댄스를 추고 있다.

나는 유럽의 어느 도시에 갔던 날 이후로 지금 세상이 어떤지를 환기하고 싶을 때마다 '랜덤 케이팝 댄스'를 찾는다. 모국의 댄스 음악이 유럽 어딘가의 광장에서 울리고, 그 음악에 맞춰서 열심히 춤을 추는 모습을 본다. 모국의 댄스 음악에 맞춰 유럽의 청소년들이 그 노래의 안무를 즐기는 모습을 보다니. 이거야말로 21세기 아닌가 싶다.

우리가 이 도시의 주인공은 아닐지라도

모데나와 식초계의 페라리

영화 〈포드 V 페라리〉에는 리 아이아코카가 엔초 페라리를 만나기 위해 이탈리아 모데나에 가는 장면이 나온다. 그 장면을 보니 떠올랐다. 나도 모데나에 가본 적이 있군. 모데나에 간 게 페라리 때문은 아니었다. 모데나에는 페라리보다 더 오래된 특산물이 있다. 전통 발사믹 식초다. 모데나 지방에는 100퍼센트 끓인 포도 주스로 식초를 만드는 전통이 있다. 2019년 초 회사 일로 모데나에 가면서 이런저런 이야기를 들었다.

고급 모데나 발사믹 식초는 식초계의 페라리…라는 비유는 경박해 보이지만 속을 들여다보면 실로 어느 정도 그렇다. 둘

어쩔 수 없이 여기 사람이니까

다 재료를 듬뿍 쓰고 시간을 아끼지 않으며 그만큼 값도 비싸게 부른다. 이건 이른바 명품이라고 하는 고가 소비재 전반의 특성이기도 하다.

발사믹 식초의 제조 과정 자체는 간단하다. 끓인 포도 주스를 잠깐 숙성시켜 포도 식초 같은 걸 만든다. 그걸 나무통에 옮겨 담아 숙성시키면 식초의 양이 줄어들고 점도는 높아진다. 그 식초를 더 작은 통에 옮겨 담는다. 그다음엔 또 더 작은 통에. 그렇게 12년 동안 7개의 나무통을 거치면 70리터의 포도즙이 3리터짜리 식초로 줄어든다. '와우*는 만렙부터'라는 말이 있다는데 숙성의 시작도 그때부터다. 300년 넘은 식초도 있다고 한다. 별로 안 먹어보고 싶다.

취재를 도와준 곳은 모데나 옆 레조넬에밀리아였다. 영덕 위삼척에서도 대게가 잡히듯 모데나 옆 레조넬에밀리아에서도

---

* 월드 오브 워크래프트(World of Warcraft)의 약자이자 세계에서 가장 유명한 MMORPG 게임. 김남혁 에디터가 각주를 달아보자고 해서 달긴 다는데 좀 찾아보니 이미 너무 유명한 게임이다. 미국 국립 놀이 박물관은 2015년부터 '세계의 비디오 게임 명예의 전당'을 만들었다. 와우는 그 제도가 만들어진 첫해에 바로 등재된 6개의 게임 중 하나다. 내가 해본 적은 없다. 내가 가장 좋아하는 게임은 아직 비디오 게임 명예의 전당에 등재되지 않았다. 2019년 명예의 전당 등록 게임 중에는 윈도우즈 카드놀이도 있다. 수긍하게 되는군.

발사믹 식초를 만든다. 모데나 쪽에서는 원조 티를 엄청 낸다. 도시국가의 전통이 강했던 이탈리아는 이런 쪽에서 가차 없다. 조르제토 주지아로가 만든 모데나 발사믹 식초의 유리병은 모데나 지방의 발사믹 식초에만 쓸 수 있다. 레조넬에밀리아 지방은 어쩔 수 없이 뭔가 아류 느낌이 나는 걸 감수해야 한다.

유럽 사람들은 이런 면에서 묘하게 엄격하다. 아니 치사하다고 해야 하나. 도시 단위로 세계를 보는 시각이 남아 있는 것 같다. '우리는 이탈리아 사람'이라고 생각한다면 좀 더 뭉칠 수도 있을 텐데 말이죠. 대신 소비자 입장에선 선택의 폭이 넓어진다. 레조넬에밀리아의 발사믹 식초가 조금 더 싸다.

그래서 모데나에서 페라리를 봤냐고 하면 한 대도 못 봤다. 이탈리아의 일반 도로와 페라리 같은 차는 잘 어울리지도 않을 것 같았다. 여전히 좁은 골목과 돌바닥이 많다. 피아트의 구형 해치백 수동변속기 차를 타고 엔진 회전수를 방방 키워가면서 골목 사이를 튕기듯 달리는 게 더 잘 어울릴 것 같다. 실제로 작은 해치백이 많았다.

페라리의 원산지 모데나에서 본 페라리는 글자뿐이었다. 모데나에는 400년 넘은 정육점인 '오스테리아 주스티'라는 곳이 있다. 이 정육점 뒷방을 레스토랑처럼 운영한다. 여기 분들이 "우리 손님 중에 페라리 사람들도 좀 온다"고 했다. 그 말을 증명이라도 하듯 프로슈토 상자에 손글씨가 적혀 있다. 'Ferrari'. 호오 여기가 페라리의 고장이긴 하구나 싶었다.

*

이탈리아 사람들 사는 걸 보면 저래서 좋은 걸 만드는구나 싶기도 하고 저래서 뒤처지나 싶기도 하다. 오렌지주스를 달라면 오렌지를 반 잘라서 쭉쭉 짜서 준다. 완성하는 데에만 12년 걸리는 식초를 만드는 업체가 한두 군데가 아니다. 400년 된 정육점이 있다는데 말해 뭐해. 페라리는 말할 것도 없고.

다만 여기서 크게 배탈이 났다. 유럽의 오래된 집은 단열이 잘 안된다. 오스테리아 주스티의 400년 된 뒷방도 마찬가지였다. 거기서 점심을 먹는 내내 등 뒤의 문에서 스며드는 외풍을 맞았다. 저녁때쯤 되니까 어우 막 속이 막. 미쉐린 별을 받은 식당에서도 저녁을 먹는 둥 마는 둥 하고 호텔로 기어오듯 돌아왔다. 암모나이트처럼 몸을 구부린 채 좁은 침대에서 중얼거렸다. 으 이탈리아….

우리가 이 도시의 주인공은 아닐지라도

스트레스와 도시

책 『도시에 산다는 것에 대하여』의 원제는 '스트레스와 도시 (Stress and the City)'다. 도시 생활이 스트레스긴 한데 이리저리 따졌을 때 꼭 나쁘지만은 않다는 게 책의 주제다.

책에는 '스트레스 자체는 좋은 것'이라는 말이 나온다. 만성 스트레스는 면역 등 사람의 각종 성능에 독이 된다. 그런데 급성 스트레스는 인간의 집중력을 끌어올린다. 스트레스가 없으면 신체 능력과 사고력도 떨어진다. 즉 스트레스를 계속 받지 않는 게 중요하다고 한다. 스트레스에 적당히 대응하지 못하면 도태되는 거고.

311

21세기 대도시는 인간 문명의 최신 발명품이다. 스마트폰과 젠트리피케이션과 저가 항공과 단톡방 찌라시는 모두 새로 나온 스트레스다. 지금 우리 모두는 '대도시의 스트레스'라는 적응·도태 실험에 실시간으로 노출되어 있다. 이 실험 결과는 아직 어디서도 나오지 않았다. 나는 잘 적응하고 있으려나 모르겠네.

저자 마즈다 아들리는 이란계 독일인 정신과 의사다. 1976년 이란의 이슬람 혁명을 겪고 이민했다. 그래서인지 이민자 마음도 잘 알고 현대 사회에서의 이민자의 장점도 주장한다. 요약하면 이민자는 도시에 다양성을 준다. 다양성은 경쟁력이다. 그러니 다양성을 주는 이민자는 도시에 득이 된다.

내 생각도 그와 같다. 이민자를 비롯해 대도시에는 특유의 다양성이 있다. 그 다양성이 무수한 단면과 구멍과 틈새를 만든다. 내게는 그 단면과 구멍과 틈새가 대도시의 가장 큰 매력이다. 물론 그게 피곤하거나 위험할 때도 있지만 원래 인생의 매력은 피곤과 위험에 있다.

그나저나 '스트레스에 대응하지 못하면 도태된다'니 독일인들이란 냉정하기 짝이 없다. 원제 뒤에는 독일어 부제도 있다.

우리가 이 도시의 주인공은 아닐지라도

"Warum Städte uns krank machen. Und warum sie trotzdem gut für uns sind." 21세기의 나는 구글 번역을 돌릴 수 있다. "왜 도시는 우리를 아프게 하는가. 그리고 왜 여전히 그것이 우리에게 좋은가"라는 말이 나왔다.

아무튼 책에 볼 거 많다. 사례도 많고 각종 인터뷰도 충실하고 재미나다. 전에는 볼 거 많지만 은근 지루하다고 했는데 내가 틀렸다. 그러고 보니 『도시에 산다는 것에 대하여』를 읽어보려 했을 때 내가 만성 스트레스 상태였다. 책이 아니라 내 집중력이 문제였다. 스트레스 위험해 위험해.

어쩔 수 없이 여기 사람이니까

후기를 대신하여_원고 주변의 이야기

보통 후기는 해당 책의 주제에 대한 짧고 개인적인 이야기다. 그런데 이 책은 대부분의 원고가 짧고 개인적인 이야기라서 굳이 비슷한 글을 더 넣을 필요가 없었다. 대신 해당 원고의 기본 정보와 뒷이야기를 적어둔다. 기본 정보와 본문 속 내용이 틀렸을 가능성을 포함해 이 책이 갖고 있을 부족과 한계에 대한 모든 책임은 나에게 있다.

*

서문_우리가 이 도시의 주인공은 아닐지라도

단행본 전용 원고. 2020년 1월에 작성했다. 비엔나의 슈타이어렉에는 2019년 2월 말에 갔다. 정말 맛있다. 가실 분은 구글 맵에 'Steirereck'을 검색하시길. 정보는 아래와 같다. 슈타이어렉에서 만드는 잡지도 굉장히 멋지다.

Am Heumarkt 2a, Wien, 1030, Austria

+43 1 7133168

www.steirereck.at

*

1부_해야 할 일을 합니다

내일 일은 더 잘하고 싶었다

2019년 3월 인스타그램 게시물. 글 속의 식당은 한남오거리에 있는 감자탕집이다. 알고 보니 뼈찜이 유명한 곳이었다. 뼈찜은 돼지 등뼈를 아귀찜 같은 방법론으로 만든 음식이다. 벌써 무슨 맛인지 알 것 같지 않나요.

글쓰기를 좋아하세요?

단행본 전용 원고. 2020년 1월에 작성했다. 단행본 전용 원고는 거의 산토도밍고에서 작성했다. 이 원고를 마치고 간 식당에서 바가지를 엄청나게 썼다.

원고 주변의 이야기

벼룩시장의 제프리

2019년 7월 인스타그램 게시물. 제프리는 2018년 12월에 만났다. 이날 산 조명은 집에 두기만 하고 쓰지는 않는다. 110볼트라서 별도의 트랜스를 사야 하는데 생각만 하다가 아직도 못 사고 있다. 제프리를 만난 벼룩시장은 뉴욕 첼시에 있었다. 수전 손택도 '뉴욕 사회 구조의 일부'라고 언급했을 정도로 유명한 곳이었다. 1976년부터 문을 열었다가 2019년 12월 마지막 주말을 마지막으로 문을 닫았다. 도시의 운명은 어디나 비슷한 모양이다. 'www.annexmarkets.com' 에서 더 자세한 이야기를 볼 수 있다. 제프리는 어디 갔으려나.

더 나빠지기 전에 헬로라이프

단행본 전용 원고. 2019년 12월에 작성했다. 김남혁 에디터를 만난 건 2019년 초다. 이때 아마 해물 요리를 먹었던 것 같다. 이날의 이야기 덕분에 이 책을 낼 수 있었다.

왜 나는 잡지계로 돌아왔는가

2019년 하반기에 나온 《어반라이크》 39호에 실린 글. '워크' 특집이었다. 일부 수정했다.

그렇게 박창진이 된다

글 세 개가 합쳐져 있다. 나는 《에스콰이어》 2018년 7월호에서 당시 신기주 편집장과 함께 박창진 사무장 인터뷰를 진행했다. 글의 일부는 인터뷰와 함께 실렸던 일종의 후기다. 다른 하나는 박창진 사무장의 저서 『플라이 백』을 읽고 2019년 2월 인스타그램에 올린 독후감이다. 책이 나올 때쯤 박창진 사무장이 출마를 선언하며 이 글과 박창진을 둘러싼 여러 상황이 변했다. 복잡한 마음으로 몇 줄 더 붙였다. 신기주 선배는 에스콰이어를 그만두고 독립 저널리스트로 일하고 있다. 잡지 에디터 출신 방송인 겸 작가 허지웅은 암 투병에 성공하고 활동을 재개했다.

바버샵의 빛과장님

2019년 3월 인스타그램 게시물. 빛과장님은 여전히 세계를 누비며 좋은 물건을 찾아다니고 있다. 계속 건강하게 번창하시길 바란다. 글에 나오는 미군 방한용 피시테일 파카의 소매 끝 단추는 아직도 못 찾았다. 누구 여분이 있는 분들은 연락 주시길 바란다.

코코와 한국야쿠르트

2019년 11월 인스타그램 게시물. 김정철 편집장님은 《얼리어

답터》와 《더기어》 편집장을 거쳐 이제 유튜버로 활동하고 있다. 클래스는 영원하달까.

양복 아저씨들

2019년 12월 인스타그램 게시물. 〈포드 V 페라리〉를 보고 올린 게시물이었다. 2020년 1월 내용을 조금 더 붙였다. 사실 이탈리아 양복과 구두는 이탈리아 사람이 아닌 사람이 입으면 대부분 좀 부담스러운 느낌이 난다. 일본 잡지 《레옹》에 나오는 옷들을 생각해보면 된다. 그래서 이탈리아 옷의 우수함을 인정하면서도 입고 싶다는 생각은 하지 않는다.

니키 라우다와 문명의 무균실화

2019년 2월 인스타그램 게시물. 2019년 2월에 밀라노 베르가모-비엔나 구간을 갈 때 라우다모션 비행기를 탔다. 니키 라우다는 이 게시물을 올린 지 얼마 지나지 않아 5월 20일에 사망했다. 20세기가 끝나는 시점은 특정 연도가 아니라 그 세기의 인물들이 세상을 떠날 때 아닐까 싶다. 그 면에서 2019년은 여러모로 20세기의 끝이라는 생각이 들었다. 니키 라우다, 리 아이아코카, 칼 라거펠트, I. M. 페이, 토니 모리슨, 조양호, 김우중이 모두 2019년에 사망했다.

계획에 실패한 사람들에게

2016년 9월호 《에스콰이어》 원고. 2016년 올림픽 시즌에 맞춰 작성했다. 이 원고를 만든 후 우연히 로잔의 올림픽 박물관에 두 번 간 적이 있다. 올림픽은 정말 대단한 브랜드다.

숫자와 가치

2019년 3월 인스타그램 게시물. 가수 이적의 신곡 〈숫자〉를 듣고 생각나서 올렸다. 숫자 해서 생각난 건데 인스타그램의 텍스트 게시물은 2,000자를 넘으면 안 올라간다. 인스타그램 게시물에는 가사를 일부 적어뒀는데 출판물에 가사 인용을 하면 사용료를 내야 한다고 해서 책에서는 빠졌다. 돈 내기 싫어서는 아니고, 담당 편집자의 서류작업을 늘리고 싶지 않았다. 숫자 이야기를 한 친구는 학위를 끝내고 외국에서 활동하고 있다. 코인 노래방은 요즘도 종종 간다.

중요한 건 잉어

2019년 9월 인스타그램 게시물. 잉어 이야기의 진위 여부는 확인되지 않았다. 그나저나 잉어는 연못의 크기에 맞춰 커진다고 한다. 신기하지 않나요. 미군 역시 세계 최고의 엘리트 조직 중 하나다. '미국이 세계를 지배하는 게 아니라 미군이 세계를 지배하는 것'이라는 이야기를 들은 적이 있다.

2부_산란한 마음이 유행병처럼 들어도

거대 거리고 나

2019년 12월 인스타그램 게시물. 실제로 보수동은 매년 한 번은 가려 한다. 대우서점에서 사려던 책은 최영미의 시집과 소설들이었다. 대우서점에는 없어서 근처의 남포문고에서 샀다. 남포문고는 새 책을 파는 서점이다. 남포문고 역시 완성도가 높다. 대우서점 근처에는 오래된 목욕탕이 있었다. 연파랑색 타일로 온 벽을 바르고 욕조를 만들고 천장 가까이 창을 둬서 햇빛이 잘 비치던 곳이었다. 여기서 처음으로 등 때 밀어주는 기계를 봤다. 궁금했지만 써보지는 않았는데 이 목욕탕도 몇 년 전에 없어졌다.

우리 안의 고려반점

2019년 12월 인스타그램 게시물. 대우서점 갔던 때에 고려반점에도 갔다. 원고에 언급한 으레 가는 집은 초량동의 평산옥이다. 차이나타운 뒤편 오르막길을 오르면 있다. 평산옥의 항정살 수육과 잔치국수가 내게는 부산의 맛이다. 소박하지만 품위 있고, 소박하기 때문에 더 품위 있는 맛이다.

삼각지의 옛집국수

2019년 11월 인스타그램 게시물. 옛집국수는 그 뒤에도 자주 간다. 맛도 좋은데 사장님들도 점잖고 상냥하다. 나는 소박하고 품위 있는 걸 좋아한다.

90년대의 시흥사거리와 스니커즈 비즈니스

2019년 12월 인스타그램 게시물. 인터벌은 그때 사놓고 아직까지 한 번도 안 신었다. 날이 풀리면 신어야지. 내가 어릴 때 시흥사거리에 있던 휠라, 프로스펙스, 나이키, 리복 매장은 이제는 하나도 없다.

JY Lee 연대기

2019년 3월 인스타그램 게시물. 몇 가지 글이 섞여 있다. 〈서른다섯〉, 〈아주 오래전의 겨울〉이 나올 때의 인스타그램 게시물을 합쳤다. JY Lee는 어릴 때 쓰던 쌔믹 기타를 불태웠다. 2016년 싱글 〈기타 솔로를 지켜줘〉의 재킷 사진을 찍기 위해서였다. JY Lee는 여전히 잘 지낸다. 내 주변 사람들 중 가장 잘 지낼지도 모른다. 가장 최근에 전화했을 때 JY Lee는 호남의 어딘가에 부동산을 사러 가는 길이었다. 수익률이 좋다고 한다.

오래된 집에 산다

2019년 9월 인스타그램 게시물. 자세한 이야기는 2020년 안에 출간될 네 번째 책에서 확인하실 수 있다.

구여권으로 가는 마지막 여행

2019년 12월 인스타그램 게시물. 그때 만든 새 여권으로 잘 돌아다니는 중이다.

라라랜드의 메르세데스 애니멀스

두 개의 글을 합쳤다. 「라라랜드」는 2016년 12월 《에스콰이어》 홈페이지에 올린 글이다. 「메르세데스」는 2017년 12월호 《얼루어》에 실린 글. 두 글이 어렵지 않게 붙어서 나도 조금 신기했다. 2017년에 팔았던 1993년식 메르세데스 E클래스에는 몇 가지 뒷이야기가 있다. 우선 모 대사관에서 쓰던 차였다고 한다. 어떤 나라였는지는 모르겠는데 일리 있다고 봤다. 오래된 차들은 가죽 시트에 엉덩이 자국이 난다. 그 차는 운전석과 오른쪽 뒷좌석에만 엉덩이 자국이 나 있었다. 색깔도 한국에 없던 색, 엔진도 당시 한국에 없던 엔진 사양이었다. 그 메르세데스는 내가 팔고 나서 몇 년 후 가격이 폭등했다. 지금은 내가 판 가격의 2배 이상으로 시세가 올랐다. 클래식 카에 투자하시라.

우리가 이 도시의 주인공은 아닐지라도

예비역 지드래곤의 경제효과

2019년 11월 인스타그램 게시물. 까르띠에 탱크는 여전히 멋진 시계라고 생각한다. 사자니 돈이 없군요.

이너 피스 럭셔리

2019년 12월 인스타그램 게시물. 여기 나온 물건 두 개는 한국에 전혀 들어오지 않았다. 좀 다른 이야기지만 한국도 앞으로는 일종의 셀러브리티 지식인이나 인플루언서 지식인이 늘어날 거라고 생각한다. 이쪽 시장은 수요에 비해 공급이 부족하다.

연애와 알고리즘

2019년 4월호 《W 코리아》에 실린 원고. 마침 『대량살상 수학무기』를 읽던 중이라 더 즐겁게 작업했다.

*

3부_도시 생활은 점입가경이지만

입장들

2019년 3월 인스타그램 게시물. 시민상회 자리에는 뭔지 잘 기억나지 않는 가게가 들어섰다. 시민상회 근처에 있던 전기기기 판매점은 간판을 그대로 남겨두고 파는 물건만 바뀐 힙스터 가게가 되었다. 흐르는 강물을 누가 막을 수는 없는 일이다.

시청역의 데이비드 호크니
모두가 한 골목에서 맥주를 마셨다
성수동의 카페와 벽돌과 시간과 흔적들
동묘시장과 '개쩌는 빈티지 숍'

4개 모두 웹진 《힙합퍼》 원고다. 당시의 담당 에디터와 '젊은 이들이 가는 동네에 아저씨가 구경을 가서 망신을 당하며 이 것저것 보고 온다'는 주제로 해보기로 했다. 사진도 내가 찍고 원고도 재미있게 만들었다. 담당 에디터의 퇴사로 이 연재도 그만뒀다. 그는 《힙합퍼》가 웹 매체이기 때문에 글이 길어지는 걸 걱정스러워했다. 그래서 편집자가 만족할 만큼 원고를 줄였다. 책에 들어간 원고는 대부분 더 긴 원본이다.

힙타운 공식

2016년 10월호 《에스콰이어》에 실린 글. 원제는 '뜨는 동네는 어떻게 만들어지는가'. 이 원고를 일러 '박찬용의 대표작'이라고 해주신 분도 있었지만 내 쪽에서 느껴지는 건 별로 없다. 개인적으로 가장 크게 느낀 건 네이버 블로그의 힘이었

우리가 이 도시의 주인공은 아닐지라도

다. 이 글은 내가 만든 원고 중에서도 꽤 많이 퍼진 편이다. 짧지도 않고 소재도 많은 이 원고가 많이 퍼질 수 있었던 이유는 내가 잘해서가 아니다. 어느 네이버 블로거가 본인의 블로그에 무단 편집을 해서 올려줬기 때문이다. 불법 편집이라고는 해도 정리가 깔끔하고 사진을 추가해주는 등 내용이 아주 풍성해서 보는 나도 놀랄 정도였다. 당시는 《에스콰이어》 홈페이지가 만들어질 때쯤이라 네이버 블로그로 유입되는 경우가 훨씬 많을 수밖에 없었다. 내 입장에선 불법복제가 되었으니 묘하다고 해야 할지 이분이 아무튼 에디터 이름을 넣어서 불법복제했으니 좋아해야 할지 몰라서 좀 애매했다. 이 애매한 일이 내게 플랫폼의 중요성을 알려주는 좋은 계기가 되었다. 해당 블로거는 인스타그램으로 매체를 바꿔서도 박찬용 씨 계정을 팔로우해주고 계신다. 묘한 기분이다. 내용이 좀 추가된 부분이 있다. 2016년판 예측에는 틀린 내용이 있었다. 2018년에 취재한 내용을 추가했다. 2020년 단행본을 마무리하는 시점에 조금 더 내용을 보충했다.

종이의 가치

2017년 1월호 《에스콰이어》에 실린 글. '서점의 미래' '독자의 미래' '인쇄의 미래' 등을 시리즈로 만들어서 크게 엮으면 '책의 미래'라 할 만한 기획을 만들고 싶었지만 여러 이유로 뜻대로 되지 않았다. 뜻대로 되지 않는 일이 훨씬 많기 때문에 가끔 뜻대로 되는 일이 아주 소중하다. 두성종이는 여전히 잘 되시는 걸로 알고 있다.

명예와 모객의 서점업

2017년 3월호 《에스콰이어》에 실린 글. 명예와 모객은 여전히 21세기형 한국 서점업의 핵심이며 앞으로 점점 더 그렇게 될 거라고 생각한다. 영풍은 서점다운 서점을 표방하다 잘 안 됐는지 최근 결국 도서 면적을 줄이고 상업 면적을 늘렸다. 한국에서 '서점다운 서점'이라는 건 잘 안된다는 걸 보여주는 예였다. 이런 현상에 대한 개인적인 감상은 노코멘트.

해방촌의 독립서점

2017년 10월 대한항공 기내잡지 《모닝캄》에 보냈던 글.《모닝캄》에 나온 버전은 이 버전보다 더 많이 축약되어 있다. 이 원고는 여름에 해방촌 신흥시장과 그 일대에서 서점들을 찾아 돌아다니며 만들었다. 해방촌의 독립서점들은 여전히 잘 운영되고 있는 걸로 안다. 누가 봐도 경제적으로 융성할 것 같지는 않은 일에 노력하시는 분들에 대한 비합리적이고 무조건적인 애정이 있다. 앞으로도 계속 번창하시길 바랍니다.

우리가 이 도시의 주인공은 아닐지라도

힙한 가게의 속사정

2019년 11월호《에스콰이어》에 실린 글.《에스콰이어》를 그만둔 후에도 종종 감사한 청탁이 온다. 이 원고를 작성하고 개인 블로그에 올리자 몇 달 후 모 업체 대표로부터 메일이 하나 왔다. 해당 원고에 몇 번 언급된 업체였다. '연락을 했으면 좋았을 텐데 유감이다'라는 말로 시작되는 긴 메일의 내용을 요약하면 이랬다.

1) 원고 내용에 일부 틀린 부분이 있다.
2) 자신들은 자본도 있고 규모도 크고 전문성도 있고 경쟁력도 있다. 원고에 나온 서점들과는 영업 방식이 다르다.
3) 그러니 자신들의 이름을 삭제해달라.

이에 대한 나의 대응은 이랬다.
1) 메일을 보낸 자의 주장대로 원고 내용 중에는 내가 틀리게 작성한 부분도 있었다. 그 부분은 고쳤다. 내가 적어둔 일반론을 '사실이 아니다'라고 칭한 부분도 있었다. 이 부분은 그대로 두었다.
2) 그러시구나.
3) 삭제해주었다.

이 업체는 당연히 연락해서 취재를 시도했던 곳이었다. 그때 전화를 받지 않았다. 월간지 마감이 있었기 때문에 어쩔 수 없이 원고를 작성했다. 항의 메일을 받은 후에는 24시간 안에 '원하는 대로 삭제해주고 블로그 게시물도 수정되기 전까지는 내려주겠다. 연락을 시도했으나 당신들이 전화를 받지 않았다'는 답을 보냈다. 역시 답이 오지 않았다. 특정 업계에 있는 일부 인간의 수준을 보여주는 일이었다. 항의가 들어와서 수정해준 원고였으니 과정을 적어둔다.

*

4부_어쩔 수 없이 여기 사람이니까

도시의 낮과 밤

2019년 3월 모 독립잡지에 보낸 글. 여기 나오는 집 앞 GS 25는 그새 없어졌다. 그때 낯이 익었던 야간 담당자도 이제는 소식을 알 수 없다.

서울의 습관

《오디너리》 2017년 11월호에 실린 글. 그러고 보니 요즘은 대리운전 문자가 잘 오지 않는다. 어떻게 영업하고 있을까?

야생 고양이와 도자기 그릇

2019년 6월 인스타그램 게시물. 이 글이 단행본에 들어갈 줄은 정말 몰랐다. 나는 이 이후로 고양이 사료를 세 번 더 샀다. 한 번은 3킬로그램, 그다음에는 7킬로그램, 최근 떨어져서 15킬로그램짜리를 샀다. 사료를 사기 전에 받았던 것과 3킬로그램짜리는 고급 사료였는데 7킬로그램짜리와 15킬로그램짜리는 일반 사료다. 맛이 없는 모양인지 고양이들은 몇 달 동안 일반 사료를 잘 먹지 않았다. 맛있는 건 동물들도 아는 모양이다. 나는 이번에도 일반 사료를 샀다. 거리의 삶은 거친 것이다.

빨래와 세제

2019년 3월 인스타그램 게시물. 빨래와 세제에는 여전히 큰 관심이 있다. 학 선생님은 당시 같은 회사에 다니던 분이다. 지금은 이직을 하시고 다른 회사에 잘 다니고 계신다. "단종 안 되고 재입고될 거"라고 하던 그 섬유유연제는 단종됐다. 그때 다 사뒀어야 했는데. 그래서 여전히 섬유유연제를 계속 산다. 여행 가서도 사 올 정도가 됐다. 앞으로 몇 넌쯤은 쓸 수 있다.

국립극장 가는 길

국립극장에서 발간하는 잡지 《미르》 2019년 4월호에 실린 글. 이때 이후로 국립극장에서 계속 《미르》를 보내주고 계신다. 국립극장 잡지는 왠지 보기만 해도 기분이 좋다. 최근엔 2020년도 달력도 보내주셨다. 잘 쓰고 있습니다.

이코노미 클래스에서의 글쓰기

2017년 10월호 《오디너리》에 실린 글. 이 글의 이야기는 완전히 과거가 될 것이다. 이미 많은 항공사가 유료 와이파이 서비스를 제공하고 있다. 이것마저 무료가 될 것이다. 델타항공 CEO 에드 바스티안은 가전 박람회 CES 2020의 기조연설자로 나와 "2년 안에 무료 기내 와이파이를 제공한다"라고 했다. 미국 항공사 제트블루는 이미 기내 무료 와이파이 서비스를 시작했다. '저 이제 비행기 타서 인터넷이 안 돼요'가 통할 날도 10년 안에 사라질 것이다.

엄마의 드라마, 불어라 미풍아

2017년 2월 《얼루어》에 실린 글. 이 원고를 보내고 조금 후에 혼자 나와 살기 시작했다. 가끔 엄마를 만나러 가면 여전히 텔레비전에는 〈불어라 미풍아〉풍 드라마가 나오고 있다. 이런 드라마가 외국 사람들에게 인기가 있다는 말도 들었다. 대

우리가 이 도시의 주인공은 아닐지라도

가족 구조가 있고 이야기에 보편성도 있다고. 전 세계의 엄마들에게 어필하는 이야기였을지도 모른다.

독립출판, 보도블록, 김치전

2019년 11월 인스타그램 게시물. 언리미티드 에디션은 점점 커지고 있다. 약간 힘이 빠진다는 느낌이 들긴 하지만 요즘 젊은이들의 힘이 빠지는 건 이해 못할 일도 아니다.

함부르크의 랜덤 케이팝 댄스

2019년 8월 《빌보드 코리아》 창간호 청탁을 받고 보낸 글. 납기도 맞추고 고료도 받았는데 매체에 실렸는지는 모르겠다. 2019년 여름 함부르크 미술관 앞 광장에서 랜덤 케이팝 댄스를 본 건 사실이다. 이때의 경험은 왠지 모르게 내게 강렬하게 남아 있다. 이런 세상이 왔구나 싶달까.

모데나와 식초계의 페라리

2019년 12월 인스타그램 게시물. 〈포드 V 페라리〉를 보고 모데나에 갔던 게 생각나서 올렸다. 오스테리아 주스티에 갔을 때 페라리에 납품되는 듯한 물건을 보고 사진을 찍어두었다. '언젠가 저 사진과 맞는 게시물을 올려야지'라고 생각했다가 10개월 후에 그 사진이 들어간 게시물을 올렸다. 그런 의미로

다음 스마트폰은 512기가바이트짜리를 사려 한다. 난 저장
용량이 많이 필요하다. 오스테리아 주스티도 미쉐린의 별을
받았다. 정보를 남겨둔다.

+39 059 222533

Via Luigi Carlo Farini, 75, 41121 Modena, Italy

www.hosteriagiusti.it

스트레스와 도시

2019년 11월 인스타그램 게시물. 인스타그램에 읽은 책에 대
한 게시물도 올린다. 어떤 내용의 글이 사람들에게 어떻게 가
닿는지 알 수 있어서 좋다. 이 게시물 역시 단행본에 들어갈
거라고는 생각도 못했다.

*

기타

지금 내가 사용 가능한 모든 디바이스와 소프트웨어로 이 책
에 들어갈 원고를 만들었다. 하드웨어는 중고나라에서 산 레
노버 씽크패드 X250과 아이폰 8을 썼다. 소프트웨어는 MS
워드, 엑셀, 윈도우 메모장과 아이폰 메모장, 구글 독스를 썼
다. 원고를 작성한 장소는 주로 전 직장의 사무실과 24시간

체인점 카페다. 버스와 비행기 등 대중교통에서 작성한 적도 많다. 대부분 서울에서 작성했다. 후반 작업은 산토 도밍고와 뉴욕과 로스앤젤레스에서 틈틈이 진행했다.

감사의 말

웅진지식하우스 김남혁 에디터께 감사드린다. 김남혁은 이 책의 기획을 제안하고 방향을 잡아주었고 처음부터 끝까지 격려와 응원을 아끼지 않았다. 직장인으로서 출판 편집자는 쉬운 일이 아니다. 직장에서 여러 사람을 설득하느라 고생이 많았을 거라 생각한다. 김남혁 에디터가 속한 편집 3그룹과 신동해 주간께도 같은 이유로 감사드린다.

책에 나온 원고를 맡겨주신 각 매체의 편집자께 감사드린다. 《W》 권은경 선배, 《얼루어 코리아》 허윤선 선배, 지금 《하입비스트》에 계신 당시 《힙합퍼》 에디터 주현욱 님, 당시 《모닝캄》 에디터 홍유리 님, 당시 《오디너리》 에디터 정미환 선배,

우리가 이 도시의 주인공은 아닐지라도

국립극장 잡지《미르》에디터 이정연 님께 감사드린다. 이 책의 한 축은《에스콰이어》에 실렸던 원고들이다. 원고의 방향성을 이해해주시고 지켜봐 주신 당시 편집장 신기주 선배께 특히 감사드린다.《매거진 B》편집장 박은성 선배께도 감사드린다.

가까운 주변 사람들께 감사드린다. 가족들, 가족만큼 소중한 친구들, 자주는 못 봐도 주변에 함께 있는 소중한 사람들께 감사를 전한다. 이걸 보면서 '어 내 이야기인가?' 하는 여러분들 맞아요.

도시에서 마주친 이름 모를 분들께 감사드린다. 그분들을 구경하고 지켜보며 생각한 걸 원고로 만든 게 책으로 나왔으니 내 감사는 그분들께 돌아가야 한다. 모든 사람들이 그렇지는 않아도 아직 적지 않은 사람들이 각자의 자리에서 각자의 품위와 존엄을 지키며 살고 있다. 그런 분들 덕분에 나도 힘을 낼 수 있었다.

우리가 이 도시의 주인공은 아닐지라도
박찬용 세속 에세이

초판 1쇄 발행 2020년 2월 25일
초판 2쇄 발행 2020년 3월 25일

지은이 박찬용

발행인 이재진 **단행본사업본부장** 김정현
편집주간 신동해 **편집장** 김수현
책임편집 김남혁 **교정교열** 이윤주
디자인 this-cover **마케팅** 이현은 문혜원
홍보 박혜아 최새롬 김지연 **제작** 정석훈

브랜드 웅진지식하우스
주소 경기도 파주시 회동길 20
주문전화 02-3670-1595 **팩스** 031-949-0817
문의전화 031-956-7363(편집) 02-3670-1024(마케팅)

홈페이지 www.wjbooks.co.kr **페이스북** www.facebook.com/wjbook
포스트 post.naver.com/wj_booking

발행처 ㈜웅진씽크빅
출판신고 1980년 3월 29일 제406-2007-000046호

© 박찬용, 2020
ISBN 978-89-01-24008-4 03810

웅진지식하우스는 ㈜웅진씽크빅 단행본사업본부의 브랜드입니다.
저작권법에 의해 한국 내에서 보호를 받는 저작물이므로 무단 전재와
무단 복제를 금지하며, 이 책 내용의 전부 또는 일부를 이용하려면
반드시 저작권자와 ㈜웅진씽크빅의 서면 동의를 받아야 합니다.

* 이 도서의 국립중앙도서관 출판예정도서목록(CIP)은 서지정보유통지원시스템
홈페이지 (http://seoji.nl.go.kr)와 국가자료공동목록시스템(http://www.nl.go.kr/kolisnet)에서
이용하실 수 있습니다. (CIP제어번호: 2020006078)
* 책값은 뒤표지에 있습니다.
* 잘못된 책은 바꾸어 드립니다.